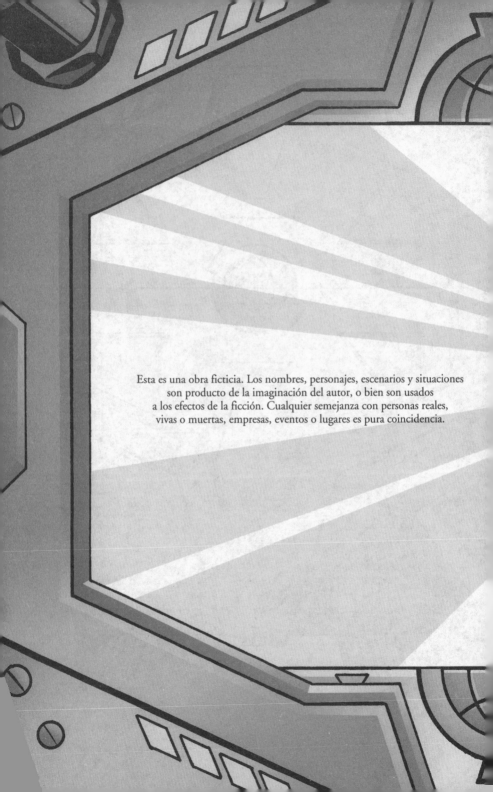

NERDS

NÚCLEO DE ESPIONAJE, RESCATE Y DEFENSA SECRETOS

MICHAEL BUCKLEY

Ilustraciones
Ethen Beavers

V&R
EDITORAS

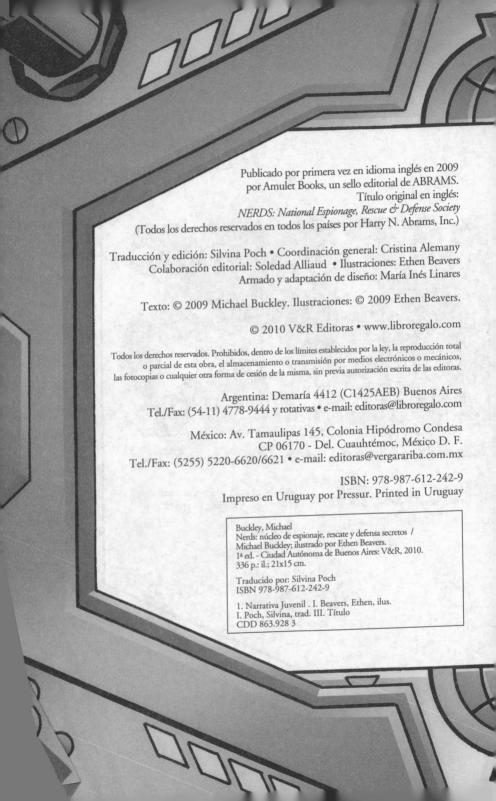

Publicado por primera vez en idioma inglés en 2009
por Amulet Books, un sello editorial de ABRAMS.
Título original en inglés:
NERDS: National Espionage, Rescue & Defense Society
(Todos los derechos reservados en todos los países por Harry N. Abrams, Inc.)

Traducción y edición: Silvina Poch • Coordinación general: Cristina Alemany
Colaboración editorial: Soledad Alliaud • Ilustraciones: Ethen Beavers
Armado y adaptación de diseño: María Inés Linares

Argentina: Demaría 4412 (C1425AEB) Buenos Aires
Tel./Fax: (54-11) 4778-9444 y rotativas • e-mail: editoras@libroregalo.com

México: Av. Tamaulipas 145, Colonia Hipódromo Condesa
CP 06170 - Del. Cuauhtémoc, México D. F.
Tel./Fax: (5255) 5220-6620/6621 • e-mail: editoras@vergarariba.com.mx

ISBN: 978-987-612-242-9
Impreso en Uruguay por Pressur. Printed in Uruguay

Buckley, Michael
Nerds: núcleo de espionaje, rescate y defensa secretos /
Michael Buckley; ilustrado por Ethen Beavers.
1ª ed. - Ciudad Autónoma de Buenos Aires: V&R, 2010.
336 p.: il.; 21x15 cm.

Traducido por: Silvina Poch
ISBN 978-987-612-242-9

1. Narrativa Juvenil . I. Beavers, Ethen, ilus.
I. Poch, Silvina, trad. III. Título
CDD 863.928 3

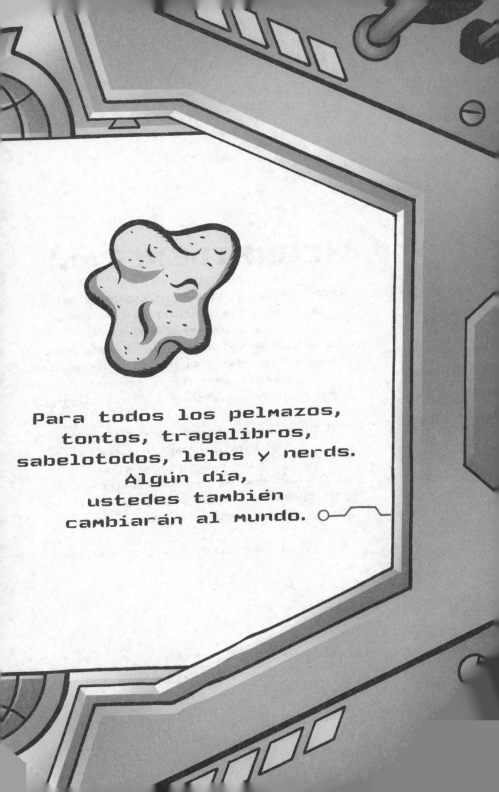

Para todos los pelmazos,
tontos, tragalibros,
sabelotodos, lelos y nerds.
Algún día,
ustedes también
cambiarán al mundo.

¡CONFIDENCIAL!

ESTOS SON LOS EXPEDIENTES SECRETOS DE NERDS.
LA INFORMACION CONTENIDA EN ESTE LIBRO
ES ALTAMENTE RESERVADA
Y HA SIDO RECOPILADA DE LAS DECLARACIONES
HECHAS EN JURAMENTO POR TESTIGOS PRESENCIALES.
TAMBIEN HAY MATERIAL OBTENIDO
POR MEDIO DE CONFESIONES E INTERROGATORIOS.

LO QUE TRATO DE DECIRTE ES: "¡NO LA PIERDAS!".
SI ESTA INFORMACION CAYERA
EN LAS MANOS EQUIVOCADAS,
CAUSARIA UNA CRISIS INTERNACIONAL
DE SEGURIDAD. ASÍ QUE TE PIDO UN GRAN FAVOR:
NO MUESTRES ESTE LIBRO A NADIE.

¿COMO TUVE ACCESO A ESTA INFORMACION?

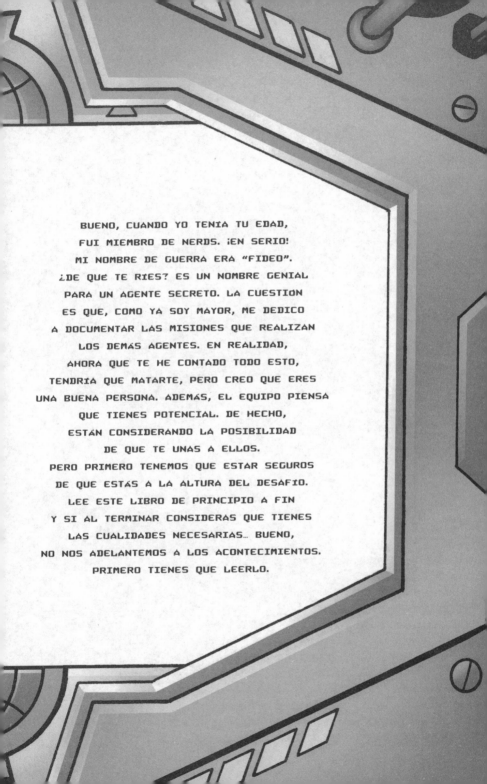

BUENO, CUANDO YO TENÍA TU EDAD,
FUI MIEMBRO DE NERDS. ¡EN SERIO!
MI NOMBRE DE GUERRA ERA "FIDEO".
¿DE QUE TE RÍES? ES UN NOMBRE GENIAL
PARA UN AGENTE SECRETO. LA CUESTIÓN
ES QUE, COMO YA SOY MAYOR, ME DEDICO
A DOCUMENTAR LAS MISIONES QUE REALIZAN
LOS DEMÁS AGENTES. EN REALIDAD,
AHORA QUE TE HE CONTADO TODO ESTO,
TENDRÍA QUE MATARTE, PERO CREO QUE ERES
UNA BUENA PERSONA. ADEMÁS, EL EQUIPO PIENSA
QUE TIENES POTENCIAL. DE HECHO,
ESTÁN CONSIDERANDO LA POSIBILIDAD
DE QUE TE UNAS A ELLOS.
PERO PRIMERO TENEMOS QUE ESTAR SEGUROS
DE QUE ESTÁS A LA ALTURA DEL DESAFÍO.
LEE ESTE LIBRO DE PRINCIPIO A FIN
Y SI AL TERMINAR CONSIDERAS QUE TIENES
LAS CUALIDADES NECESARIAS... BUENO,
NO NOS ADELANTEMOS A LOS ACONTECIMIENTOS.
PRIMERO TIENES QUE LEERLO.

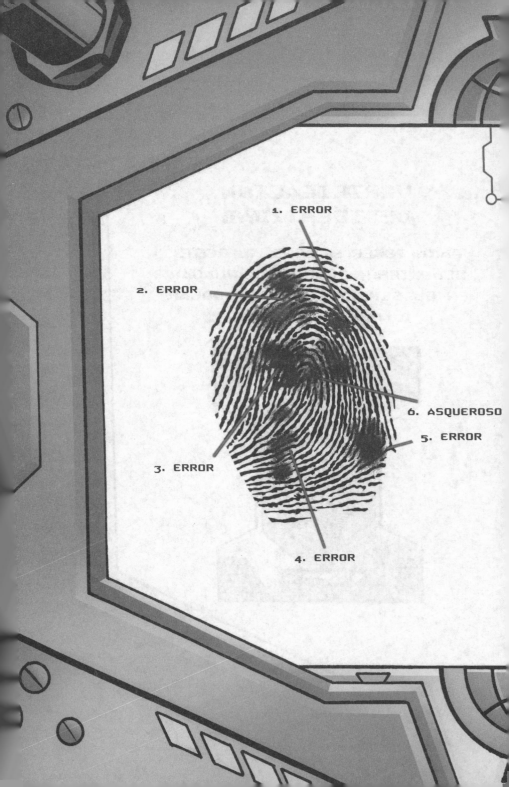

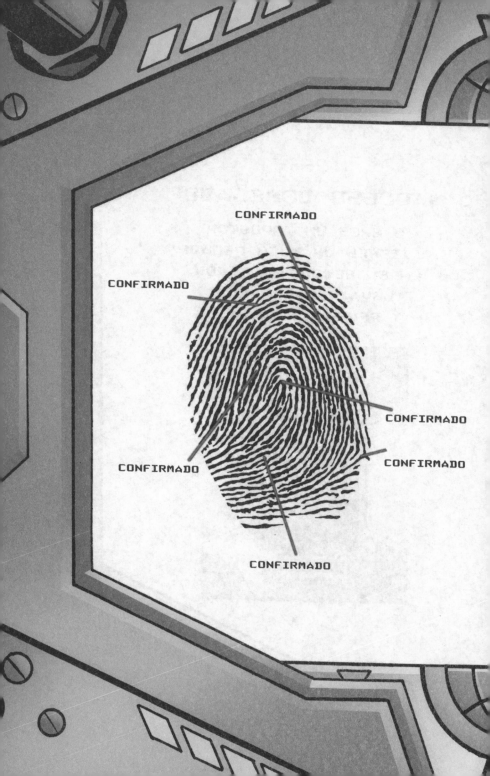

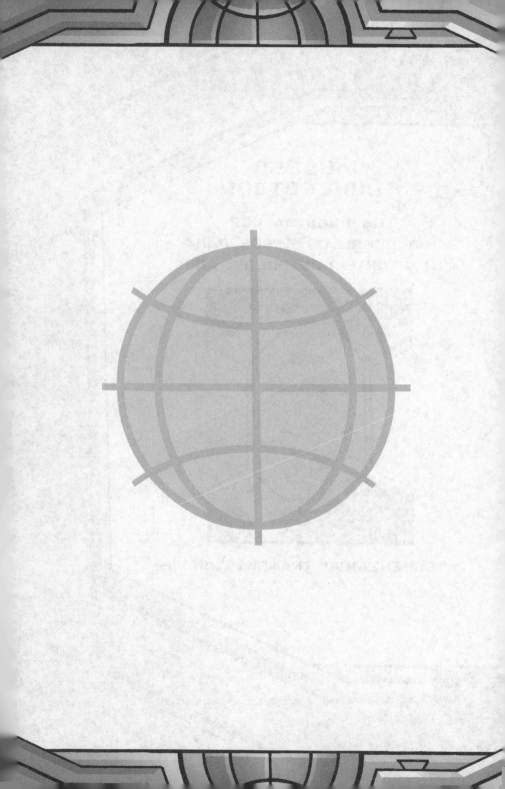

PRÓLOGO

Alexander Brand era un agente secreto.
Había salvado al mundo en más de diez ocasiones. Sus misiones más famosas incluían el derrocamiento de seis dictadores y cuatro presidentes corruptos. También había defendido a varios países de la invasión de potencias extranjeras. Poseía una amplia gama de habilidades como: desactivar bombas, manejar tanques, arrojarse en paracaídas sobre territorios hostiles, infiltrarse en grupos terroristas, usar disfraces, realizar combates bajo el agua y descifrar códigos. Además, se veía muy bien vestido de esmoquin. En una época, era uno de los espías más importantes del planeta. Pero eso fue antes del accidente.

–Me enteré de la explosión –dijo el general Cañones, observando desde su escritorio el bastón blanco apoyado sobre las piernas de Brand. Al general le resultaba desagradable esa vara, parecía una serpiente de cascabel. Lo hacía sentir incómodo, y cuando Cañones estaba incómodo se ponía de muy mal humor.

Dio un manotazo a su escritorio y, teniendo en cuenta el tamaño de su mano, fue un milagro que éste no se partiera en dos. El militar era una montaña de músculos, con un cuello que parecía el tronco de un árbol y una cara de cemento. Había peleado en catorce guerras. Corrían rumores de que muchas de ellas las había comenzado él mismo sólo para no perder la práctica.

Brand asintió respetuosamente. No quería hablar de la explosión que había herido su pierna. En realidad, no era muy elocuente. Podía desmantelar, limpiar y reconstruir un AK-47 en cuarenta y dos segundos, pero ¿expresar sus sentimientos? Imposible.

—Bueno, tengo algo que le devolverá la sonrisa —dijo Cañones, mientras sacaba de su maletín una abultada carpeta con la palabra "Confidencial" en letras rojas. Se la pasó al ex agente y volvió a sentarse con una mirada de complicidad—. Me preguntaba si estaría listo para retomar su trabajo.

El agente Brand deslizó su mano por la cubierta. La palabra "Confidencial" siempre le resultaba excitante. Le encantaban los secretos. Los códigos, los misterios y los rompecabezas parecían correr por sus venas. Sin embargo, resistió la tentación de abrir la carpeta. ¿Qué sentido tenía?

—Señor, aprecio su ofrecimiento. Nada me haría más feliz que servir a mi país, pero no estoy interesado en encerrarme en una oficina.

Brand colocó la carpeta en el escritorio y tomó su bastón para retirarse.

—Sólo échele una mirada —dijo el general–. Esto no es un trabajo de oficina.

Brand abrió la carpeta y examinó la primera página. Él, que lo había visto todo, no podía creer lo que tenía adelante.

—Yo creía que estos tipos eran un mito —susurró.

—Nos gusta que la gente piense eso. Ni el presidente conoce su existencia.

—¿El comandante en jefe no está informado?

Cañones se secó el sudor de la frente con su manga.

—El trabajo de ellos es muy importante. No podemos permitir que nada los distraiga.

—Entonces, ¿usted quiere que yo me una al equipo? —preguntó Brand.

—No exactamente —dijo Cañones–. Dé vuelta la hoja.

Brand así lo hizo. Lo que vio no le agradó para nada.

—Pero no son espías, son…

—La última esperanza que le queda al mundo, agente Brand. Cuando los mejores no pueden llevar a cabo una misión, los mandamos a ellos. Tienen a su disposición millones de dólares en tecnología y la identidad secreta perfecta. Podemos colocarlos prácticamente en cualquier lugar del planeta y pasan inadvertidos. No se imagina cuánto les debe el mundo. El equipo es joven e inexperto, y ahora está sin rumbo. El último director murió en circunstancias misteriosas. Se arrojó por una ventana.

–El trabajo del espía puede ser muy estresante, general. Eso no es ningún misterio –comentó Brand.

–Yo estaría de acuerdo con usted si la ventana en cuestión no diera al estanque de los tiburones del acuario local –dijo Cañones.

–Hmm –observó el espía.

–Y él no hubiera tenido una bomba atada a su pecho y tres cuchillos clavados en la espalda.

–Eso sí que despierta algunas sospechas –dijo el agente–. De todas maneras, señor, lo que usted me describe no es más que un trabajo sobrevaluado de niñera.

Cañones sacudió la cabeza.

–Usted no me comprende, Brand. Esta es la gran oportunidad de volver a tener a nuestro mejor equipo bajo control. Lamento mucho que no haya autos deportivos y otros lujos, pero es una manera de volver al juego.

En ese momento, alguien llamó a la puerta. Un hombrecito nervioso con pelo rojizo y la cara llena de pecas asomó la cabeza en la habitación.

–General, lamento interrumpir…

–¡Casey, más vale que sea algo muy importante! Ordené que no me molestaran.

–Tenemos una crisis –dijo Casey–. Es Groenlandia.

–¿Quién es Groenlandia?

–No es una persona, señor. Es un lugar –Casey tragó saliva y siguió hablando como si temiera corregir a su jefe–. Es la isla más grande del mundo. Está frente a la costa de Norteamérica, muy cerca de...

Cañones estampó nuevamente su mano contra la mesa. Esta vez, una de las patas del escritorio se rompió y los papeles comenzaron a deslizarse peligrosamente hacia el piso.

—¡Ya sé dónde está Groenlandia! ¿Cuál es el problema?

—Acaba de estrellarse contra Islandia –dijo Casey.

—¿Que hizo qué? –preguntó el agente.

—Chocó con Islandia –contestó Casey.

—¿Cómo puede ocurrir algo así? –preguntó Brand.

—Nnno… no estamos seguros, señor –tartamudeó el asistente–. Pero nos han llegado informes de que hay miles de muertos y los daños son incalculables.

—Reúna al equipo –ladró el general–. ¡Alguien está detrás de esto! Unas islas gigantes no se mueven por sí solas.

Casey asintió y salió corriendo.

–¿Qué me dice, Brand? ¿Podemos contar con nuestro agente secreto más valiente? –preguntó el general, mientras dirigía su atención hacia un globo terráqueo que hacía equilibrio en el borde de su escritorio.

–Cuente conmigo.

Cañones sonrió.

–Muy bien. Ahora hablemos de su nueva apariencia.

1

Jackson Jones miró por sus binoculares hacia el horizonte. Ubicó rápidamente a sus objetivos, que trepaban la cima de un terraplén a no menos de cuatrocientos metros. Sonrió y le avisó a Brett Bealer, su socio y amigo.

—Ya vienen.

Brett asintió y luego se volvió para dar la señal al resto del equipo. Todos corrieron a sus posiciones detrás de arbustos, árboles y faroles. Resultaban prácticamente invisibles al enemigo.

El grupo de Jackson estaba deseoso de atacar, pero su líder sabía que la paciencia era un arma fundamental para sorprender al adversario. Tendrían una sola oportunidad. Si la desaprovechaban, habrían desperdiciado semanas de trabajo.

Aunque Jackson nunca lo admitiría, sus enemigos lo ponían muy nervioso. Resultaban grotescos, siempre babeando y con los ojos hinchados. No parecían seres humanos. Brett estaba convencido de que eran deformes de nacimiento, pero la idea era demasiado desconcertante para Jackson. No podía imaginar cómo sería ser... un nerd de nacimiento.

Lamentablemente para él, la Escuela Nathan Hale tenía una cantidad importante de nerds. De hecho, Arlington, su ciudad natal, era la cuna de los tontos. No sé si habría algo en el agua que tomaban, pero la cuestión era que estaba llena de devoralibros, tragas, lelos, sabelotodos, torpes, sabihondos y *freaks* arrastrándose por todos los rincones. A veces, Jackson se sentía como si estuviera ahogándose en un océano de personajes raros, alérgicos, fanáticos de la matemática, que usaban ropa ridícula. Chaz, su hermano mayor, que estaba en la secundaria, pensaba lo mismo. Le dijo que esa escuela siempre había estado saturada de inadaptados. Su padre, que era ex alumno del mismo colegio, estaba de acuerdo. Jackson se encontraba exactamente en el centro de *Nerdville*.

Cuando escuchó el sonido inconfundible de alguien sonándose la nariz, supo que había llegado el momento. Se asomó desde su escondite y los vio venir tropezando por la acera hacia la escuela. Era hora de actuar.

–¡Al ataque!

La señal dispersó a los nerds como si fueran animales asustados. Aullaban y resoplaban, chocando unos contra otros.

–¡Abrir fuego! –gritó Jackson, y su equipo extrajo sorbetes de los bolsillos. Cargaron las pajillas con bolitas de saliva pegajosa y apuntaron a los aterrorizados nerds–. ¡Fuego a discreción!

Una ola de escupitajos salió disparada por el aire y cayó en forma de lluvia sobre los ratones de biblioteca. Un chico con unos dientes de conejo excepcionalmente grandes quedó ciego cuando una decena de proyectiles mojados aterrizó en su cara. Al tratar de huir se dio de cabeza contra un poste y cayó al suelo inconsciente.

—¡Déjennos en paz! —gritó una niña con voz gangosa, mientras era atacada con municiones pegajosas.

Antes de que los nerds pudieran despegarse los misiles gelatinosos de sus caras y ropas, Jackson ordenó atacar de nuevo. Los sorbetes fueron arrojados a un lado y el grupo se abalanzó sobre los restantes inadaptados aplicando pisotones, intolerables golpes en las cabezas, crueles zancadillas y dolorosas tomas de karate. Se hicieron tirones de orejas y se repartieron babas. Se pegaron carteles que decían "Patéame" en espaldas inocentes.

Todo estaba saliendo de acuerdo con lo planeado, pero Jackson se había propuesto no dormirse en los laureles. Ordenó el ataque final, al que denominaba "El martillo". Hicieron girar a los nerds, luego sujetaron la parte trasera de sus calzoncillos y los levantaron hacia el cielo. Finalmente, engancharon los elásticos de las cinturas en las cabezas de las víctimas. El calzón chino era el golpe de gracia.

Los nerds se desplomaron como pescados en la tierra, tratando infructuosamente de volver a acomodar su ropa interior dentro de los pantalones. Jackson, Brett y los demás reían celebrando el triunfo.

Analizando la situación, a primera vista Jackson parecería ser un idiota, pero en realidad era muy popular. Muuuuy popular. Sus maestros lo describían como "encantador". Era capitán del equipo infantil de fútbol americano y su entrenador decía que era el mejor jugador de los últimos veinticinco años. Los chicos copiaban todos sus gestos y estaban pendientes de sus palabras. Incluso algunos maestros habían comenzado a imitar su forma de vestir.

Sí, Jackson Jones era un chico afortunado. Poco podía imaginar que el cruel destino estaba a punto de ensañarse con él, y todo habría de empezar con una sencilla palabra.

—Interesante.

—¿Ghahh? —preguntó Jackson. Él hubiera querido ser más claro, pero estaba sentado en el consultorio del ortodoncista con un succionador de saliva en la boca. El doctor Sarro, quien había pronunciado la palabra, estaba observando sus dientes.

Jackson sabía que nada bueno podía venir después de que un dentista articulara la palabra "interesante". Era uno de esos términos que nunca querrías escuchar de un doctor, como "raro", "inoperable" o "bacterias que se comen la piel".

—Muy interesante —observó el ortodoncista, mientras continuaba la inspección.

—¡*GHAHH*! —gritó Jackson.

El doctor Sarro estaba demasiado emocionado como para hablar. En sus veinte años de profesión había escuchado muchas historias de casos fenomenales. El podólogo del consultorio 4A tenía un paciente con ocho dedos en cada pie. Su cuñado, un médico que trabajaba en Emergencias, decía que tenía un paciente con tres ojos. Hasta el veterinario de su perro, el doctor Pulgoso, atendía a una tortuga de dos cabezas. Ahora Sarro tenía su propio fenómeno. Atravesó la habitación hasta el teléfono. Lo levantó y marcó un número.

–Alicia, ¿podrías traer la cámara?

Un minuto después, una mujer pálida y soñolienta entró al consultorio. El doctor Sarro le ordenó que mirara la boca abierta de Jackson. Sus párpados dormidos se abrieron de golpe.

El doctor aplaudió como un bebé feliz.

–Increíble, ¿no es cierto? Nadie nos creerá a menos que tengamos algunas fotos.

–¿*GHHHAAAAAAHHHH*? –aulló Jackson, pero fue ignorado una vez más.

Alicia tomó fotos desde varios ángulos. El flash de la cámara cegó a Jackson y, cuando las manchas azules y rojas desaparecieron, su paciencia había llegado a su fin. Se arrancó el tubo de succión de la boca.

–¿Qué pasa? –preguntó con desesperación.

El dentista sonrió mientras se frotaba las manos.

–Mira, Jackson, ¿cómo te explico? Una persona normal tiene treinta y dos dientes. Algunos tienen unos pocos más si conservan las muelas del juicio. Tú, sin embargo, tienes muchos más.

—¿De qué número estamos hablando, doctor?

El doctor Sarro volvió a sonreír.

—¡Sesenta y cuatro! En realidad, en tu boca hay cuatro filas de dientes: dos arriba y dos abajo.

—¿Eso es raro? —preguntó Jackson.

—No, si se tratara de un tiburón blanco —respondió el doctor, dándole un espejo para que observara por sí mismo.

Jackson estudió su boca de cerca. Más allá de cepillarse, nunca le había prestado atención a sus dientes. Siempre supuso que todos tendrían tantos como él. Aunque ahora recordaba que la semana anterior su padre se había quejado de que la familia gastaba una fortuna en hilo dental.

—Entonces, ¿qué piensa hacer al respecto? No puedo andar por ahí con toda esta cantidad de dientes.

—Bueno, creo que tendremos que extraer la mitad de tu dentadura.

—¿Extraer?

—Sí, ya sabes, arrancarlos. Pero tienes que ver la parte buena: el ratón de los dientes te dejará un buen fajo de billetes.

Sarro se golpeó la rodilla y estalló en un ataque de risitas tontas. Mientras se secaba las lágrimas de sus mejillas, se preguntó si la comedia no habría sido su verdadera vocación.

—Lo siento, es que es una vieja broma de ortodoncistas.

—¿Me va a doler? —preguntó Jackson.

—Por supuesto —respondió, continuando con sus comentarios graciosos.

Jackson, en cambio, no parecía nada divertido. Cuando el doctor vio su ceño fruncido, volvió a su trabajo.

—Perdona, pero lo que trato de decirte es que tus dientes están por todas partes. Algunos están de costado. ¡Hasta tienes uno al revés! No te preocupes. No es nada que unos buenos brackets no puedan arreglar.

Jackson sintió que se le detenía el corazón.

¡Brackets! Los *nerds* usan brackets.

El doctor Sarro le sonrió en forma tranquilizadora.

—Muchos pacientes piensan que los aparatos de ortodoncia les arruinarán la vida, pero yo te aseguro, campeón, que nada cambiará. Tus amigos seguirán a tu lado. Es más, dudo que alguien se dé cuenta.

Al recordar aquella tarde, Jackson se dio cuenta de que en ese momento una terrible verdad le había sido revelada: los adultos son mentirosos. Unos horribles, perversos y desalmados mentirosos. Los brackets no sólo arruinaron su vida, la arrasaron de tal manera que no quedó nada en pie. Cuando el doctor Sarro terminó, Jackson tenía treinta y dos dientes menos, pero seis kilos más en metal. Cada uno de sus dientes estaba encerrado en una jaula de acero de forma irregular que le rasgaba las encías. Y peor todavía: un aro de metal (que Sarro llamaba "arco extraoral", pero que más bien parecía el freno de un caballo) estaba sujeto a los premolares, sobresalía de la boca y rodeaba la cabeza igual que los anillos de Saturno. También resultó ser altamente magnético.

Al final de un día de escuela promedio, los frenos de caballo de Jackson recolectaban hebillas de cinturones, broches para el pelo, bandejas de la cafetería, teléfonos celulares y paraguas.

Una tarde, cuando salía de clases, Jackson se acercó demasiado al autobús escolar y quedó atorado en el parachoques. Fue arrastrado indefenso bajo una tormenta, mientras el vehículo repartía a los chicos por toda la ciudad. Y casi muere la noche en que su papá decidió invitar a la familia a comer carne a un restaurante que tenía una enorme parrilla de hierro.

Pero lo peor no fueron ni el dolor ni la humillación, sino el brusco final de su liderazgo en la Escuela Nathan Hale. Su popularidad desapareció de la noche a la mañana. Sus amigos le daban la espalda cuando lo veían pasar. Los maestros, atemorizados, trataban de evitar el contacto visual. El hámster del laboratorio se enterró debajo de una montaña de aserrín y se hizo el dormido. Hasta su mejor amigo se puso en su contra.

–¡Lindos brackets, lelo! –le dijo Brett cuando Jackson intentó almorzar con sus amigos–. Parece que hubieras estado masticando una cadena de bicicleta.

Los demás rieron y no le permitieron sentarse con ellos. Lo desterraron a una mesa en el rincón más alejado de la cafetería, adonde no llegaba ni siquiera el guardia de los ojos bizcos.

Su hermano Chaz fue todavía más cruel. Lo llamaba "Diente de Lata" o "Nerdatrón" (Chaz tenía debilidad por el humor relacionado con los robots). Sentía un placer especial por el aro de metal que Jackson tenía en su cabeza. A la hora de la cena, traía una colección de herramientas para ver cuáles saltaban de la mesa e iban a parar a la cara de Jackson. Por la noche, entraba sigilosamente en su habitación y le ataba globos. Cuando se preparaba para practicar deporte, colgaba su calzado deportivo en los frenos de su hermano. Su padre le dijo a Jackson que se la aguantara.

–Algunas bromas no vienen mal. Te harán madurar.

Cuando llegó el otoño y las hojas de los árboles se pusieron amarillas, anaranjadas y rojas, Jackson sintió que la llegada de la temporada deportiva cambiaría su suerte. El fútbol americano era su última esperanza de recuperar algo de la popularidad perdida. Aunque tuviera un aro metálico rodeando su cabeza, seguía siendo la estrella del equipo. Desgraciadamente, Jackson descubrió el primer día de práctica que los aparatos que sobresalían de su boca no le permitían ponerse el casco.

–Hijo, no puedes jugar sin casco –le dijo el entrenador–. Podrías tener una lesión cerebral.

Que lo sacaran del equipo fue el golpe final a su ya inexistente popularidad. Solo y sin amigos, vagaba sin rumbo por los pasillos, lanzando sonrisas que nadie le devolvía, levantando su mano para saludos que nunca llegaban, esperando junto a su armario a los admiradores que no se presentaban. Era como si ese halo dorado que Jackson había tenido toda su vida, se hubiera apagado.

Un día se encontró recordando viejos tiempos delante de la vitrina de trofeos de la escuela. Allí había fotos de su padre cuando llevó a los Tigres a la victoria y de su hermano haciendo un excelente pase. Observó una foto de su propio equipo, donde él sostenía orgulloso el trofeo ganador, el mismo que habían ganado su padre y su hermano. Los deportes los mantenían unidos, especialmente desde que su madre había muerto. La familia Jones no aguantaba a los perdedores. Eran ganadores dentro y fuera del campo de juego. ¿Adónde pertenecía él ahora?

En ese momento se oyó un gran estrépito, mientras el trofeo era arrancado de la vitrina y atraído hacia los metales de la cabeza de Jackson. Se adhirió tan fuertemente que se necesitaron varios maestros y media hora para despegarlo.

Al día siguiente, a Jackson se le prohibió visitar la vitrina.

2

La Hiena metió la mano en el bolsillo y sacó un papel doblado. Volvió a verificar las coordenadas y puso cara de disgusto. No había ningún error. Estaba en el lugar correcto y no se veía ni un alma. Su nuevo y misterioso jefe había comenzado con el pie izquierdo. ¡Era una grosería dejar a alguien esperando en el Polo Norte con varios grados bajo cero! Lanzó un suspiro mientras se preguntaba por qué las mentes criminales más brillantes estarían tan obsesionadas con los lugares remotos. ¿No sería mejor encontrarse con este "doctor Rompecabezas" en Hawai o las Bahamas? La mitad del dinero que ganaba como criminal se había ido en ropa de abrigo.

De repente, escuchó un fuerte ruido encima de su cabeza y levantó los ojos al cielo. Un helicóptero negro, sin marcas identificables, sobrevoló la zona y luego aterrizó a varios metros. Intentó mirar a través de las ventanillas, pero tenían vidrios polarizados. Luego se abrió la puerta y dos hombres salieron del aparato.

El primero era alto, flaco, de abundante pelo blanco, y tenía una barbita de chivo, recortada en punta. Su cara era perfecta, demasiado perfecta, con ojos muy simétricos, una nariz larga y recta, el mentón fuerte y ni una sola arruga. Pero en una segunda mirada, se notaba que este hombre se había sometido a una increíble cantidad de cirugías plásticas: sus rasgos habían sido estirados, aporreados y devueltos a su lugar. Sus ojos oscuros se detuvieron en el rostro de la Hiena estudiando su fisonomía, como si también planeara rediseñarla.

El segundo hombre era inmenso. Llevaba el pelo peinado hacia atrás con gel y tenía los pómulos como tallados en piedra. Le echó una mirada por debajo de sus gruesas cejas.

—La Hiena, ¿*hjah*? —gruñó.

Su voz le dijo todo lo que necesitaba saber. Era un matón: mucho músculo y poco cerebro.

—No. Estoy en el Polo Norte porque soy Papá Noel —respondió ella. No soportaba a los matones. Hacían gala de su fuerza y estupidez. Éste, en particular, le trajo a la memoria la vieja historia de Sansón y Dalila, que le contaba su padre cuando era niña.

Sonsón hizo una mueca de desprecio y volvió al helicóptero. A través de la puerta abierta, la Hiena alcanzó a ver a una persona vestida de negro. Él —o ella— se volteó, mostrando una máscara con una calavera fantasmagórica pintada encima. La figura asintió, y entonces Sonsón le dio a la Hiena un sobre muy abultado.

—¿Quién es ése? —preguntó ella.

El primer hombre ignoró la pregunta y se presentó:

—Soy el doctor Félix Rompecabezas y soy una eminencia en movimiento tectónico…

—¿En *tecto qué?*

—¡El movimiento de los continentes! —dijo Rompecabezas. Estaba claro que tenía poca paciencia con aquellos a quienes consideraba intelectualmente inferiores—. Tengo un pequeño proyecto en el que estoy trabajando y creo que podrías colaborar.

—¿Qué tipo de proyecto? —preguntó la Hiena, mientras contaba el dinero que había dentro del sobre.

—Voy a conquistar el mundo.

La Hiena suspiró. Si ella tuviera cinco centavos por cada cerebro criminal que dijo que conquistaría el mundo, sería una asesina millonaria. Siempre fracasaban. De todas maneras, había muchos billetes en el sobre. Si ese era su sueño, ¿quién era ella para desalentarlo?

—Suena bien, jefe. ¿Qué quiere que haga?

El doctor sacó un pedazo de papel amarillo de su bolsillo y se lo entregó. Ella le echó un vistazo y sonrió. Por fin su carrera estaba despegando.

—¿A quién debería matar primero? —preguntó.

Rompecabezas sacudió la cabeza.

—No vas a matar a nadie. Quiero que los secuestres.

—¿Secuestrar? Ese es un trabajo de matones. Yo soy una asesina —dijo ella, intentando devolverle el papel.

—¿Quieres el dinero o no? —bufó Sonsón.

La Hiena miró el sobre repleto de efectivo. Adentro había más de diez mil dólares. Recordó que su suscripción para la revista *Teens* estaba por vencer... y además... esas botas de cuero que había visto en una tienda... Se metió el dinero en el bolsillo.

—Una vez que los tenga, ¿adónde los llevo?

El doctor Rompecabezas se dio vuelta y señaló hacia el horizonte. Sólo entonces la Hiena divisó una fortaleza plateada a la distancia, construida en el hielo.

Tendría que comprarse una gran provisión de ropa térmica.

3

Sin su habitual banda de amigos, Jackson se sentía como un fantasma: un ente amorfo al que nadie podía ver ni oír. Podría haberse puesto un traje de payaso para ir a la escuela o bailar en una pata con la cabeza en llamas, que a nadie se le hubiera movido un pelo, ni siquiera a sus viejos compañeros. Los miraba desde lejos mientras almorzaban en la cafetería. Cuando ellos reían, él reía. Si susurraban entre ellos, él imaginaba ser parte de su secreto.

En una palabra: era patético. Pero fue durante esos solitarios días que Jackson comenzó a notar detalles de sus amigos que nunca antes había percibido. Por ejemplo, Steve Sarver olía cada bocado antes de llevárselo a la boca. No importaba que se tratara de una ensalada de atún o un sándwich de pollo: primero olfateaba y luego masticaba. Olfateaba-masticaba, olfateaba-masticaba, olfateaba-masticaba.

Ron Schultz renqueaba de la pierna derecha; Lori Baker se pasaba la lengua por los labios cada dos segundos y tres milésimas

(Jackson le había tomado el tiempo). Jenise Corron no comía guisantes. Hasta Brett Bealer, su ex mejor amigo, que alguna vez le había parecido a Jackson el chico más *cool* de todos los que conocía, tenía una extraña peculiaridad: corría dando saltos.

Una tarde en la que Jackson se encontraba en el autobús escolar reflexionando acerca de las cosas raras que había visto ese día, escuchó un sonido de campanillas en el cerebro. A continuación, un cosquilleo nervioso le atravesó todo el cuerpo y desató su imaginación. ¿Por qué sus amigos tendrían esas peculiaridades? ¿Serían conscientes de sus hábitos? Decidió dedicarse a descifrar el misterio de ese extraño comportamiento.

Al día siguiente, comenzó oficialmente su vida como espía. Escuchaba a escondidas las conversaciones de sus amigos. Los seguía hasta sus casas. Les abría la correspondencia. Revisaba los cestos de basura en busca de pistas. Sorprendentemente, nadie cuestionaba sus actividades. Ninguna persona se detenía a preguntar qué hacía escarbando esas bolsas repugnantes. Jackson era un paria, un chico raro, un inadaptado, un nerd, y esa clase de chico siempre hacía cosas raras. No merecía la atención. Jackson era realmente un fantasma.

Con el tiempo, fue encontrando pistas: pequeñas claves, que eran como las piezas de un rompecabezas. Una vez que las armaba, obtenía el retrato de la persona a quien estaba espiando. En poco tiempo, sabía más de sus amigos que ellos mismos. Steve había tenido una grave intoxicación por un salmón en mal estado que había comido en una playa caribeña; Ron tenía una uña encarnada; Lori tomaba demasiado jugo de manzana, lo cual le secaba la boca; Jenise había tenido un guisante alojado en su nariz durante dos semanas; y Brett, bueno, a él le gustaba andar a los saltos.

Para su sorpresa, Jackson descubrió que todos sus antiguos amigos también eran unos inadaptados. Cada uno de ellos tenía algún hábito extravagante que los habría marginado fácilmente... si alguien lo hubiera notado. Si *todos* eran raros, ¿por qué justo a él le había tocado ser un *nerd*? El resentimiento lo invadió y comenzó a pensar en la venganza. Se le ocurrió pegar una lista con los tics de sus amigos en todos los armarios de la Escuela Nathan Hale.

¿Qué les parecería a Brett y a los otros que los pusieran en ridículo? ¿Cómo se sentirían si tuvieran que almorzar debajo de las escaleras? Pero algo le impidió a Jackson llevar a cabo su plan. No era lealtad —se dio cuenta— sino el hecho de que su trabajo de "espía" le había gustado. Para ser sincero, nunca se había divertido tanto en toda su vida. Si quería seguir con eso, no podía arriesgarse a ser descubierto.

El problema con los misterios es que, una vez que se resuelven, se vuelven aburridos. De modo que, cuando Jackson terminó con sus amigos, empezó a espiar a otros alumnos, y cuando éstos ya no le resultaron interesantes, continuó con los maestros, el personal del colegio, la Asociación de Padres, el director de la banda escolar y hasta el hombre que vendía helados a la salida.

En poco tiempo, había descifrado cada uno de los secretos de Nathan Hale y estaba preocupado porque ya no le quedaba más remedio que recurrir a la tarea de la escuela para mantenerse ocupado. Pero entonces, como un regalo caído del cielo, la pandilla de los nerds se cruzó en su camino.

Estaba formada por los cinco chicos más torpes de toda la historia de sexto grado: Duncan Dewey, un petiso regordete, cuya dieta consistía en masa, pasta y engrudo; Matilda Choi, una coreana que emitía silbidos al respirar y nunca se separaba de su inhalador; Heathcliff Hodges, un chico pecoso con los dientes tan salidos que parecía un camello; Ruby Peet, una colección de alergias de todo tipo, sudorosa e hinchada, que se la pasaba rascándose, olfateando y transpirando; y, por último, Julio Escala, también conocido como "Pulga". Julio era una bola de energía estimulada por montañas de galletas, golosinas y gaseosas azucaradas, que consumía durante todo el día. Era tan hiperactivo que su apariencia resultaba borrosa.

Jackson nunca antes había prestado atención a estos nerds en particular. Era muy fácil no registrarlos: no practicaban ningún deporte y evitaban las reuniones sociales, como bailes y actividades recreativa. No eran necesarios para los demás chicos, ni siquiera para los otros nerds. Lo que volvía loco a Jackson era la sensación de que este grupo no encajaba en ningún lado deliberadamente.

Cuando le habló de la pandilla a su hermano Chaz, a éste se le pusieron los pelos de punta.

—¡Parece que les tuvieras envidia! —le respondió, entre burlón y enojado.

Aunque Jackson nunca lo admitiría delante de su hermano, tuvo que reconocer que Chaz estaba en lo cierto. Los nerds podrían ser una colección de ineptos deformes, pero al menos se tenían los unos a los otros. Eran inseparables y Jackson ansiaba participar de esa clase de amistad otra vez. Cuando cayó en la cuenta de que estaba celoso de un grupo de nerds, la impresión fue tal que clavó con fuerza los dientes en su dedo pulgar. Los brackets se trabaron como si fueran una tenaza y fue necesario llamar a los bomberos.

Al día siguiente, con el pulgar entablillado, Jackson se propuso resolver el enigma de la pandilla. No era fácil. No sabía prácticamente nada acerca de ellos. Además del flan sin lactosa, la única cosa que despertaba el interés de Duncan, Heathcliff, Matilda, Ruby y Julio era leer silenciosamente en la biblioteca. Jackson no tenía la más mínima idea de que la escuela tuviera una biblioteca. Al principio no podía creer que alguien quisiera pasar su tiempo libre entre tantos libros hasta que descubrió a la señorita Holiday, la bibliotecaria. Era un ángel. Tenía el pelo corto y rubio, la piel de porcelana y unos lentes que le daban un aire inteligente y agrandaban sus increíbles ojos azules. Era tan linda que Jackson apenas podía concentrarse y por eso se cayó sobre una estantería, desparramando los libros por todos lados.

Sin embargo, al poco tiempo comprendió que el motivo por el cual el grupo frecuentaba el lugar no era la señorita Holiday. Los varones le prestaban poca atención a su cautivante sonrisa y las niñas, menos. ¡Ellos realmente iban allí para leer!

Cuando sonó la campana del final del recreo, los cinco salieron al pasillo. Jackson observó los libros que habían quedado sobre la mesa. Duncan estaba leyendo acerca de los compuestos químicos del pegamento; el libro de Heathcliff era sobre experimentos militares de control mental; el de Matilda describía las cualidades aerodinámicas de los cohetes; Ruby consultaba una guía para sobrevivir a la fiebre del heno y Julio, bueno, Jackson no tenía idea de lo que había estado leyendo porque todas las hojas estaban cubiertas de chocolate con almendras.

El material de lectura del grupo era tan misterioso como ellos. Jackson decidió seguirlos hasta sus casas, con la esperanza de encontrar mejores pistas. Salió corriendo apenas sonó la campana y esperó a sus objetivos afuera de la escuela. ¡Pero ellos nunca aparecieron! Los otros chicos salieron como balas del colegio, pero los nerds no estaban entre ellos. Quizás se habrían quedado para practicar con la banda o reunirse con la Sociedad de Fanáticos de *Star Trek*, supuso Jackson, pero luego se hizo de noche y tuvo que aceptar que la pandilla se había ido sin que él se diera cuenta. Frustrado, caminó con dificultad de regreso a su casa. Mientras eludía las defensas magnetizadas que los brackets arrancaban de los autos que pasaban, se preguntó si estos chicos en realidad no vivirían en el colegio. Rechazó la idea porque le pareció tonta, pero estaba seguro de que ellos escondían algo raro.

Después de una semana sin novedades, la suerte de Jackson cambió. Su maestro, el señor Pfeiffer, era famoso por sus programas de estudio. En vez de enseñarles gramática o geografía, él se concentraba en un tema que conocía a la perfección: él mismo. Ese día en especial, la clase transcurría igual que siempre. Mientras Pfeiffer contaba acerca de sus vacaciones favoritas, Jackson observaba a la pandilla. De pronto, algo extraordinario ocurrió: los cinco estornudaron al mismo tiempo. Al principio, Jackson no le dio importancia, después de todo los nerds se la pasaban estornudando. Pero la cosa no terminó ahí. No bien se limpiaron las narices, Heathcliff se levantó, caminó hacia el frente del aula y le dijo algo en voz baja al maestro. Pfeiffer parecía como hipnotizado. Asintió con entusiasmo y les dio permiso para salir de la clase. La tropa se levantó y se dirigió al pasillo. Un minuto después, el maestro retomaba su interesante discurso sobre los beneficios de la manteca de cacao y el aloe vera.

Si el estornudo simultáneo hubiera ocurrido una sola vez, Jackson no le habría dado importancia. Pero varios días después, mientras Pfeiffer enseñaba a los niños cómo pensaba redecorar su departamento, a la banda le dio el segundo ataque. Igual que la vez anterior, Heathcliff se acercó al maestro, le susurró algo, y un minuto después los nerds se lanzaban hacia la puerta. En ese momento, Jackson se dio cuenta de dos cosas: que Pfeiffer no estaba calificado para educar chicos y que estaba ante un patrón de comportamiento. Decidió que la próxima vez no lo tomarían desprevenido.

Pocos días después, cuando las alarmas nasales de los nerds sonaron una vez más y Pfeiffer les dio luz verde para salir, Jackson se precipitó tras ellos. Una vez afuera, miró hacia un lado y hacia el otro, y alcanzó a verlos doblar deprisa al final del pasillo.

—¡Hey! ¡Esperen! —les gritó. Quería respuestas.

Pulga se dio vuelta y lo miró, pero luego siguió corriendo detrás de sus amigos. Cuando Jackson llegó al lugar donde los había visto doblar, no vio a nadie. Duncan, Ruby, Matilda, Heathcliff y Julio se habían evaporado en el aire. La única salida posible era una puerta al final del corredor, pero cuando Jackson la abrió, encontró un armario lleno de elementos de limpieza y desodorantes para retretes. ¿Adónde habrían ido?

—Hijo, ¿estás perdido? —dijo una voz desde el otro extremo del pasillo. Jackson se dio vuelta y vio al nuevo encargado de limpieza y mantenimiento de la escuela, que se acercaba hacia él. No recordaba su nombre, pero su aspecto era imposible de olvidar. Parecía un modelo por sus hombros anchos y sus intensos ojos azules. Tenía una cojera pronunciada en la pierna derecha y se apoyaba en la escoba para caminar mejor. Aun así, parecía un hombre digno e inteligente. Jackson había escuchado que las maestras estaban enamoradas de él y comentaban qué buen cambio había sido con respecto a Pecko, el encargado anterior, que era bajito y tenía mal aliento.

—No, señor, yo sólo... —contestó Jackson, tartamudeando.

El hombre estaba por decir algo, pero él también fue interrumpido por un bramido.

—Señor Jackson Jones, ¿no debería estar en clase?

El director de la escuela, el señor Dehaven, se acercaba hacia ellos a toda carrera. Era un hombre pequeño, con bigote y rizos. Se notaba que el pelo no era natural, sino que había estado utilizando rizadores. Era regordete de brazos y piernas, y su pecho parecía un barril.

—Eh... yo —respondió Jackson, dándose cuenta de que confesar que estaba espiando a una banda de nerds sería más creíble que decir que fue a buscar un líquido para limpiar su pupitre.

—"Eh" no es una respuesta, jovencito —vociferó Dehaven—. La respuesta es: "Sí, señor". No sé si usted lo sabe, Jones, pero esto es una escuela. Tal vez ha escuchado antes esa palabra: "Escuela". ¿Le dice algo?

—En realidad, señor —respondió el encargado—, Jackson me estaba preguntando sobre mi trabajo. Le pedí permiso a su maestro para enseñarle el funcionamiento de todo, usted sabe: barrer, pasar el trapo, despegar la goma de mascar de abajo de los pupitres. Él parece estar muy interesado, por eso pensé en echarle una mano.

—¿Eso es verdad? —Dehaven taladró a Jackson con la mirada—. ¿Quieres dedicarte a esta actividad?

Jackson observó al encargado y luego asintió con mirada inocente.

—Es mi sueño.

El director hizo un gesto de desconfianza.

—Bueno, supongo que está todo bien entonces. Aunque déjeme decirle que usted está apuntando un poquito alto —y se dirigió al encargado—. Muy bien, siga nomás, señor... ¿cómo era su nombre?

—Brand —dijo el hombre—. Y no se preocupe, señor, que yo me ocuparé de él.

Dehaven enfiló para el otro lado del pasillo, dejando solos a Jackson y a su salvador.

—Quizás sería mejor que volvieras a clase —dijo Brand.

El chico asintió y comenzó a caminar hacia el aula.

—Ah, Jackson —lo llamó mientras éste se alejaba—. Recuerda qué fue lo que mató al gato.

Esa noche, Jackson repetía una y otra vez la escena en su cabeza. Estaba seguro de que la pandilla había ido hasta el final de ese corredor. ¿Cómo habían desaparecido? Se le ocurrió algo gracioso. ¿Y si hubieran estado escondidos todo el tiempo en los lockers que se encuentran a lo largo del pasillo? Él sabía que era probable que a estos chicos los hubieran encerrado allí varias veces, pero ¿meterse a propósito? Y si así fuera, ¿por qué?

Dio vueltas en la cama durante toda la noche sintiendo un cosquilleo nervioso en todo el cuerpo. Estaba sumergido en un misterio y quería llegar hasta el fondo.

Jackson no tuvo que esperar mucho. Al día siguiente, mientras Pfeiffer disertaba acerca de sus comedias de televisión favoritas, las narices de los nerds comenzaron a sonar otra vez. Saltaron de sus asientos y estuvieron fuera del aula en un segundo. A pesar de las amenazas de Dehaven y las extrañas advertencias del señor Brand, Jackson salió corriendo detrás de ellos. Esta vez, sin embargo, tuvo mucho cuidado de no llamar la atención. Su esfuerzo fue recompensado. Tal como lo había sospechado, cada uno de los nerds se metió en un armario diferente y cerró la puerta tras de sí.

¡Qué chicos raros!, pensó Jackson. Con su cabeza rebosante de preguntas, abrió el armario en el cual había visto entrar a Duncan, pero para su asombro no había nadie. Corrió al locker adonde había trepado Ruby, pero sólo encontró un par de libros escolares y una manzana mordida. Luego abrió el de Heathcliff y estaba vacío. El de Matilda, vacío. El de Julio, vacío. Todos vacíos. ¿Adónde habrían ido?

Creyó que se estaba volviendo loco. Todo el metal de su boca se le debía estar filtrando en el cerebro. Estaba pensando en ir a la enfermería de la escuela, cuando escuchó que alguien se acercaba desde el extremo del pasillo. Por los pasos rápidos y la respiración agitada, Jackson supo que se trataba del director. Si Dehaven lo encontraba otra vez allí sin permiso, pasaría el resto de su vida castigado. Desesperado, hizo lo único que se le ocurrió para salvarse. Entró en un armario y cerró la puerta.

¡Las ironías del destino! ¿A cuántos nerds había metido a la fuerza en un locker? Imposible calcularlo. Y ahora, era él quien se encontraba en esa situación.

–¿Dónde está el encargado? –escuchó que Dehaven preguntaba con un gruñido, al detenerse justo delante del locker donde él se encontraba–. Nunca está cuando lo necesito.

Jackson miró a través del agujero de ventilación de la puerta del armario. Dehaven golpeaba su pie con impaciencia. Después echó un vistazo a su alrededor para asegurarse de que estaba solo, e hizo algo terrible: se metió el dedo en la nariz.

–Qué asco –dijo Jackson.

El director giró hacia el locker. Se acercó, espió por la ventilación y luego movió la manija. Jackson sujetó con fuerza el borde de la puerta para impedir que se abriera. Después de unos segundos, el hombrecillo se rindió y se fue pisando fuerte por donde había venido.

Jackson se dio cuenta de que tenía que volver a la clase antes de que Dehaven regresara, pero cuando intentó abrir la puerta descubrió que se había trabado. Estaba atrapado. Quería pedir ayuda pero temía que el director lo escuchara. Le preocupaba la idea de quedarse ahí todo el día hasta que alguien lo encontrara. ¡Diablos! Podría llegar a pasarse años dentro del armario. Los exploradores del futuro lo abrirían y lo descubrirían allí, como si fuera una momia nerd dentro de un sarcófago con olor a pies apestosos.

–Si me sacas de esto, juro que siempre me portaré bien –prometió al cielo.

De repente, apareció una luz roja intermitente sobre su cabeza y el piso debajo de él se deslizó. No pudo ver u oír nada más que sus propios gritos, mientras salía disparado hacia abajo por un tubo de metal. Luego escuchó un rugido, como si alguien hubiera encendido el ventilador de techo más grande del mundo, y sintió un viento fuerte a sus pies. Al bajar la mirada, vio una enorme turbina que le lanzaba aire y disminuía la velocidad de su caída. En minutos estaba planeando como una hoja al viento justo sobre la chimenea de la máquina. Un panel de acero se deslizó sobre el ventilador y Jackson se posó de pie perfectamente. Apenas tuvo tiempo para agradecer a su buena estrella que ya el piso se inclinaba una vez más mostrando otro agujero. Descendió en él a las sacudidas y se deslizó por un tobogán sinuoso. Surgió una curva muy pronunciada, y justo cuando pensó que iba a vomitar, se abrió otra compuerta y cayó por ella.

Ante su sorpresa, aterrizó en un sillón muy suave. Una voz extraña y formal anunció: "Bienvenido al Patio de Juegos".

Se encontraba en una gran sala cuadrada del tamaño de una cancha de béisbol. El piso era de mosaicos multicolores y el techo estaba sostenido por columnas de mármol. Cada pared estaba decorada con un elaborado mural dedicado a las diferentes ramas de la ciencia: biología, física, geología y química. Había terminales de trabajo distribuidas por toda la habitación. Algunas estaban equipadas con computadoras y otras con complejos experimentos: frascos con sustancias químicas, máquinas a medio construir o depósitos de agua. Dispuestos por encima de todo esto, había inmensos monitores de televisión, que transmitían escenas de todo el mundo: un hombre sacaba dinero de un cajero automático con la Torre Eiffel de fondo; dos ancianos jugaban al ajedrez en la Plaza Roja de Moscú; una mujer recorría la Gran Muralla China con su hijo. Jackson se dio cuenta de que no eran programas de televisión, sino hechos reales captados por cámaras de seguridad. Luego vio en varios monitores a alumnos de su escuela yendo a clase, durmiendo sobre los pupitres o esforzándose por trepar la soga en el gimnasio. Parecía que cada rincón de Nathan Hale estuviera bajo vigilancia.

Cuando logró despegar su atención de las pantallas, Jackson observó un escritorio circular situado sobre una plataforma en el centro del salón. Era de vidrio y tenía pequeños circuitos de computadoras incrustados. Jackson se acercó para examinarlo mejor. Cuando tocó la superficie, una diminuta esfera azul salió flotando de un orificio en el centro. Giró como un tornado y luego comenzó a emitir partículas de luz. Éstas formaron una imagen tridimensional de una cadena de montañas nevadas. Era tan real que Jackson sintió que podía hundir su mano en la nieve derretida que bajaba hacia el río. Nunca en su vida había visto semejante tecnología. Se preguntó cómo podría la escuela darse el lujo de pagar algo así cuando la mayoría de los alumnos compartían los libros de texto.

De pronto, como si hubiera sonado un timbre en algún lugar, las puertas se abrieron y un grupo de personas en trajes blancos de laboratorio y gafas protectoras se precipitaron hacia las terminales de trabajo. No parecieron notar la presencia de Jackson.

Él observó a un hombre meterse en un depósito de agua. Llevaba un pequeño dispositivo verde en la nariz y, una vez sumergido, se notaba que ese aparatito era lo que le permitía respirar. En otro rincón del salón, un científico con una bata naranja brillante, que lo cubría de pies a cabeza, tomaba un cartucho encendido de dinamita que un colega le alcanzaba. Jackson entró en pánico pero, cuando la dinamita explotó, el científico resultó ileso.

Jackson deambuló atónito por el lugar, observando todos los experimentos, hasta que su atención se concentró en una científica que trabajaba con un roedor de nariz rosada. Ella conectó un cable de computadora a la parte trasera de un monitor de video. El otro extremo del cable estaba metido en la barriga del cobayo. De inmediato, el monitor comenzó a funcionar transmitiendo, aparentemente, lo que veía el animal. Otro científico se acercó a observar.

–Yo la llamo "cámara roedor" –la orgullosa científica le anunció a su colega–. El equipo puede darle una al hijo de un sospechoso y grabará todo lo que el animalito vea y oiga. ¡Sólo hay que conectar este cable y él transmitirá los datos al disco duro!

La científica continuó con su demostración apuntando la peluda mascota en todas direcciones, hasta que la imagen se detuvo en Jackson.

Todos los científicos se voltearon hacia él al mismo tiempo.

–¿Cómo entraste aquí? –le gritó uno de ellos.

–Eh... estoy perdido –contestó.

Antes de que pudiera agregar una palabra más, comenzó a sonar una alarma y una voz anunció: "Tenemos un intruso en el Patio de Juegos. Atención a todos los agentes. Tenemos un intruso en el Patio de Juegos".

Jackson no tenía la menor idea de lo que estaba pasando, pero había algo que estaba muy claro: ésta no era la sala de maestros.

FIN DE LA TRANSMISION

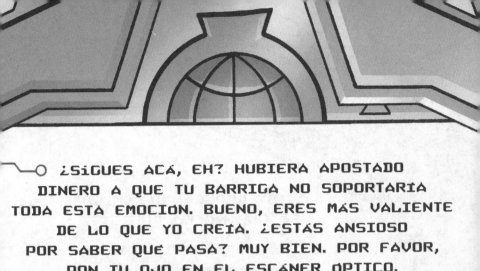

¿SIGUES ACÁ, EH? HUBIERA APOSTADO DINERO A QUE TU BARRIGA NO SOPORTARIA TODA ESTA EMOCION. BUENO, ERES MÁS VALIENTE DE LO QUE YO CREIA. ¿ESTÁS ANSIOSO POR SABER QUE PASA? MUY BIEN. POR FAVOR, PON TU OJO EN EL ESCÁNER ÓPTICO.

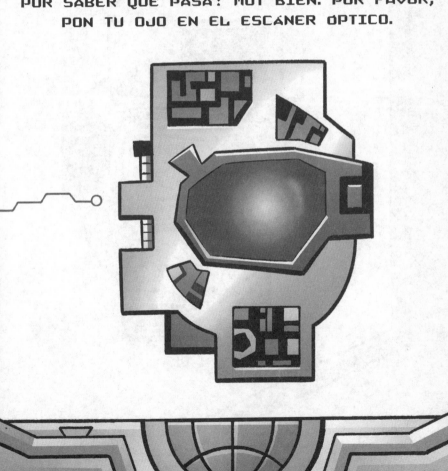

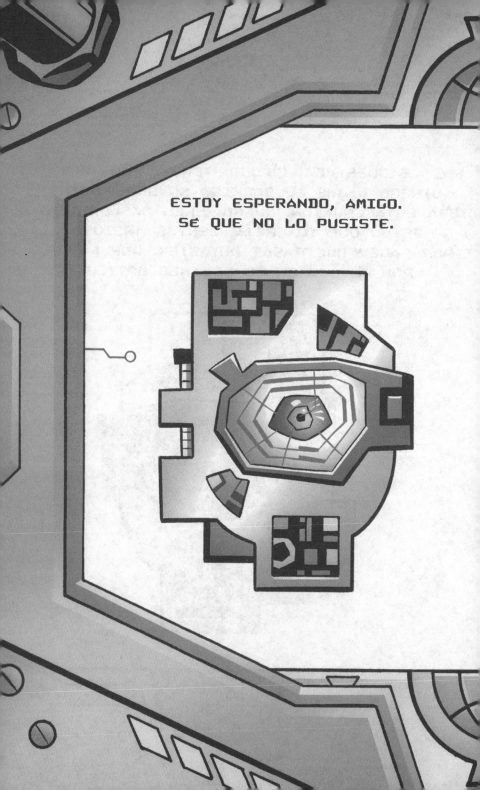

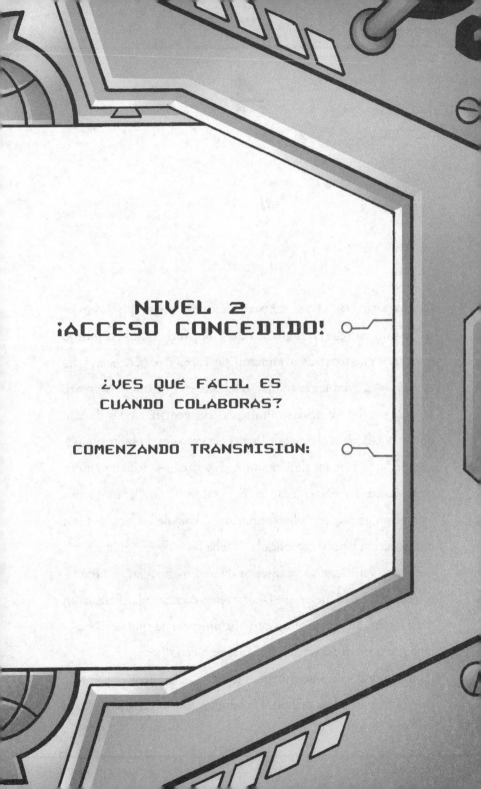

NIVEL 2
¡ACCESO CONCEDIDO!

¿VES QUÉ FÁCIL ES CUANDO COLABORAS?

COMENZANDO TRANSMISION:

4

Cada uno de los científicos que la Hiena secuestró y entregó en la guarida del Polo Norte recibió el mismo trato. Los guardaespaldas tomaron sus ropas y pertenencias y les dieron unos overoles anaranjados, como los que usan los presos. Los encerraron en celdas minúsculas sin ventanas y les dijeron que se quedaran allí hasta que los necesitaran. Les prohibieron usar sus teléfonos, pero los alimentaron bien y hasta les facilitaron libros y revistas para que se entretuvieran. Finalmente, los llevaron a una habitación grande con sillas y pizarrones. Una de las pizarras tenía una ecuación larga y complicada. Estaba llena de incógnitas X e Y junto con varios signos de interrogación. Los guardias les ordenaron calcular los números que faltaban para completarla. Trabajaron día y noche, aunque estaba claro que ninguno de ellos sabía exactamente qué era esa ecuación ni qué resolvería.

Fue durante esas interminables tardes que la Hiena comenzó a percibir la naturaleza diabólica del doctor Rompecabezas. ¿Quién podía ser tan perverso como para forzar a alguien a resolver problemas matemáticos? Recordó a una maestra de cuarto grado que insistía en que algún día a ella le resultaría útil saber sacar la raíz cuadrada. Todavía seguía esperando. Pero la maldad de Félix iba mucho más allá de cualquier maestro de matemática, por la forma en que reaccionaba ante el progreso de los científicos. Varias veces al día, él salía de una habitación cerrada con llave, situada en la parte trasera del edificio, y analizaba la ecuación. A veces se entusiasmaba mucho y elogiaba a sus huéspedes, pero en general se ponía muy violento, agarraba el borrador y arrasaba con el trabajo de varios días. Las primeras veces que ocurrió esto, los científicos se lo tomaron bien, pero a la décima vez se echaron a llorar.

La Hiena no podía evitar sentir compasión por ellos. Parecían muy cansados y angustiados. Pero su empatía pronto se convirtió en enojo. ¡Ella no podía sentir compasión! Era una asesina profesional. Se suponía que debía tener hielo en las venas y un corazón negro como la noche. Los asesinos a sueldo no andan por ahí preocupándose por sus víctimas. Tenía que controlarse. La compasión resultaba muy poco profesional.

Después de varios días, uno de los científicos más valientes dio un paso adelante.

—Doctor Rompecabezas, todo esto sería mucho más fácil si usted nos dijera para qué sirve esta ecuación.

El malvado doctor hizo un gesto de impaciencia.

—¿Acaso no es obvio?

Félix lanzó un suspiro de exasperación, se acercó a la pizarra y dibujó la Tierra. En la parte de arriba, colocó una enorme antena parabólica y, en cada uno de los continentes más grandes, dibujó flechas que apuntaban hacia los otros continentes. La Hiena no tenía la menor idea de lo que significaba todo eso, pero una vez que el doctor terminó el dibujo, los científicos secuestrados lanzaron al unísono un grito ahogado.

—¡No puede estar hablando en serio!

—¡Usted se ha vuelto loco!

—¡No funcionará!

—¿Están seguros? —gritó el doctor chiflado, mientras daba vuelta y se dirigía a su habitación privada—. Síganme.

Los guardaespaldas empujaron a los científicos hasta el recinto secreto del doctor. Ansiosa por ver lo que había adentro, la Hiena siguió a la multitud. Al pasar la puerta, se quedó asombrada por lo que encontró. La habitación era tan grande como una cancha de fútbol, con paredes que se elevaban hasta las nubes. No había techo y hacía muchísimo frío. Decenas de empleados de Rompecabezas vestidos con abrigos muy pesados, gafas y guantes, se movían deprisa trabajando en una antena parabólica, que apuntaba hacia el cielo.

—Tiene que funcionar, amigos míos —dijo el lunático, señalando la antena—. Porque, como pueden observar, ya la construí.

5

Una voz interior le gritó a Jackson que corriera, pero cuando giró para huir, una placa de metal cayó del techo, bloqueándole la salida. Lo mismo ocurrió en las distintas puertas ubicadas alrededor del salón. Se precipitó hacia la única que seguía abierta, pero los científicos se alinearon y le obstruyeron el paso. Sin embargo, no resultaban verdaderos oponentes para quien fuera el jugador estrella de los Tigres. Jackson salió a toda carrera, eludiendo a algunos científicos y tacleando a otros. Zigzagueó alrededor de varias mesas y luego se deslizó a través de la puerta, justo antes de que la placa de metal cayera detrás de él.

Cuando recuperó la respiración, vio que estaba en otro extraño recinto. Éste era redondo y tenía en el piso un enorme mosaico del sistema solar. Además de las innumerables bibliotecas con manuscritos polvorientos, había un pedestal plateado cubierto de perillas, botones y luces que parpadeaban. Y, suspendida sobre el pedestal, había una gran esfera de cristal, exactamente igual a la que Jackson acababa de ver. Del techo, justo sobre la plataforma, colgaban más monitores de computadora y cientos de gruesos cables sueltos, como si fueran los brazos de un pulpo electrónico. Jackson examinó el pedestal y su corazón se aceleró. Se trataba claramente de algún tipo de computadora, aunque tuviera más controles y botones que la mayoría. ¡Debía tener correo electrónico! ¡Podría pedir ayuda! En un segundo, estarían la policía, el FBI, el ejército y el escuadrón de niñas exploradoras echando abajo la puerta de este maldito laboratorio secreto.

Lamentablemente, Jackson no sabía por dónde empezar. No tenía mouse ni botón de encendido. Desesperado, comenzó a presionar teclas sin estar seguro de lo que podría causar.

De repente, volvió esa extraña voz que había escuchado en los lockers.

—Usted ha accedido al protocolo de mejora física del Núcleo de Espionaje, Rescate y Defensa Secretos. Prepárese para la actualización. ¿Clave de identificación, por favor?

—¿Me está hablando a mí? —preguntó Jackson mirando a su alrededor.

—Sí. ¿Ha elegido una clave?

—No sé de qué me está hablando. Sólo estoy buscando una manera de salir de aquí…

La voz lo interrumpió.

—No ha ingresado la clave de identificación. Tiene veinticuatro horas para hacerlo, o le será asignada una. Buscando debilidades.

De pronto, los estantes a ambos lados de Jackson se deslizaron, dejando a la vista varias hileras de luces verdes. Éstas emitían rayos láser, que se movían a lo largo de su cuerpo, formando extraños dibujos. No le producían ningún dolor, pero lo ponían muy nervioso.

–Atributos físicos por encima del nivel normal –dijo la voz–. Continúa la búsqueda de debilidades.

Mientras los rayos seguían recorriendo el cuerpo de Jackson, se escuchó un terrible golpe en la puerta y apareció una enorme abolladura, como si un gigante hubiera arrojado un rinoceronte contra el acero. Los científicos se encontraban del otro lado, tratando de derribar la puerta.

–¿Dónde está el programa para enviar e-mails? –gritó Jackson, mientras apretaba botones frenéticamente.

De pronto, aparecieron en el pedestal unas lucecitas rojas, que emitían silbidos agudos, y, al mismo tiempo, la esfera de cristal comenzó a dar vueltas. Al principio lo hacía lentamente, pero luego aumentó tanto la velocidad que encegueció a Jackson. Millones de partículas de luz se esparcieron por el lugar.

¡*Cranch!* Una abolladura más grande se dibujó en la puerta.

Las partículas daban vueltas como en un remolino sobre las paredes y el piso hasta convertirse en una masa uniforme: un esqueleto tridimensional que se encontraba suspendido justo delante de Jackson. Parecía repetir sus movimientos. Si Jackson movía la cabeza, el esqueleto movía la suya. Si levantaba un brazo, la figura también lo levantaba. El chico estiró la mano hacia las luces pero, en el momento en que atravesó la superficie de la imagen, la figura desapareció.

–¡Es un holograma! –dijo en voz alta.

Cuando retiró su brazo, el esqueleto reapareció: ahora tenía corazón, pulmones, hígado, riñones y estómago. Luego se fueron agregando los músculos y las venas.

–Órganos internos dentro del nivel normal. No se detectaron desequilibrios químicos ni alergias. Continúa la búsqueda –dijo la extraña voz.

¡Cranch! Una de las bisagras de la puerta se torció y los tornillos que la sujetaban cayeron al piso.

Ahora el esqueleto estaba cubierto de piel. Aparecieron los ojos, luego el pelo y las uñas. A Jackson le quedó claro que se trataba de un retrato tridimensional completo de él. Lo único que deseaba era que la computadora le agregara algo de ropa.

La voz regresó.

–Debilidad detectada. El sujeto posee una importante cantidad de dispositivos dentales. La actualización se efectuará en tres...

–¡Espere! ¿Qué es una actualización?

–Dos...

Jackson entró en pánico y comenzó a mover las perillas.

–¿Cómo se detiene esta cosa?

–Uno. Comenzando actualización.

De golpe, un sillón de cuero brotó del piso y Jackson cayó en él. Antes de que pudiera levantarse, sus manos y sus pies quedaron amarrados. El sillón se reclinó y luego se desplegó como si fuera una camilla. De la maraña de cables sobre la plataforma, surgieron dos máquinas con forma de araña, que descendieron sobre la cara de Jackson. Cada una tenía ocho brazos con diferentes dispositivos en las terminaciones: taladros y cuchillas de distintos tamaños, que giraban sin control. Cuando Jackson abrió su boca para gritar, uno de los brazos le colocó unos ganchos de goma para separar sus labios de los dientes.

–¡Socorro! –gritó. Y aunque los golpes continuaban, los científicos no habían logrado todavía derribar la puerta. ¡Ay! ¡Cómo deseaba Jackson haber sido capturado por ellos y no por esta despiadada computadora sin cara!

–Piense en cosas agradables –dijo la máquina.

Luego todo se volvió negro.

6

A pesar de ser una fría y calculadora asesina profesional, la Hiena era muy bonita. Tenía pelo rubio platino, grandes ojos verdes, largas pestañas y una nariz perfecta. Cuando cumplió siete años, su madre decidió sacar partido de la increíble belleza de su hija. Empacó las pertenencias de ambas, compró una casa rodante y sumergió a la niña en el mundo de los concursos de belleza infantiles. Le puso a la Hiena vestidos brillantes, pestañas postizas y zapatos de tacones altos. Dos veces por semana, la acompañaba a aplicarse bronceador de spray que le dejaba la cara como una mandarina. La inscribió en clases de danza moderna, jazz y hip-hop. La llevó a aprender canto, actuación y piano dos veces por semana. Contrató maestros particulares que le enseñaron cómo sonreír y mirar a los jueces mientras cantaba alguna canción atrevida.

El esfuerzo tuvo su recompensa. La Hiena ganó cientos de trofeos, recibió miles de dólares en becas escolares y una colección de coronas que podía competir con la de una princesa. Una vez fue nombrada "Reina de la Patata de Idaho", "Miss Bife de Costilla de Georgia", "Princesita de la Naranja de Florida", "Embajadora de los Lácteos de Kansas" y "Reina de la Nieve de Utah", todo en el mismo mes.

Pero no fue ni su aspecto ni su enérgica personalidad lo que la llevó a ganar tantos concursos. El talento era la clave de la consagración. Mientras algunas niñas tocaban el violín o recitaban versos de *Hamlet*, la Hiena daba una clase instructiva sobre cómo defenderse de un atacante con un *nunchaku* en llamas.

Utilizaba un muñeco de trapo, al cual acuchillaba, golpeaba y descuartizaba mientras sus ojos echaban chispas. Los jueces quedaban impresionados por su crueldad. Quizás la elegían por temor. De cualquier manera, el acto era todo un éxito.

Para mejorar el espectáculo, la madre de la Hiena seguía agregando armas a la actuación: *sais*, dagas y espadas, cortas y largas;

palos, manoplas y pistolas *Taser*. La casa rodante se había convertido en un arsenal. También le hacía tomar clases de artes marciales en todos los institutos que iban encontrando a lo largo del camino. La Hiena aprendió aikido en Akron, jiu-jitsu en Jamestown, taekwondo en Tallahassee, kendo en Kansas y kung fu en Kissimmee. Como complemento, tomó clases de tap en Tulsa. Desafortunadamente, el entusiasmo de la madre sufrió un revés inesperado cuando su hija le anunció que deseaba otra cosa para su vida: algo más digno que andar desfilando por ahí en vestiditos cortos y zapatos altos.

Quería ser una asesina profesional.

Lamentablemente, la Hiena descubrió pronto que la vida de una asesina independiente no era tan buena como había imaginado. Es más, todavía no había tenido la oportunidad de matar a nadie. Por su falta de experiencia, se había visto obligada a aceptar trabajos poco deseables dentro del universo del crimen profesional: básicamente, los de un matón. No se trataba de asesinos expertos, ni siquiera gángsters o guardaespaldas. Eran gorilas con fuerza bruta y nada de inteligencia. Si los otros asesinos a sueldo descubrían que ella andaba secuestrando gente, se convertiría en hazmerreír.

Veamos, la gente común podría no conocer la diferencia entre un asesino y un gángster; entre un guardaespaldas y un matón. Pero es tan grande como el desierto del Sahara. Los asesinos matan gente y cobran enormes sumas de dinero por hacerlo. Se visten de negro y a veces tienen en el rostro una cicatriz que les da un aspecto genial. Y usan apodos como Escorpión, Piraña o Caníbal.

En el escalón siguiente se encuentran los gángsters o secuaces. Para decirlo en pocas palabras, su trabajo consiste en cumplir las órdenes muchas veces imposibles de su malvado jefe. Si él quiere un ejército de suricatas, el tipo debe tomar el teléfono y lograr rastrear a esos animalitos peludos por todo el planeta. Si el jefe dice que quiere una guarida secreta en la luna, el gángster tiene que contratar a alguien que encargue las provisiones de jugo y helado espacial necesarias para el viaje en cohete. Otras importantes responsabilidades incluyen elogiar las macabras conspiraciones de su amo y alimentar a su psicótica mascota (podría ser una serpiente venenosa, una tarántula o un gato que ha sufrido horribles mutaciones). Básicamente, se trata de un asistente personal y un hombre de confianza, sólo que malvado. No es tan genial como ser un asesino, pero incluye seguro médico y dental más una buena jubilación.

Luego siguen los guardaespaldas, que son los que hacen el trabajo duro. Construyen la fortaleza secreta y los enormes aparatos letales. Suelen custodiar la guarida y, en caso de apuro, se les puede llamar para que ayuden a empujar a los enemigos del jefe al estanque de los tiburones. En general, el trabajo no está mal. Lo que es patético es el uniforme. Resulta que los guardaespaldas deben usar disfraces ridículos. Si tu jefe es un lunático que está obsesionado con los osos, puedes estar seguro de que tendrás que ir a trabajar con un traje peludo. Si, en cambio, se vistiera como el director de un circo, más vale que te vayas comprando zapatos y nariz de payaso. Es muy humillante pero, por desgracia, los trabajadores de la industria del crimen no tienen sindicatos fuertes.

Los matones, sin embargo, son el último eslabón de la cadena alimenticia de los villanos. La mayoría de ellos no son más que músculos a las órdenes de científicos chiflados, políticos corruptos, genios malévolos y presumidos. Secuestran gente, rompen muchas piernas y lanzan amenazas (mientras hacen crujir los nudillos para dar un efecto dramático). Casi todos son deformes, de grandes mandíbulas, brazos de orangután y cabezas que parecen calabazas aplastadas. La Hiena no quería pertenecer a este grupo, aunque siempre sería mejor que competir en el concurso de "Reina del Salmón del Estado de California". De todas maneras, se vería horrible en su currículum. En ese negocio era muy fácil que te encasillaran, y una vez que te ponían la etiqueta de matón, era muy difícil ascender.

Pero un cheque es un cheque. La Hiena necesitaba el dinero y estaba haciendo un gran esfuerzo por dejar sus preocupaciones de lado y respetar algunas reglas sencillas: 1) No salir con los otros matones. 2) Cobrar el dinero por adelantado y en efectivo (era tentador trabajar gratis, especialmente cuando tu jefe prometía darte un pequeño continente o un archipiélago para gobernar una vez que él dominara el mundo, pero las cuentas no se pagan con promesas) y 3) No criticar al jefe.

La regla número tres le estaba trayendo problemas. El doctor Rompecabezas era muy agradable. Ella lo veía muy raramente (lo cual era bueno porque le costaba tolerar la extraña perfección de su rostro diseñado con cirugía estética) y él todos los viernes traía golosinas para el personal. Pero aunque proporcionaba un ambiente de trabajo alegre, descuidaba detalles importantes. Por ejemplo, no le había comentado que muchos de los científicos que ella debía secuestrar eran atletas de primer nivel: el doctor Hammond era un boxeador semiprofesional, el doctor Beldean había sido miembro del cuerpo de operaciones especiales de la marina y el profesor Church era increíblemente rápido con la regla de cálculo. Un poco de información le hubiera ahorrado a la Hiena mucho dolor y unos cuantos moretones. Cuando le preguntó a Rompecabezas si sabía que el doctor Banyon había sido luchador profesional, él asintió y le ofreció la última golosina, sabor frambuesa.

De modo que, cuando la Hiena fue tras su próximo objetivo –un tal profesor Joseph Lunich, experto mundial en magnetismo– se preguntó qué sería lo que *no* sabía de él. Félix estaba obsesionado con el último invento de Lunich, el rayo de tracción miniatura, así que no sólo quería que capturara al doctor sino también a su máquina. Decía que el aparato era revolucionario y fundamental para sus planes. A la Hiena no le importaba en absoluto esa máquina ridícula. Estaba más preocupada por saber si el tipo había sido cinturón negro de karate o jugador de fútbol americano.

El laboratorio del profesor era un gran depósito vacío que pertenecía al Departamento de Ciencias de la Universidad de Vassar, en Poughkeepsie, Nueva York. La Hiena buscó un buen lugar donde esconderse y se sentó a esperar al científico. Él llegó algunas horas después y fue directamente a trabajar a su oficina. En ese momento ella entendió por qué al doctor Rompecabezas le resultaba tan fascinante el invento del profesor.

Lunich colocó un aparatito puntiagudo en una maceta con una planta, oprimió un botón que se encontraba en un costado del dispositivo y apuntó el rayo que surgía de él hacia una camioneta tipo pick-up, estacionada dentro del enorme depósito. El científico subió al vehículo, lo encendió y aceleró a fondo. El poderoso motor de la camioneta vibró mientras las ruedas giraban en vano. El rayo de tracción la cubrió de una energía verdosa y la retuvo con fuerza. La camioneta no podía moverse ni un centímetro: ese artefacto del tamaño de un lápiz la mantenía en el mismo lugar. Luego, sorprendentemente, comenzó a deslizarse hacia atrás: el aparatito estaba arrastrando a la camioneta por el salón.

Cuando el experimento concluyó, la Hiena salió de su escondite.

—Debo admitir que su máquina es genial —le dijo al sobresaltado profesor—. Y mi jefe piensa lo mismo. Él desearía que usted le mostrara cómo funciona. ¿Le parece bien? ¿Qué tal si se ahorra las preguntas, profesor, y viene conmigo sin chistar?

Pero lo único que ahorró fue el tiempo que le llevó recorrer la distancia que lo separaba de la puerta. Desapareció en un segundo, dejando a la futura asesina anonadada. La Hiena se enteraría más tarde de que el doctor Rompecabezas había olvidado decirle que el profesor no era sólo un famoso científico, sino también un corredor de corta distancia con varias medallas olímpicas.

Lo que ocurrió después fue un ejercicio de humillación. Lunich corrió por el campus de la universidad con la gracia de una gacela. Mientras zigzagueaba a través del laberinto de caminos, gritaba pidiendo ayuda. La Hiena estaba segura de que en cualquier momento aparecería la policía o algún buen samaritano. Y lo que es peor, ella nunca lograría atrapar al doctor con sus botas de tacones altos. Al caer en el pasto por quinta vez, notó que se le había roto el taco de una de ellas. Disgustada, juró que buscaría a la persona que las había diseñado y la mataría. En medio de su frustración, se quitó la bota y la arrojó, furiosa, en dirección de Lunich. Ante su asombro, ésta salió despedida por el jardín, golpeando al profesor justo detrás de su cabeza. Él se desmoronó y quedó inconsciente en el piso.

Ese sí que fue un golpe de suerte para todos los fabricantes de calzado del mundo.

FIN DE LA TRANSMISION

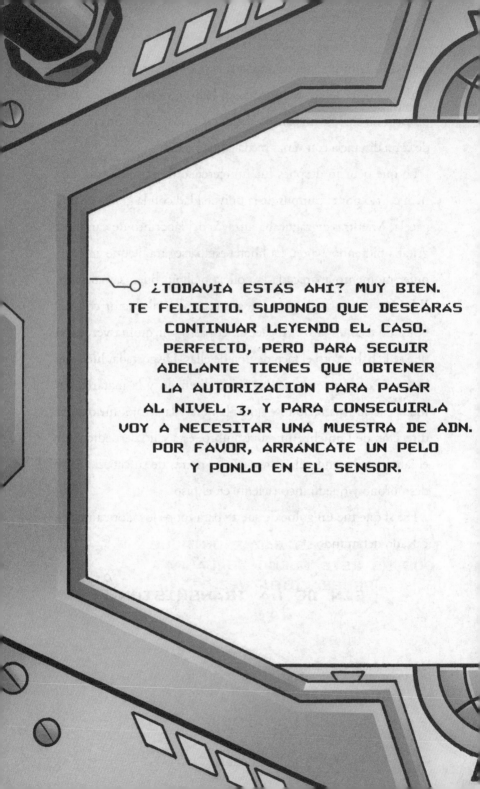

¿TODAVÍA ESTÁS AHÍ? MUY BIEN.
TE FELICITO. SUPONGO QUE DESEARÁS
CONTINUAR LEYENDO EL CASO.
PERFECTO, PERO PARA SEGUIR
ADELANTE TIENES QUE OBTENER
LA AUTORIZACIÓN PARA PASAR
AL NIVEL 3, Y PARA CONSEGUIRLA
VOY A NECESITAR UNA MUESTRA DE ADN.
POR FAVOR, ARRÁNCATE UN PELO
Y PONLO EN EL SENSOR.

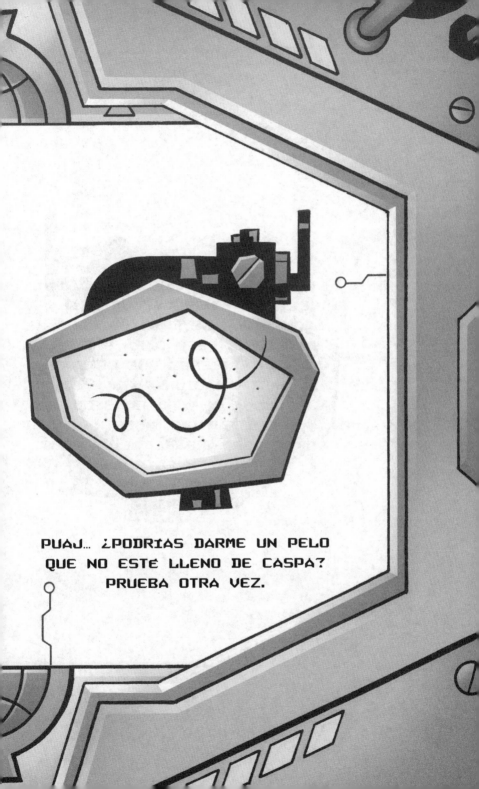

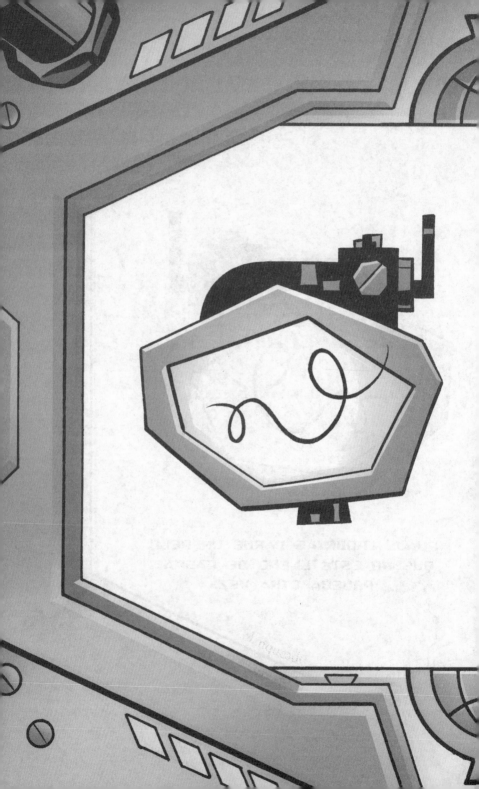

NIVEL 3
¡ACCESO CONCEDIDO!

COMENZANDO TRANSMISION:

7

Mientras Jackson luchaba por recuperar la conciencia, pudo distinguir varias figuras oscuras que discutían airadamente frente a él.

—¿Cómo fue que éste llegó hasta acá abajo?

—Ha estado espiándonos en los últimos días.

—Creo que tendremos que borrar su mente.

—Lo haré con sumo placer.

—No. Benjamín le hizo las actualizaciones. No podemos soltarlo con toda esa tecnología encima. Tiene como diez mil millones de dólares en nanobytes en su boca. Deberíamos llamar al director.

—¿Y desde cuándo hacemos lo que él dice? Yo estoy a cargo del equipo y digo que hay que borrarle la memoria.

Jackson se incorporó de a poco, pues todavía se sentía algo atontado. Quería que alguien encendiera una luz para poder ver quiénes eran los que hablaban de él.

–¿Dónde estoy? –preguntó, aturdido.

–¿Qué dijo?

–¿Cómo saberlo? Con tanto metal dentro de esa boca…

–¿Quiénes son ustedes? –dijo Jackson.

–Habla como un niño. ¿El bebé quiere su biberón?

–No te burles.

–Como si no se lo mereciera. Sostén sus brazos.

–Ya lo tengo –dijo otro. Y dos manos muy fuertes lo sujetaron por los hombros.

De repente, un rayo de luz iluminó los dos dientes de conejo más descomunales que Jackson había visto en su vida. Recordaba hasta burros con dientes más pequeños. Al observarlos, le sobrevino una extraña sensación en todo su cuerpo. Sentía como si su cabeza estuviera llena de sopa, y tenía que hacer un gran esfuerzo para pensar. Quería saltar del sillón, pero no tenía la voluntad para hacerlo.

–Sólo fija la mirada en mis dientes –dijo el dueño de esos increíbles incisivos.

Entonces volvió la luz y Jackson pudo identificar a las figuras que tenía adelante.

Las manos que lo sostenían pertenecían al minúsculo Julio Escala y detrás de esos dientes gigantes que parecían querer arrebatarle el alma estaba Heathcliff Hodges. Ruby Peet, Duncan Dewey y Matilda Choi se encontraban cerca. Detrás de ellos había otra figura más: un hombre alto de hombros anchos, que llevaba una escoba. Acababa de llegar y estaba muy enfadado. Era el señor Brand, el encargado de limpieza de la escuela.

—¿Qué está pasando aquí? —les preguntó.

—Por favor, tiene que ayudarme —le rogó Jackson—. Estos nerds no me quieren dejar ir…

Ruby lo interrumpió.

—Ya ha visto el Patio de Juegos. Tiene las actualizaciones. Hay que borrarle la mente.

Brand se acercó hasta Jackson, apoyándose en la escoba, y lo observó atentamente.

—Erizo de Mar, es muy posible que su cerebro no pueda soportarlo —dijo Brand—. Y no quiero que tengamos otro caso como el de Stevie Lazar.

Jackson conocía a Stevie Lazar. Hasta hacía poco tiempo, había sido el representante nacional de las Olimpíadas de Matemática y tenía un puesto esperándolo en la NASA. Repentinamente, perdió el interés por la escuela, los amigos y el baño. Ahora se pasaba el día escarbándose la nariz, babeando y cantándole canciones de cuna a un roñoso títere de calcetín, que llevaba consigo adonde fuera. De la noche a la mañana, había pasado a ser un inútil. ¿Serían estos chicos los responsables? ¿Habrían convertido a un campeón olímpico en un chico que se llenaba los bolsillos con patitas de pollo congeladas?

—¿Cómo ocurrió esto? —preguntó el señor Brand.

—Él descubrió el camino hasta el Patio de Juegos y el equipo de ciencia lo persiguió hasta aquí. Logró acceder de alguna manera al programa de actualizaciones –dijo Duncan–. Seguramente fue por casualidad.

–O quizás sea un espía –observó Ruby.

–Lo dudo mucho –afirmó Brand–. ¿Alguna otra sugerencia que no implique suprimir su memoria?

–Encerrarlo en una celda y arrojar la llave –propuso Matilda.

Heathcliff estuvo de acuerdo.

–Recuerde cómo nos trataba: proyectiles de saliva, calzones chinos, remolinos... este chico es una amenaza. Enciérrelo o neutralice su memoria; de cualquiera de las dos formas, estaría haciéndole un favor a la humanidad.

Pulga agitaba sus puños con entusiasmo. Con las luces encendidas, Jackson alcanzó a ver que llevaba un extraño arnés, que cubría sus flacuchos miembros. Una luz centellaba en forma intermitente en una placa sobre su pecho, justo debajo de una gran perilla.

–Yo podría arrojarlo al océano. ¡Soy fuerte como un toro! –gritó, enfurecido.

Jackson estaba asustado ante la furia de la pandilla. Nunca antes había escuchado a nadie hablar de él con tanto veneno. Era cierto que su popularidad había sufrido algunos percances últimamente, pero todos sabían que él era un tipo genial.

–Bueno, cálmense todos –dijo Brand, mientras se dirigía a desatar a Jackson–. Aquí no se borrará la mente de nadie ni se arrojarán personas al mar.

—No querrá decir que vamos a matarlo, ¿no es cierto? —dijo Matilda, buscando sus inhaladores para calmarse, pues su respiración había empezado a agitarse por los nervios.

El agente sacudió la cabeza y ayudó a Jackson a levantarse.

—Me parece difícil, porque lo voy a dejar ir.

Ruby apretó los puños con rabia.

—Señor Brand, como líder del equipo, yo digo que lo encerremos.

—Erizo, aclaremos las cosas de una buena vez. Yo soy el jefe y este chico se va a su casa.

Brand presionó un botón en la pared y bajó un tubo de vidrio que encerró a Jackson. Él fue arrastrado hacia arriba, y un

momento después salía a los tumbos del armario y aterrizaba en el piso helado de la escuela.

Jackson quería contarle a su familia lo que le había ocurrido, pero temía que pensaran que se había vuelto loco. ¿Cómo culparlos? No podía pretender que su padre y su hermano creyeran que la Escuela Nathan Hale era el cuartel general de una organización secreta dirigida por cinco nerds y un encargado de mantenimiento con una pierna enferma. ¿Quién creería algo así? Ni él mismo estaba muy seguro. Quizás lo había imaginado todo. O tal vez estaba enfermo. Los bocaditos del almuerzo tenían un olor raro.

De todas maneras él pensaba que debía hablar. Esperó a la hora de la cena.

–Papá, hoy ocurrió algo en la escuela –dijo Jackson.

Su hermano Chaz, que se estaba preparando para ir a practicar fútbol americano, lanzó una carcajada.

–¿Acaso alguien te robó el dinero del almuerzo… otra vez?

Su padre estaba en otra cosa. Se encontraba ocupado dando de comer en la boca a su mejor amigo y compañero, un pitbull llamado Tyson. El perro era gordo y feroz, y estaba amargamente celoso de Jackson y de Chaz. Cuando ellos estaban cerca, les gruñía y trataba de morderlos, pero el señor Jones estaba convencido de que el animal se tiraba pedos con olor a perfume. La peor característica de Tyson era su habilidad para robarles la atención de su padre.

–Papá, tengo que contarte algo. Es importante –insistió Jackson.

El hombre apoyó la cuchara en el piso, lo cual enfureció al perro.

–Muy bien, hijo. Te escucho. ¿Qué pasa? ¿Alguien se está burlando de ti otra vez?

–Eh… eso no es lo que quiero decirte –tartamudeó Jackson.

El teléfono sonó en la cocina.

–¿Puedes esperar un segundo? –dijo su padre, mientras se dirigía a la cocina–. Denle de comer a Tyson mientras tanto.

Los hermanos se miraron con desesperación.

–Bueno, yo tengo que ir a mi entrenamiento –dijo Chaz, metiéndose un pedazo enorme de carne en la boca al mismo tiempo que se levantaba de la mesa.

—¡Idiota! —le gritó Jackson.

—Te recordaré en mis oraciones, inadaptado —le dijo Chaz, mientras desaparecía por la puerta de calle, dejando a Jackson y a Tyson a solas.

El perro le echó una mirada de desprecio.

—Sí, lo mismo digo, pulguiento —repuso el chico.

El animal estalló en temibles ladridos, lo que hizo que el señor Jones asomara la cabeza por la puerta de la cocina.

—¿Qué está pasando ahí?— preguntó.

—Nada —respondió él, y el padre desapareció otra vez—. Sólo que tu perro es un enfermo.

Jackson se sentó cerca del animal y levantó la gran cuchara de madera que su papá utilizaba para alimentarlo. La llenó de carne de ternera pero, cuando acercó su mano al plato, Tyson le tiró un mordisco. El chico apretó los dientes y repitió la tarea. Esta vez, el perro casi le destroza un pedazo de dedo pulgar.

—Si haces eso de nuevo, te dejaré morir de hambre —lo amenazó.

Cuando la tercera cucharada se acercó, el pitbull le clavó los dientes en el costado de la mano. Estaba por gritar cuando sintió una especie de remolino en su boca. Era como si sus brackets hubieran cobrado vida propia. Se movían de izquierda a derecha y de arriba abajo. Luego su boca se abrió de golpe y salieron de ella dos largos tentáculos de metal. Uno sujetó a Tyson de la mandíbula, forzándolo a mantenerla abierta, y el otro tomó el plato con la carne y lo volcó en la boca del perro. Cuando el último pedazo estuvo adentro, los tentáculos lo obligaron a masticar.

—Era el director de tu escuela —explicó el señor Jones entrando al comedor.

Jackson miró para abajo y notó que las extrañas prolongaciones ya habían vuelto a su boca. Tyson estaba aturdido.

—Dice que has estado faltando y desapareciendo de las clases —continuó su padre, mientras se sentaba a la mesa.

—Eso era de lo que quería hablarte… —dijo Jackson.

Su padre hizo un gesto de desconcierto.

—Hijo, hasta hace un mes eras el chico más popular de la escuela. De pronto, te sacan del equipo de fútbol americano, tus calificaciones bajan exageradamente y te conviertes en un delincuente. ¿Qué te está pasando?

Jackson estaba por darle una explicación, pero su padre lo interrumpió, otra vez.

—Mira a tu hermano Chaz. Es todo un ejemplo. Un tipo confiable. Ya juega en el equipo de la secundaria. Es un excelente deportista. Todos lo aprecian y tiene miles de amigos. Si quieres saber lo que espero de ti, no tienes más que mirarlo a él.

La cara de Jackson se había puesto roja de rabia y de vergüenza.

—No sé qué será lo que te está haciendo actuar así. Debe de ser alguna mala influencia. Tienes que deshacerte de ella y organizar tu vida.

El papá de Jackson se volvió hacia el perro.

—¿Tienes ganas de dar un paseo, grandote?

Tyson salió disparando del comedor.

–¿Qué le pasó a éste? –preguntó el señor Jones.

Jackson observó a su padre mientras se iba de la habitación.

Una vez solo, se precipitó hacia el garaje en busca de unas pinzas de la caja de herramientas. Cuando las encontró, volvió corriendo y subió las escaleras a dos pledaños. Se metió en el baño y cerró la puerta con llave. Encendió la luz y se miró al espejo para examinar los brackets. ¡Se estaban moviendo! Parecían hormigas laboriosas. ¿Cómo los habían llamado los nerds? ¿Nanobytes? Tener brackets normales ya era una desgracia. Lo último que necesitaba eran aparatos de ortodoncia hechos de diminutas computadoras. Tenía que librarse de ellos ya. Probó quitárselos varias veces, pero cada vez que lo intentaba, los brackets le tiraban un latigazo que le impedía manipular la pinza. Finalmente, le arrebataron la herramienta de la mano y le pegaron con ella en la cabeza.

Abandonó la tarea, fue a su habitación y se recostó en la cama. Sabía que estaba en problemas. Esa máquina lo había transformado en un peligro. En cualquier momento podría herir a alguien. Se imaginaba acusado y condenado a cadena perpetua por ataque y agresión con un aparato mortal de ortodoncia. Se preguntó cómo sería la vida de un chico de sexto grado en una cárcel del estado. Finalmente se durmió y soñó que era un prisionero con cadenas en los tobillos, que trabajaba arreglando caminos, mientras el señor Dehaven se paraba al lado de él y gritaba su nombre una y otra vez.

Cuando despertó, todavía estaba oscuro. Se sentó en la cama y esperó que sus ojos se acostumbraran a la luz. Entonces lanzó un grito y casi se desmaya...

El señor Brand estaba sentado en el borde de su cama. Su aspecto era completamente distinto del que tenía en la escuela. Estaba afeitado, tenía el pelo limpio y llevaba un costoso traje gris oscuro. En su mano, traía un pequeño maletín negro.

—¿Cómo hizo para entrar por la ventana? —gritó Jackson—. Siempre la tengo cerrada.

—Son cosas que hacemos los espías —dijo Brand con una sonrisa.

—¿En serio? —preguntó Jackson, acomodándose—. ¿Así que usted es un espía?

—Agente especial Alexander Brand —dijo el hombre, tendiéndole la mano. Jackson lo observó con desconfianza y se negó a devolverle el saludo—. Soy el director de NERDS.

—¿El director de *qué?*

Brand suspiró.

—Núcleo de Espionaje, Rescate y Defensa Secretos. NERDS. En realidad se trata de un acrónimo desafortunado.

El hombre metió la mano en el bolsillo y sacó una pequeña esfera, muy parecida a las dos que Jackson había visto en el Patio de Juegos. Luego pulsó un botón que tenía en un costado y surgieron de él las conocidas partículas azules que giraron a su alrededor.

—Como yo soy nuevo en la organización, pensé que sería mejor traer a un experto. ¿Qué tal, Benjamín?

–Hola, agente Brand –dijo la voz familiar–. La información requerida ya está disponible. ¿Comenzamos?

–Sí –respondió el espía.

–Muy bien. Ésta es una introducción al Núcleo de Espionaje, Rescate y Defensa Secretos, también conocido como NERDS. Permítanme presentarme.

De golpe, las partículas azules se unieron y apareció un viejito regordete con lentes pequeños. Era casi calvo, pero llevaba el pelo largo en la parte de atrás. El niño lo reconoció de inmediato.

–Usted es Benjamín Franklin.

–En realidad, Jackson, soy la representación holográfica de la súper tecnología informática del equipo. Tengo nivel cuatro de inteligencia artificial y, a pedido, puedo aparecer con la imagen del gran estadista norteamericano, aunque la verdad es que el verdadero Franklin lleva muerto varios años. Pero puedes llamarme Benjamín.

Cuando Jackson se estiró para darle la mano, la figura comenzó a desdibujarse formando ondas en el aire. Benjamín sonrió.

–Creo que ya deberíamos comenzar.

Repentinamente, el dormitorio se convirtió en una imagen tridimensional de un desierto, tan real que Jackson comenzó a transpirar. Se podía ver una hermosa pirámide, delante de la cual estaban reunidos miles de hombres y mujeres de piel oscura vestidos con túnicas. La multitud estaba escuchando a una persona que llevaba toga y una corona, y elevaba sus brazos al sol. Jackson pensó que sería un rey.

–Mucha gente cree que el verdadero Benjamín Franklin fue uno de los primeros espías del mundo, pero eso no es cierto. Los agentes secretos existen desde el principio de los tiempos. Akenatón, el famoso faraón de Egipto, reclutó a su propio hermano, Tutankamón, para que vigilara de cerca a sus enemigos.

El holograma mostró a un niño con corona, que llevaba puesta una hermosa toga. Estaba agazapado detrás de una columna, escuchando la conversación de dos hombres que merodeaban en la oscuridad.

–Desde aquella época, muchos líderes han contratado espías –continuó Benjamín, mientras el decorado egipcio era reemplazado por retratos tridimensionales de personajes históricos: Julio César, Cleopatra, Napoleón, Atila, Ricardo Corazón de León, la reina Isabel I de Inglaterra, Abraham Lincoln, Winston Churchill y Fidel Castro. Luego las imágenes se desvanecieron y Benjamín quedó solo.

–Pero el trabajo de los agentes secretos era peligroso y muchos de ellos morían asesinados en servicio. Sin embargo, entre 1930 y 1940, todo cambió. Fue entonces cuando comenzaron a funcionar las primeras computadoras.

Benjamín desapareció y en su lugar surgió una enorme computadora, que ocupaba toda la habitación.

–Es grande como una casa –dijo Jackson.

–La Mark 1 comenzó a operar en 1944. Era sólo una gran calculadora, pero marcó el inicio de la era de la tecnología, especialmente en el mundo del espionaje. Pronto los agentes empezaron a mandar información alrededor del planeta en segundos. Podían monitorear objetivos desde los satélites y tenían recursos de alta tecnología a su disposición. Pero eso también trajo algunos problemas.

La imagen de la computadora fue reemplazada por la de un espía conduciendo un veloz auto deportivo en una autopista costera. Mientras se secaba el sudor de la frente, observó un panel con botones rojos en el tablero. Uno decía "lanzador de cohetes", y el otro "turboacelerador". El espía siguió buscando hasta que dio con el que decía "aire acondicionado". Al tratar de oprimirlo, sin querer presionó "eyector" y un minuto después salía volando del auto hasta caer en el mar.

–La mayoría de los agentes no eran hábiles con la tecnología –dijo Benjamín.

El camino se evaporó y apareció un hombre de esmoquin rodeado de ninjas. Apretó un botón de su reloj y un delgado láser rojo cortó a los villanos en jirones. El espía, orgulloso, se enderezó el moño, pero como había olvidado apagar el reloj, se cortó su propio brazo. Luego surgió la imagen de una agente con un paquete en la mano que decía "goma de mascar explosiva". Sacó un trozo, se lo llevó a la boca y empezó a masticar. Por la expresión que puso, Jackson se dio cuenta de que la mujer se había tragado la goma de mascar sin querer. Un segundo después, su cara desapareció de la vista, pero el ruido de la explosión fue ensordecedor. Benjamín regresó.

—Estaba claro que los agentes secretos no siempre tenían una buena relación con la tecnología y la ciencia. Por lo tanto se decidió que, para aprovechar la creciente revolución informática, había que buscar un grupo que se sintiera cómodo con las computadoras y los últimos adelantos tecnológicos.

De golpe, Jackson se encontró en el centro de un terreno vacío. Se estaba llevando a cabo la construcción de un edificio aparentemente normal, excepto por una cuestión. El lugar era un hormiguero de militares y el trabajo se realizaba por la noche.

—Existía un solo grupo de personas que no tenía miedo de la tecnología: los chicos. El gobierno pronto comprendió las ventajas de contratar niños para trabajar en forma clandestina. Son pequeños, los adultos en general los ignoran y subestiman su capacidad e inteligencia. En otras palabras, los chicos son muy buenos como espías. Por esta razón, en 1977 el gobierno creó el Núcleo de Espionaje, Rescate y Defensa Secretos.

De pronto, como si alguien hubiera oprimido el botón para adelantar la imagen, Jackson fue viendo cómo ese terreno vacío se convertía en la Escuela Nathan Hale.

—Para ser miembro de esta organización hay que seguir reglas muy estrictas: sólo los chicos pueden ser agentes; se retiran del servicio activo a los dieciocho años; nadie puede saber que existe NERDS y el trabajo se realiza en secreto.

A continuación, Jackson vio a la pandilla de nerds, pero ahora cada uno de ellos estaba realizando actividades sorprendentes.

–El equipo actual está formado por Duncan Dewey, alias "Pegote", un chico que puede caminar por las paredes y crear poderosos compuestos químicos, después de que mejoramos las sustancias pegajosas que le encanta comer.

Jackson observó en la proyección holográfica el cuerpo pequeño y regordete de Duncan saltando por las paredes. El gordito corrió por un muro y luego se quedó colgando del techo cabeza abajo. También había otro video en el cual frotaba su piel engrasada contra las paredes para sellar grietas o asegurar puertas. Era increíble.

Pronto su imagen fue reemplazada por la de Matilda.

–Matilda Choi, alias "Ráfaga", padece asma bronquial, lo cual no le ha permitido triunfar como deportista y, algunas veces, ni siquiera dar una vuelta a su casa. Pero con la ayuda de sus inhaladores impulsados con nanotecnología, no sólo puede respirar sin problemas sino también volar. Los aparatos también actúan como sopletes para atravesar puertas de acero y como lanzadores de explosivos para derrotar al enemigo.

Matilda salía volando por el aire. En la imagen siguiente, se veía cómo usaba sus inhaladores para soldar un orificio en el casco de un barco, y luego para disparar explosivos a la tripulación que la atacaba. Repentinamente, surgió la figura de Heathcliff.

–Heathcliff Hodges, alias "Conejo", era un caso muy desafortunado de dientes salidos. Hoy, gracias a un tratamiento especial de blanqueado alucinógeno con nanotecnología, puede controlar la mente de personas y animales.

Las holografías mostraron a Heathcliff hipnotizando a una jauría de perros salvajes para que atraparan a un villano. Luego se lo veía arrinconado por unos ninjas armados con espadas. Una vez que el niño sonrió, los guerreros bajaron las armas y se entregaron.

La cara de Heathcliff se transformó en la de Julio Escala. Su cuerpo diminuto y tembloroso fue rápidamente cubierto por el arnés que Jackson le había visto llevar.

–Una importante incorporación para el equipo fue Julio Escala, alias "Pulga". Es un chico hiperactivo, pero esa energía nerviosa de su cuerpo se ha canalizado por un traje especial que la transforma en fuerza y velocidad sobrehumanas.

Jackson pudo observar a Julio levantando un automóvil del suelo como si se tratara de un periódico. Luego lo vio corriendo por una carretera, superando a un *BMW*.

El veloz Julio se convirtió en Ruby Peet, que se rascaba la piel como si fuera una perra pulgosa. Un segundo después, su cuerpo estaba inflado como un globo.

–Ruby Peet, alias "Erizo de Mar", es uno de los casos de alergia más graves de la historia. Tiene reacciones extraordinarias ante cualquier cosa, desde maníes hasta pizza. Incluso se hincha cuando se expone a emociones relacionadas con el miedo, la ira o el amor. Lo que podría parecer una debilidad se ha transformado en una increíble habilidad. Sus alergias le advierten cuando alguien es peligroso o deshonesto. Ella es actualmente la líder del equipo.

Benjamín concluyó su explicación.

—Como sus predecesores, los miembros más nuevos de NERDS operan en las sombras, atentos a nuevos conflictos, utilizando sus debilidades como fortalezas y luchando por la seguridad del mundo. Unidos, son la última esperanza que nos queda. Cuando los mejores no logran hacer el trabajo, NERDS se encarga. Bueno, esto es todo por ahora.

Las partículas azules se evaporaron y Benjamín junto con ellas. El dormitorio de Jackson volvió a la normalidad.

—¿Por qué me cuenta todo esto? —preguntó Jackson, volviéndose a Brand.

—Porque quiero que te unas al grupo —respondió el espía.

—¿Y por qué yo?

Brand sonrió.

—Acabo de ser nombrado director, pero ya noté que el equipo se ha vuelto muy inflexible y está aislado. Necesitan una nueva perspectiva que los estimule. Tú eres un talentoso deportista.

—Es cierto.

—Y un líder nato.

—Es como si me conociera —sonrió Jackson.

—Además, te he estado observando desde hace un tiempo y he descubierto que eres un fisgón. Te gusta espiar a tus amigos y maestros y lo haces muy bien. Lograste encontrar el camino hacia el Patio de Juegos.

—Ser muy inteligente no me convierte en un espía —observó Jackson.

—No. Lo que te convierte en un espía es ese cosquilleo nervioso que sientes cuando estás por descubrir un secreto.

Jackson quedó estupefacto. ¿Cómo se habría enterado Brand del cosquilleo?

—Hace ya mucho tiempo que hago este trabajo —continuó el agente— y reconozco si alguien tiene las cualidades necesarias. No olvides que cuentas además con la increíble actualización que te hizo Benjamín.

—Yo no puedo ser un espía —dijo Jackson—. Ellos viajan alrededor del mundo. ¿Qué le diría a mi padre?

—Las misiones, en general, son en horario escolar. Pero, para otros casos, puedes contar con esto —dijo Brand, mientras buscaba su maletín negro. Lo abrió y mostró a Jackson el interior.

—¿Un clarinete?

—Dile a tu familia que quieres aprender a tocar un instrumento para unirte a la banda de la escuela. Aprender música lleva mucho tiempo, especialmente si es después de clase. Tu padre pensará que estás muy ocupado. Nunca imaginará que estás salvando al mundo. Y si llegara a sospecharlo, bueno... siempre nos quedan los dientes de Heathcliff. Él puede borrar su memoria.

—¿Y qué pasará con la escuela? Él se dará cuenta si mis calificaciones bajan, y ya están por el piso.

—Jackson, nosotros no podemos hacerte la tarea ni dar los exámenes por ti, pero tendrás acceso a algunas de las inteligencias más brillantes del mundo. Tú observaste a esos científicos en el Patio de Juegos. Ellos pueden darte apoyo escolar.

Jackson estaba desconcertado. Trató de imaginarse como un espía, pero su mente estaba en blanco.

–¿Puedo pensarlo? –preguntó al jefe–. Es una decisión muy importante y, además, estoy muy requerido últimamente. Tengo que evaluar mis opciones.

El agente Brand asintió.

–Por supuesto. Piénsalo bien. Es un momento trascendental de tu vida. Nosotros seríamos prácticamente tus dueños hasta que cumplieras los dieciocho años, pero tú te encargarías de la seguridad de millones de personas.

El espía metió la mano en el bolsillo, sacó un sobre sellado y lo puso en la mano de Jackson.

–Cuando estés listo para servir a tu país, léelo y sigue las instrucciones.

Jackson miró el sobre.

–¿Qué es? –preguntó. Pero no hubo respuesta.

Cuando levantó la vista, el espía había desaparecido.

8

En el mundo del crimen profesional
existen cuatro tipos de jefes. 1) Los que están obsesionados con
controlar al mundo para salvarlo. Creen realmente que son héroes,
que están acabando con un modelo de planeta para que los sobre-
vivientes recojan los restos y empiecen de cero. 2) Los que quieren
destruir el mundo debido a las injusticias que vienen percibien-
do desde su infancia o de cuando sus colegas se reían de sus ideas
revolucionarias. Los científicos siempre se burlan unos de otros y
eso fastidia a más de uno. 3) Los que están motivados por la codicia.
Para ellos, asumir el control del mundo significa agotar todos sus
recursos, naturales y materiales. 4) Los dementes declarados. Los
jefes chiflados son propensos a los arranques de ira, a los ataques
de paranoia y a las muertes *accidentales* de sus secuaces. Estudian detenidamente sus planes y aparatos de destrucción, negándose a
afeitarse o ducharse, y los desconcierta terriblemente que aquellos que los rodean no aprecien la genialidad de sus ideas.

La Hiena había comenzado a sospechar que el doctor Félix Rompecabezas pertenecía al cuarto tipo. Estaba completamente loco de remate. Se pasaba horas divagando con un colega imaginario, a quien acusaba de tratar de sabotear su trabajo. Solamente comía brotes de soja, bolsitas de té enteras y fideos crudos. Andaba siempre en bata y pijama y tenía el mal hábito de matar a todos los que se interponían en su camino. Si no hubiera sido por la promesa de otra suma de dinero dentro de noventa días, la Hiena habría renunciado.

Pero los asesinatos y la extraña dieta eran sólo una parte de la cuestión. Todas las mañanas, Sonsón y la Hiena, junto con los científicos secuestrados, estaban obligados a contemplar la rutina de ejercicios de su jefe. Primero hacía cien lagartijas. Cincuenta con el brazo izquierdo y cincuenta con el derecho. Luego seguían cien abdominales, cien flexiones de hombros, cien levantamientos de pantorrillas y cien saltos de tijera. El entrenamiento era agotador, pero aún más penoso era tener que escuchar su disertación acerca de la importancia de la simetría: era esencial ser igual de fuerte de ambos lados del cuerpo.

Una mañana, después de la clase de gimnasia, Sonsón le llevó a Rompecabezas el aparatito con forma de lápiz que la Hiena había encontrado en el laboratorio del doctor Lunich. Él lo estudió detenidamente, como si se tratara de una hermosa flor.

—Profesor, hábleme de su invento —le pidió Félix. La Hiena estaba sorprendida ante la excitación de su jefe, a quien se le caía la baba de la emoción.

A pesar de estar secuestrado, el científico no había perdido el coraje. Sacudió su cabeza y levantó la nariz hacia arriba.

—Doctor Lunich, me parece que usted tiene muy malos modales. Yo lo he invitado a mi laboratorio y le estoy brindando mi amistad.

—Yo no vine aquí invitado precisamente, me trajeron a la fuerza, al igual que al resto de mis colegas —dijo Lunich, señalando a los temerosos hombres y mujeres parados detrás de él—. Debería dejarnos ir antes de meterse en más problemas.

El genio chiflado suspiró y se volvió hacia la Hiena.

—Mi querida, a veces dudo si poseo las cualidades necesarias para ser un científico. Verás, odio los contratiempos. Sé que son parte del trabajo y he tenido muchos en mi vida profesional. Algunos fueron por mi culpa: errores en mis investigaciones, falta de imaginación, agotamiento. Pero en general, los problemas han sido la consecuencia de trabajar con gente perezosa y mediocre, burócratas y oficinistas. Si sólo pudiera rodearme de gente apasionada y sin prejuicios, mis planes ya estarían concluidos. Fíjate lo que pasó con Islandia y Groenlandia: si yo hubiera contado con el apoyo de la comunidad científica, seguramente ellas no habrían chocado una contra la otra con tanta fuerza y tal vez…

—¿Usted hizo eso? ¿Fue el que movió Groenlandia? ¡Miles de personas murieron! —exclamó Lunich.

—Eso es lo que estoy diciendo y usted es el responsable. Todo lo que le estoy pidiendo es un poquito de ayuda con unas ecuaciones y una pequeña explicación del funcionamiento de su increíble dispositivo. Doctor Lunich, ¿acaso usted no quiere que las cosas mejoren?

—¡Ni lo sueñe, Rompecabezas! —gritó el científico, con un gesto nervioso—. Tiemblo de pensar para qué podría utilizar mi invento.

—Entonces déjeme explicarle —dijo el doctor—. Construí un aparato que puede mover los continentes de un lado al otro con un golpe de energía. Lamentablemente, esta máquina no logra llevarlos adonde quiero que vayan. Sin embargo, usted inventó un artefacto sorprendente y si yo conectara mi antena a su rayo de tracción, podría literalmente "remolcar" todo hasta donde se supone que debe estar.

—¿Adónde *se supone* que debe estar? No pienso ayudarlo. De hecho, todos hemos terminado con usted —dijo Lunich señalando a los demás científicos—. No recibirá más colaboración de nosotros.

Rompecabezas golpeó el piso con sus pies, como un niño al que la mamá le acaba de negar una golosina.

—¡No tiene por qué ponerse grosero! ¡Si no quiere ser mi amigo, allá usted! —gritó. Parecía que iba a marcharse enfadado, pero lo pensó mejor. Miró fijamente a Lunich, como si estuviera analizando sus rasgos—. Doctor, ¿nadie le ha dicho alguna vez que su oreja izquierda es ligeramente más grande que la derecha?

El científico hizo un gesto de impaciencia.

—No, nunca me lo habían dicho.

—Es realmente desconcertante. Ahora que lo he notado, me resulta difícil ver el resto de su cara. Es verdaderamente grotesco. No sé cómo puede soportarlo.

—Usted está realmente enfermo —dijo el científico fastidiado.

—No puedo tolerar un minuto más la visión de su rostro —dijo Félix, apretando un botón de su reloj. El piso debajo de Lunich se abrió y él desapareció violentamente. Del pozo surgió una llamarada, luego un poco de humo y, finalmente, un grito desgarrador.

La Hiena pensó que los ojos se le saldrían de las órbitas.

—Muy bien, amigos —dijo el doctor Rompecabezas a los afligidos genios, sacudiendo el rayo de tracción miniatura—. Tendremos que hacer esto a la antigua: lo desarmaremos para ver cómo funciona.

9

Jackson recorrió asombrado los corredores
de la Escuela Nathan Hale. El viejo edificio igual a tantos otros
siempre le había resultado aburrido y nunca le había prestado
la más mínima atención hasta ahora, que le parecía que estaba
lleno de misterios. Cada puerta podría llevar a una habitación
secreta. Cada una de las caras del pasillo podría pertenecer a un
espía internacional. Se preguntó si alguno de los otros chicos
sospecharía algo. ¿Qué pasaría si supieran que el mundo debía
su existencia a estas mismas aulas? Pero, al mismo tiempo, no
estaba nada convencido de unirse al equipo de Brand. Primero,
le preocupaba la idea de que lo mataran, cosa que siempre trataba de evitar. Segundo, aun con toda la ultra tecnología, seguían
siendo nerds. Eran cinco inadaptados mocosos y quejosos.

Formar parte del grupo significaría renunciar para siempre a
recobrar su popularidad. Aunque sus viejos amigos lo ignoraran,
él no había perdido la esperanza de que le dieran una nueva

oportunidad. Si aceptaba la propuesta de Brand, ya podría ir olvidándose de todos sus sueños.

Cuanto más lo pensaba, más seguro estaba de que convertirse en un nerd, aunque fuera también un agente secreto, no era para él. Claro que no. Seguiría siendo él mismo y, a la corta o a la larga, volvería a ser el centro de atención. Después de todo, cuando sus antiguos amigos vieran lo que podía hacer con sus increíbles brackets, sería el chico más popular de la escuela. Metió la mano en el bolsillo, tocó el sobre que el agente le había entregado y supo lo que tenía que hacer. Empujó la puerta del baño de varones y entró.

—Gracias, pero paso —dijo, haciendo una pelota con el sobre y arrojándolo al retrete. Cuando estaba por oprimir el botón, escuchó que se abría la puerta del baño. Se dio vuelta y vio a Brett seguido de algunos de sus ex amigos. Reían y se tiraban golpes de puño como si boxearan, lo que parecía ser su juego favorito en los últimos tiempos. Jackson les sonrió instintivamente, después de todo habían sido sus mejores amigos durante años. Pero cuando Brett le hizo una mueca de desprecio, se dio cuenta de que había cometido un error.

—Hey, Diente de Lata —le dijo—. ¿Cuántos cepillos usas por día?

Los otros chicos no contuvieron sus risitas odiosas.

Jackson se puso rojo. Sin pensarlo, escapó de sus labios una respuesta horrible.

—Hey, Brett, ¿todavía sigues durmiendo con pañales?

El chico empalideció. Ése había sido un secreto que compartían desde segundo grado, cuando Jackson se quedó a dormir en su casa y comieron cantidades de pizzas, helados y gaseosas. Jackson se había levantado varias veces durante la noche a visitar el baño. Su amigo había dormido como una marmota, una marmota que flotaba sobre un colchón empapado. A la mañana siguiente, la mamá de Brett le informó a su hijo, delante de Jackson, que desde ese día tendría que volver a usar pañales. Humillado, Brett le hizo jurar que no se lo contaría a nadie.

Jackson se sintió muy mal después de haber revelado el secreto y comenzaba a disculparse cuando Brett lo tomó del cuello y lo metió a la fuerza dentro del baño. ¡Otra vez las ironías de la vida! Ahora le tocaba a él ser la víctima del remolino. Con la ayuda de los otros, Brett lo introdujo de cabeza en el retrete. Alguien tiró la cadena y el agua comenzó a girar alrededor de sus oídos. Se estaba ahogando pero eran demasiadas las manos que lo empujaban con fuerza hacia abajo. Comenzó a dar patadas y golpes y finalmente logró liberarse. Entre arcadas y escupidas, se las arregló para darse vuelta y enfrentar a sus agresores. Ellos retrocedieron aterrorizados. ¡Los brackets se habían transformado en cuatro enormes pinzas de metal, que arremetieron contra los bravucones!

–¡*Freaks*! –exclamó Brett, buscando la puerta de salida.

–¡No! –gritó Jackson–. Espera, tienes que verlos, son geniales.

Los chicos salieron huyendo del baño, dejándolo solo en el piso. Se quedó un rato allí, tratando de contener las lágrimas.

Estaba claro que su vida anterior había pasado oficialmente a la historia. Mientras se levantaba, encontró una pelota de papel mojado aplastada debajo de él. Era el sobre. Lo abrió con cuidado. Adentro había una nota borrosa escrita a mano.

Ve a la cafetería y pídele crema de maíz a la cocinera.
Bienvenido al Núcleo de Espionaje, Rescate y Defensa Secretos.

Jackson leyó el papel varias veces, para estar seguro de haberlo entendido. ¿Qué tendría que ver la crema de maíz con ser un espía?

Corrió por el pasillo, dejando huellas de pisadas mojadas detrás de él.

El sexto grado ya estaba en la mitad del almuerzo, de modo que la fila no era muy larga. Cuando le tocó el turno, se encontró con la cocinera, que estaba masticando un cigarrillo apagado. Nunca antes había notado que sus brazos fueran tan fornidos y peludos. En realidad, tampoco se había dado cuenta de que tenía barba.

—Niño, ¿qué vas a comer? —le preguntó la mujer, con una voz más bien profunda.

—Me dijeron que pidiera crema de maíz —dijo Jackson, observando una mezcla asquerosa, amarillo grisácea que hervía en una sartén, junto a unos guisantes descoloridos.

La cocinera levantó una de sus cejas tupidas.

—¿Dijiste que querías crema de maíz?

—Sí, eso dije.

—¿Estás seguro? Mira que una vez que te la sirva, ya no hay vuelta atrás.

Jackson se sacudió un poco de agua del retrete de adentro del oído.

—Estoy seguro.

La mujer llenó bien la cuchara con la sustancia pegajosa y *¡plaf!*, la lanzó en el plato de Jackson.

—Bienvenido al equipo —le dijo.

Cuando se sentó y olfateó la comida, Jackson se dio cuenta de que acababa de tomar una pésima decisión. Olía a pies sucios y se sacudía en el plato como si estuviera viva. Se armó de valor, tensó los músculos del estómago y hundió la cuchara en la mezcla, llevándose un poco a la boca. Mientras lo hacía, le pareció ver algo brillante y minúsculo. Pero era tarde: ya se lo había tragado.

Jackson sintió que un pedazo de metal trepaba desde su garganta hasta las fosas nasales. Luego, un extraño hormigueo y, de repente, un dolor punzante que le hizo pegar un grito y atrajo la atención de todos los chicos que estaban en la cafetería.

Después se oyó un sonido horrible como de una explosión y la cabeza de Jackson se llenó de ruidos, como de acople. Se tapó los oídos con las manos, mientras aullaba de dolor. Escuchó que un chico sentado detrás de él decía que era un lunático. Estaba por responderle cuando escuchó otra voz, pero ésta era suave y tranquilizadora.

–Bienvenido, Diente de Lata.

–¿Hola?

–Diente de Lata, ¿quieres unirte a NERDS? Necesito confirmación, por favor.

Jackson hizo un gesto afirmativo.

–Claro, supongo. Pero mi nombre es Jackson...

–Diente de Lata, la respuesta es sí o no.

–¡Basta con lo de Diente de Lata! ¡Sí, quiero! –gritó, acaparando más miradas desconcertadas.

–Confirmado. Has recibido un Implante de Comunicación, Rastreo y Llamada TL-46A. Tiene tres funciones. La primera, emite una frecuencia de radio única, que permite a los agentes rastrear tu paradero. Probando función.

Un chillido terrible explotó en la cabeza de Jackson provocándole un dolor similar al que se tiene cuando uno come un helado muy rápido, excepto que, en este caso, era como comer veinte kilos de helado en segundos. El cerebro de Jackson se llenó de un sonido como de dientes rechinando a gran velocidad, que lo hizo caer al piso. Los chicos que estaban sentados cerca de él levantaron sus bandejas y se cambiaron de lugar.

–Ajustando volumen –dijo la voz, mientras el sonido disminuía lentamente–. La segunda función del TL-46A es un sistema localizador para alertar a los agentes de alguna crisis. Probando función.

En ese momento, Jackson sintió una increíble picazón y soltó un tremendo estornudo. Se limpió con la manga, pues la nariz le goteaba muchísimo. Recordó haber visto a la pandilla de nerds en esta misma situación.

—La segunda función operando según parámetros —dijo la computadora—. OK, Diente de Lata…

—Amigo, me llamas Diente de Lata otra vez, y te rompo…

—Probando.

De golpe, un fuerte cosquilleo en la nariz lo hizo estornudar una y otra vez.

—Por último, el implante permite la comunicación entre los agentes. Probando.

Un sonido punzante hizo que Jackson se golpeara la cabeza contra la mesa y se pusiera las manos en los oídos.

—Prepárate para ser despachado —continuó la voz de Benjamín.

—¿Despachado?

Entonces sonó la alarma de incendios y el sistema de rociadores se puso en marcha. Al ver brotar ríos de agua, los chicos y el personal de la escuela entraron en pánico y se precipitaron hacia las salidas. En medio del caos, Jackson sintió que el piso debajo de sus pies desaparecía y cayó en picada a través de la oscuridad hasta aterrizar en un sillón muy suave, que estaba cerca del escritorio de la computadora en el centro del Patio de Juegos. El agente Brand lo estaba esperando.

—Bienvenido al equipo —dijo el director, mientras lo ayudaba a ponerse de pie. Jackson se sacudió la ropa y miró a su alrededor. Los científicos que él había visto antes estaban ocupados en sus experimentos.

—Bueno, me parece que deberíamos comenzar —continuó Brand, mientras acompañaba a Jackson por el enorme salón—. Ya conoces el Patio de Juegos: aquí planeamos las misiones. También es nuestro laboratorio multifunción, centro de recopilación de información y espacio de entrenamiento. Ya has conocido a algunos de nuestros científicos. En este momento, hay un grupo de cincuenta personas. Son algunas de las mentes más brillantes en química, ingeniería y astrofísica. Todos están trabajando con la última tecnología para que las misiones sean exitosas.

En algún lugar, algo explotó.

Brand pasó a un sector de escritorios con hombres y mujeres sentados delante de monitores de video.

—Éste es un equipo completo de expertos que rastrean el mundo en busca de dificultades. Tenemos ojos en todas partes, así podemos detener los problemas antes de que comiencen. Jackson, aquí es donde las misiones empiezan y terminan.

El espía lo condujo hasta una pared que tenía un gran botón rojo y le dijo que apoyara su espalda en ella. Después Brand apretó el botón. La pared giró y ellos aparecieron en un espacio muy reducido y estrecho, que olía a sudor. El agente abrió una puerta y los dos ingresaron a uno de los corredores de la escuela. Jackson se dio cuenta de que habían regresado a través de otro grupo de lockers: el mismo camino que él había usado para entrar al Patio de Juegos el primer día de su nueva y absurda vida.

Caminaron por el pasillo hasta la biblioteca.

–Quiero que conozcas a la señorita Holiday, nuestra especialista en información.

–¿La bibliotecaria también es una espía? –gritó Jackson.

Brand asintió.

–Ella colabora en la parte de inteligencia, en fabricar las historias que se usan como pantalla, en el vestuario, el armamento y en la preparación de las misiones. En este momento, está transmitiendo a los miembros del equipo los últimos datos de inteligencia sobre una investigación en curso. ¿Por qué no vamos a saludarlos? Estoy seguro de que estarán emocionados al saber que te unirás a ellos.

Apenas entraron, encontraron a Heathcliff, Ruby, Matilda, Duncan y Julio sentados ante una mesa redonda. Parecían enfadados.

Jackson estaba sorprendido. Tal vez tenían problemas con la misión, porque, en el fondo, los nerds deberían sentirse honrados de estar con un chico como él. Se volvió a ellos y les lanzó su sonrisa más cautivante.

–Escuchen, chicos. Estoy encantado de formar parte del grupo. Está claro que ustedes necesitaban a alguien atlético y además ya conocen mis encantos. Quiero decir, habrán visto las películas de James Bond. Él se parece bastante más a mí que a ustedes. ¿Me entienden? De modo que supongo que yo seré la cara del equipo y ustedes pueden seguir haciendo... lo que se supone que hacen. ¿De acuerdo? Perfecto. Estoy feliz de estar acá.

La señorita Holiday corrió hasta Brand. Parecía preocupada.

–Agente, el grupo tiene algo que decir –observó.

Brand levantó una ceja.

–Lo hemos sometido a votación –dijo Ruby, levantándose de un salto.

–¿Qué cosa? –preguntó el espía.

–Decidimos que este novato no es bueno para nuestro equipo. No está entrenado, es un presumido y se ve que es incapaz de aceptar órdenes. No lo queremos aquí.

Jackson notó que la cara de Brand se ponía tensa, como si hubiera mordido un ají muy picante.

–Erizo de Mar, estoy seguro de que una vez que los seis se conozcan...

–Sabemos todo lo que tenemos que saber acerca de él –dijo Heathcliff.

–*Aaphdrreeg*–balbuceó Pulga.

–¿Qué dijo? –preguntó el espía.

El chico hiperactivo giró la perilla del arnés y habló de nuevo.

–Es un idiota.

En un segundo, los nerds estaban discutiendo intensamente con el agente.

–¡Chicos! –gritó la señorita Holiday por encima del caos–. Seamos profesionales. Jackson tiene mucho que ofrecer al equipo.

Matilda rio.

–Atraerá la atención sobre él y nosotros. No puede evitarlo: es el chico más popular de la escuela.

La cara de Brand se había puesto roja. Se veía que quería decir muchas cosas pero sólo apretó los dientes y profirió una orden.

–Entrénenlo.

El agente dio media vuelta y salió de la sala.

Los nerds se quedaron en silencio. Jackson comprendió que no estaban acostumbrados a que nadie les dijera lo que tenían que hacer. Y también le quedó claro que siempre se salían con la suya.

La señorita Holiday trató de poner buena cara.

–Diente de Lata, bienvenido al equipo.

–*Auch*. ¿Podemos hablar de mi nombre? –dijo Jackson.

La bibliotecaria sonrió, en un esfuerzo por aliviar la atmósfera de tensión.

–Creo que ya deberíamos dedicarnos a tu entrenamiento. Matilda, ¿qué te parece si empiezas tú? Lleva a Jackson al Patio de Juegos e instrúyelo en técnicas de combate cuerpo a cuerpo.

–¡Me niego! –gritó Matilda.

Jackson sonrió.

–Mejor. Porque deberían tener a alguien rápido y fuerte que esté a mi nivel, y no como esta enana de jardín.

–Pensándolo bien –dijo Matilda con una sonrisa maliciosa, y se volvió hacia la señorita Holiday–. ¿Cuál es la regla para los huesos rotos?

La mujer frunció el ceño.

–La regla es que no puede haber ningún hueso roto –le advirtió.

–Qué aburrimiento –le respondió Matilda con enojo.

INFORMACIÓN COMPLEMENTARIA
Resultado del entrenamiento
de Diente de Lata
Primer instructor: Ráfaga

Matilda condujo a Jackson a través del Patio de Juegos hasta una de las habitaciones que se encontraba a un costado del salón principal. Una vez adentro cerró la puerta, y una serie de trabas pesadas giraron, sellando el lugar herméticamente. Después las paredes se dieron vuelta, mostrando una gran variedad de armas.

–A este lugar lo llamamos "Depósito de abastecimiento". Venimos acá para aprender a pelear y a defendernos. Yo paso unas cuatro horas por día afinando mis técnicas de combate.

Matilda aspiró de su inhalador.

–¿Afinando tus técnicas de combate? –repitió Jackson en tono sarcástico–. Yo diría que necesitas ayuda hasta para levantarte de la cama.

–Eso es justamente lo que me hace una gran espía. Nadie se imagina que puedo pelear en serio. Te mostraré. Elige un arma y atácame.

–Olvídalo. No voy a golpear a una nena.

Los inhaladores de Matilda largaron ráfagas de fuego y ella se elevó a un par de metros del suelo.

–Mejor. Me parece que esto será muy fácil.

La más pequeña de las espías salió disparada hacia adelante y tomó a Jackson por el pecho, inmovilizándolo. Éste cayó de espaldas y pegó un grito de dolor.

Una vez que se recuperó, encaró a Matilda.

–Yo no haría eso de nuevo si fuera tú.

Ráfaga voló a través de la habitación, levantó a Jackson de un brazo y volvió a estamparlo contra el suelo. Los pulmones le ardían. Se levantó lentamente, pero esta vez tenía los puños apretados.

–¿Estás chiflada?

–¿Y tú? –preguntó Matilda, mientras hacía piruetas en el aire y se posaba sobre los hombros de Jackson. Apretó violentamente las palmas de sus manos contra los oídos de él, causándole un terrible dolor en el cerebro–. Te estoy dando una paliza y tú no reaccionas.

Jackson se levantó tambaleándose y esperó que el zumbido dentro de su cráneo cediera. Mientras se recuperaba, Matilda se apoyó en el suelo.

–Toma un arma y pelea.

–¡No voy a golpear a una niña! –repitió Jackson.

La "niña" le dobló el brazo detrás de la espalda y lo sostuvo con fuerza. El chico sintió como si tuviera una fogata en el hombro, y lo peor de todo era que estaba indefenso.

–¿Entonces si te encuentras cara a cara con un villano que resulta ser una mujer, dejarás que te mate?

Matilda puso su brazo alrededor del cuello de Jackson, corrió hacia adelante y lo dejó caer de cara contra el piso duro.

–A esa toma la llamo "Bulldog" –dijo con orgullo, mientras se elevaba otra vez en el aire. Voló alrededor de él en círculos, como un halcón hambriento–. ¿Sabes cuál es tu problema, Diente de Lata? Que juzgas a la gente por su aspecto. Te has pasado la vida colocando a las personas en pequeñas categorías –nerds, torpes, deportistas, porristas–, y ni se te ocurre pensar que puedan ser algo más que eso. La gente siempre es más de lo que aparenta. Tienes flojera mental, niño, y uno de estos días eso te matará.

Le apuntó con uno de sus inhaladores y una explosión de energía lo golpeó en la barriga, dejándolo sin aliento.

–Muy bien, ¿así que quieres pelear? ¡Tú lo pediste! –gritó Jackson, una vez que recuperó la respiración. Sin mirar, tomó un arma de la pared. Cuando vio lo que era, hizo un gesto de fastidio: un rascador de espalda de bambú. Quiso elegir otra pero las paredes se dieron vuelta y las armas desaparecieron.

–¡Hey!

–Una por vez, tonto –dijo Matilda.

–Eso no es justo. Déjame elegir de nuevo.

Ella sacudió la cabeza.

–Ahora estás clasificando a las armas. Un buen agente secreto puede pelear con cualquier cosa. Un rascador de espalda puede ser tan letal como una sierra. No es importante cuál elijas. Una vez eliminé a una docena de terroristas con una rosquilla con mermelada y una taza de chocolate.

Ella giró como un trompo y lo golpeó en el brazo. Enfadado, él la atacó con el rascador, pero Matilda oprimió los pulsadores de los inhaladores y voló fuera de su alcance, eludiendo el golpe fácilmente. Sorprendido por el despegue, Jackson descuidó su defensa y ella lo pateó en las costillas. Ahora sí la furia lo enloqueció y arremetió contra la niña voladora. Lamentablemente, sólo logró golpearse en su propia oreja.

Matilda aterrizó en el piso y lo miró con lástima.

–Está bien. Yo usaré el rascador y tú puedes tomar otra arma –dijo y luego dio dos palmadas. Las paredes se voltearon y las armas reaparecieron.

A Jackson le pareció sospechosa la propuesta.

–¿En serio?

Matilda estiró la mano. Él le pasó el rascador de espalda y buscó con entusiasmo en las paredes cualquier cosa para impedir que Matilda siguiera destrozándolo. Había horquillas, nunchakus, sables, estrellas ninja, bazucas, lanzas y ballestas. Finalmente encontró lo que quería: un alucinante bate de béisbol. Lo arrancó de la pared, pensando que no le pegaría a Matilda con él, sino que más bien lo usaría para asustarla.

Cuando se dio vuelta hacia la chica, ella estaba haciendo girar el rascador entre sus manos como si fuera un bastón.

–Hasta te voy a dejar empezar.

—Prepárate para tu funeral —le dijo Jackson, dando fuertes zancadas hacia ella. Trató de prepararse para batear, pero no tuvo tiempo. Matilda le enganchó el rascador en la nariz con tanta fuerza que le brotaron las lágrimas, y quedó momentáneamente ciego. Indefenso ante el ataque, el chico retrocedió atemorizado, mientras ella le pegaba en los labios, en la cabeza y en el mentón. Después siguió con el pecho, los codos, la barriga, la cadera y finalmente las rodillas. Mientras trataba de recuperar la respiración, la pequeña se elevó en el aire y giró como un ciclón hasta depositar el pie en su mandíbula. Lo último que vio antes de perder el conocimiento fue a Matilda parada sobre él con una sonrisa de orgullo.

—Adoro este trabajo —dijo.

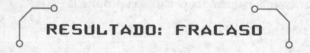

RESULTADO: FRACASO

Después de la seria derrota con Matilda, Jackson recibió instrucciones de encontrarse con Heathcliff en el extremo más alejado del edificio de la escuela, en un pequeño patio de juegos reservado para los niños de cinco años. La sonrisa de suficiencia en la cara de su instructor era tal que ni siquiera sus enormes paletas la podían tapar.

–¿Qué estamos haciendo aquí? –preguntó Jackson.

–Puedes estar seguro de que esto no fue idea mía, son órdenes del director. Se supone que debo enseñarte a manejar situaciones imprevisibles –el desprecio de Heathcliff por Jackson se filtraba en cada palabra–. Un buen agente secreto debe estar preparado para cualquier cosa. Tu capacidad para improvisar es lo que te mantendrá con vida.

–Bueno, no quiero alardear, pero cuando dirigí al equipo de los Tigres en el campeonato nacional tuve muchos imprevistos. No creo que tu clasecita de entrenamiento signifique un gran desafío para mí.

En ese momento sonó la campana y las puertas se abrieron de golpe. Olas de niños de cinco años inundaron el patio. Estaban tan acelerados como Pulga después de tres barras de chocolate, y correteaban pateando pelotas, gritando, persiguiéndose unos a otros y cantando como maníacos.

–¿Y para qué vinimos acá? –dijo Jackson, tratando de evitar una pelota de fútbol que se dirigía justo a su cabeza.

–Espera y verás –contestó Heathcliff, al tiempo que se volvía a los niños y sonreía, mostrando sus dientes gigantes–. ¡Chicos, a él!

Los niñitos miraron fijamente a Heathcliff y se quedaron paralizados, como si él fuera un cono de helado parlante. Luego, todos al mismo tiempo enfocaron sus miradas en dirección a Jackson, y dieron aullidos de furia.

–¡Que te diviertas! –le gritó el nerd, mientras los pequeños vándalos se precipitaban en pos de su compañero. Cayeron sobre él con pelotas, piedras y loncheras.

Al principio, lo tomaron por sorpresa. Nadie se imagina que será atacado por una multitud de niños de preescolar en estado de trance, pero eso era lo que estaba ocurriendo. Cuando una lonchera que venía volando lo golpeó justo en el cráneo, consideró que había llegado la hora de defenderse. ¿Pero cómo? No le parecía correcto luchar contra chicos que no estaban muy cuerdos que digamos. Se preguntó si los brackets podrían ayudarlo. Trató de concentrarse en los metales de su boca y pronto sintió que se movían. Un minuto después, cuatro largos tentáculos surgieron de sus labios y llegaron hasta el suelo, lo elevaron en el aire, convirtiéndolo en una araña humana. Se arrastró con sus patas a través de la multitud de pequeños locos, pero su huída

pareció enfurecerlos más. Lo persiguieron arrojándole sus juguetes y amenazándolo a gritos.

Lo peor de todo era que no podía sacarles ventaja. No importaba qué dirección tomara, ellos siempre estaban justo detrás de él. Sus caras hipnotizadas se retorcían de furia.

Se escapó a toda carrera a través del patio de juegos. De repente, sus piernas metálicas tropezaron y cayó de cara contra un pasamanos. Los brackets quedaron firmemente adheridos a él y, pese a sus esfuerzos, no lograba despegarse. Era la oportunidad que los zombis estaban esperando y se le fueron encima con toda la artillería: pelotas, carretillas y pintura de dedos. En medio de la golpiza, alcanzó a ver a Heathcliff parado encima de él, riendo.

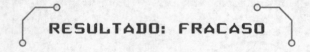

RESULTADO: FRACASO

INFORMACION COMPLEMENTARIA
Resultado del entrenamiento
de Diente de Lata
Tercer instructor: Pegote

Cuando Jackson logró levantarse, caminó a los tropezones hasta el patio de juegos de los chicos más grandes, donde lo esperaba Duncan.

–¿Qué te pasó? –le preguntó el gordito.

–Mejor hablemos de otra cosa. ¿Qué viene ahora? –dijo Jackson de mal humor.

Duncan señaló un poste vertical de unos dos metros, del que colgaba una cuerda con una pelota en el extremo.

–¿Vamos a pegarle a la pelota? –preguntó Jackson entusiasmado.

–No exactamente –dijo Duncan, mientras sacaba del bolsillo lo que parecía ser un control remoto. En la parte superior tenía una antena extensible. Apretó un botón y la esfera levantó la soga como si se tratara del acto de un encantador de serpientes–. La pelota te pegará a ti.

–¿Qué significa todo esto?

Duncan esbozó una sonrisa de suficiencia.

–Estoy aquí para enseñarte el arte de la cautela o, para ser más claro, cómo ser escurridizo. Un buen agente secreto tiene que ser capaz de actuar en las sombras, mantener un perfil bajo y no llamar la atención. Me temo que esto te resultará difícil.

—¿Te parece?

Duncan asintió.

—Tú eres lo que mi padre llamaría un fanfarrón. ¿Crees que podrías portarte como un tipo normal por un rato?

Jackson se mostró molesto.

—¿Por qué no empezamos de una vez?

Duncan apretó un botón del control remoto y la pelota giró a toda velocidad, cortando la cuerda que la sujetaba. Luego se elevó en el aire arriba de ellos.

—Ésta es la Esfera de Ataque y Vigilancia XP-400. Podría pasarme horas hablando de su diseño…

—No me cabe la menor duda.

Duncan pasó por alto el comentario.

—Para ser breve: te escondes en algún lugar de la escuela y ella te busca. Cuando te encuentre, te disparará un láser de alta intensidad. Te dolerá. Mucho.

—¡Un láser!

Duncan levantó una ceja.

—Sí, un rayo láser. ¿Acaso le tienes miedo a una pelotita? Yo pensé que eras un atleta. He leído que tienes el récord de velocidad de pase de la escuela. No sé lo que eso significa pero supongo que debes de ser rápido. Seguramente puedes ganarle a esta pelota, pero si estás asustado…

Jackson sabía cómo funcionaba la psicología inversa. Después de todo, alguna vez había tenido una madre. Pero el tono del

chico lo irritó. Este tonto estaba cuestionando su destreza física. Tenía que demostrarle que estaba equivocado.

—¡Trata de agarrarme, Pegote! —gritó, mientras se lanzaba de prisa hacia adentro del colegio.

—¡Buena suerte! —le contestó Duncan—. La necesitarás.

Jackson pensó que la mejor manera de eludir a la esfera sería encerrándose en alguna sala. La XP-400 no podría eliminarlo si no daba con él. Jackson tenía el lugar perfecto: la biblioteca. Corrió por el pasillo, abrió la puerta y la cerró tras de sí. Sonrió orgullosamente mientras recuperaba la respiración. Por fin había sido más inteligente que uno de estos aprendices de espías, y le había resultado facilísimo. Quizás estos *nerds* no eran tan buenos como para estar en el mismo equipo que *él*. Se sentó a una mesa, estiró las piernas y pensó en la posibilidad de echarse una siestita. Eso fue hasta que vio algo que nunca hubiera creído posible. La puerta de la biblioteca se puso de color rojo intenso y un minuto después estalló. Los pedazos de madera y metal volaron por el aire y la sala se llenó de un humo negro y denso. A causa de la explosión, Jackson salió despedido de la silla. Una vez que logró ponerse de pie, vio que la pelota anaranjada entraba a la biblioteca flotando amenazadoramente por el aire. Antes de que pudiera huir hacia un escondite mejor, la XP-400 disparó y le dio en el trasero. Sintió como si lo hubiera mordido un tiburón y aulló de dolor. Sin pensarlo, saltó detrás de una estantería y se frotó la herida.

–Te advertí que te dolería –dijo Duncan.

Jackson recorrió la sala con la vista hasta que encontró al espía regordete caminando por el techo, dejando huellas pegajosas a su paso.

El espía aprendiz salió disparando de la biblioteca, anticipándose al próximo rayo láser. Atravesó el pasillo y entró a la cafetería. De pronto se dio cuenta de que no había tomado a Duncan en serio. El nerd le había dicho que esto era una prueba de cautela y no de habilidad para esconderse detrás de una puerta. Tal vez ese sapo gordo sabía lo que decía. Mientras Jackson examinaba el lugar, una pila de bandejas explotó detrás de él, golpeándolo en la cabeza al caer. De un salto, se escondió detrás de una mesa y trató de calmarse. Entonces descubrió que podía escuchar a la máquina. Ésta emitía un zumbido sutil pero audible. Se estaba acercando y la tendría encima de él en un segundo. Tenía que hacer algo y pronto. En ese momento recordó un viejo dicho de su equipo de fútbol infantil: "La distracción ayuda a ganar partidos". Se puso de pie, manoteó una bandeja del piso y la arrojó hacia su derecha. Cuando oyó que la esfera se lanzaba tras ella, corrió en la dirección contraria. Estaba sentado a salvo detrás de otra mesa, antes de que la pelota flotante reaccionara.

–Aparato estúpido –dijo, sonriendo entre dientes.

–¡Hey, Jackson! –le gritó Duncan, mientras se desplazaba por la pared.

—Estoy derrotando a tu máquina —comentó Diente de Lata en tono de burla.

—Olvidé decirte algo —observó Pegote—. La esfera puede duplicarse.

—¿Puede hacer *qué?*

—¡Puede hacer copias de sí misma! —gritó el nerd.

De repente, el zumbido se volvió cada vez más fuerte. Jackson miró hacia arriba: había diez bolas suspendidas sobre su cabeza. Un segundo después, comenzaron a disparar.

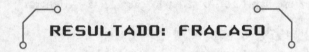

RESULTADO: FRACASO

INFORMACIÓN COMPLEMENTARIA
Resultado del entrenamiento
de Diente de Lata
Cuarto instructor: Pulga

Jackson se encontró con Julio en la playa de estacionamiento de la escuela. Su cara estaba cubierta de dulce y, a sus pies, había toda una variedad de envolturas de barritas de chocolate y caramelo. Tenía en la mano un vaso gigante de gaseosa, más grande que su propia cabeza. Estaba desbordante de alegría.

–Supongo que tú también me dejarás nocaut –dijo Jackson, que todavía sentía el ardor del láser en el trasero.

Pulga sacudió con fuerza la cabeza. Todo lo que hacía era exagerado.

–¡Para nada! Ahora vamos a jugar a atrapar, amigo.

–¿Atrapar? Perfecto, soy muy bueno en eso –observó Jackson.

–Pero tendrás que usar tus súper brackets –contestó el pequeño instructor–. ¡Toda esa tecnología dentro de tu boca es alucinante! Tenemos que enseñarte a utilizarla. Por suerte, una gran parte responde a lo que sucede a tu alrededor. Déjame mostrarte.

El niño maníaco se dirigió hacia el auto de uno de los maestros. Giró la perilla de su arnés y, con un movimiento ligero, se agachó y levantó el coche del piso. Lo sostuvo sobre su cabeza como si se tratara de una pluma y luego se lo arrojó a Jackson. Éste se agachó instintivamente, aunque sabía que eso no lo salvaría de una muerte inminente. Lo que no podría haberse imaginado era que los brackets cobrarían vida. Le abrieron la boca y proyectaron varios filamentos que atraparon el auto en el aire.

–¡Eso estuvo genial, *man*! –le gritó Julio–. Lánzamelo de vuelta.

Los aparatos sujetaron el vehículo y se lo arrojaron de vuelta al pequeño, que lo cazó al vuelo y lo colocó nuevamente en su lugar.

–¡Acabas de arrojarme un *auto*! –le gritó Jackson.

–Divertido, ¿no? –le contestó Pulga, metiéndose un par de bombones de chocolate blanco con crema de avellanas en la boca.

–Creo que "divertido" no sería la palabra que yo usaría para describirlo –se quejó Jackson.

–Cuidado –le advirtió el enanito, mandándole otro de los autos estacionados.

Esta vez los brackets estaban preparados y lo atraparon mucho antes de que se acercara a su cabeza. De todos modos, a Jackson casi le da un infarto. Apenas lo puso en el suelo, pudo ver otro coche volando por el aire hacia él.

–Ya basta –dijo, poniendo el auto sobre sus cuatro ruedas.

–¡Tengo la fuerza de un elefante! –gritó Pulga, ignorando las quejas de Jackson–. Hagámoslo más interesante.

Tomó un auto y lo arrojó, luego otro más y así siguió lanzando uno tras otro. Los coches volaban por el aire vertiginosamente. Los brackets giraban alrededor de la boca de Jackson como una licuadora tratando de atraparlos a todos, pero eran demasiados. Lo único que podía hacer era intentar devolverlos de un golpe.

Pero a pesar de sus esfuerzos, uno de los autos chocó contra el suelo al lado de él. Después aterrizó otro encima. Pronto los coches formaron una pila a su alrededor, encerrándolo dentro de una pirámide automotriz. Estaba seguro e ileso, pero inmovilizado.

—Se suponía que los tenías que atrapar —le gritó Pulga.

Jackson estaba hirviendo de furia.

—¡Sácame de aquí, gnomo!

RESULTADO: FRACASO

INFORMACIÓN COMPLEMENTARIA
Resultado del entrenamiento
de Diente de Lata
Quinto instructor: Erizo de Mar

Julio sacó a Jackson de la pirámide de autos y lo envió al interior de la escuela. Por más dolorosas, humillantes y terroríficas que hubieran sido estas experiencias previas, no eran nada comparadas con la tensión nerviosa que le provocaba encontrarse con Ruby Peet. Ella le había demostrado muy claramente el odio que le tenía.

Para su sorpresa, en la habitación sólo había una pequeña caja negra con ventosas, un escritorio y dos sillas.

—¿Por qué no te sientas? —le dijo la chica.

—¿Qué es todo esto? —preguntó Jackson con desconfianza.

Ruby sonrió y le colocó algunas ventosas en las sienes.

—Tranquilízate. Yo sé que los demás han sido un poco duros contigo, pero te aseguro que aquí no hay nada que pueda lastimarte.

—Bueno.

—A menos que digas una mentira —dijo ella.

—Ah, esto debe ser uno de esos detectores de mentiras —dijo Jackson, echando un vistazo a la cajita negra una vez más. Vio que estaba conectada al enchufe de la pared.

—No, yo soy el detector. Soy alérgica a las mentiras —contestó la espía.

Jackson lanzó una risita tonta.

131

—Alérgica a las mentiras. ¡Qué cómico!

La niña sonrió.

—El objetivo de este ejercicio es enseñarte a mantener la calma bajo presión y a mentir de manera creíble. Un buen espía se ve forzado a mentir de vez en cuando. Cuando tengas información valiosa, deberás convencer a nuestros enemigos de que no sabes nada. Es posible que tengas que mentir para salvar una vida o para salvar al mundo. Esta habilidad requiere mucha práctica. La máquina te ayudará a desarrollar este talento.

—¿Cómo?

—Cada vez que digas una mentira enviará electricidad a tu cuerpo. ¿Estás listo?

Jackson se estremeció pero hizo un gesto afirmativo.

—¿Tu nombre es Jackson Jones?

—Sí —contestó con una sonrisa.

—Muy bien —dijo Ruby—. Estás diciendo la verdad. ¿Eres alumno de la Escuela Nathan Hale?

—Obvio. Nada menos que uno de los más populares de toda su historia —exclamó él.

—Muy bien —observó ella—. ¿Alguna vez has besado a una chica?

Diente de Lata dudó.

—Por supuesto.

Jackson observó que el brazo de Ruby se hinchaba como una sandía y que ella comenzaba a rascarse con desesperación.

—Mentiste.

Apretó un botón en la caja negra y Jackson recibió una corriente de electricidad.

—¡Aayy!

—Próxima pregunta —dijo Ruby—. ¿Has jugado para el equipo de fútbol americano de la escuela?

—Sí —rezongó Jackson.

—Muy bien —dijo Erizo de Mar—. ¿Tu padre pone tu nombre en tu ropa interior?

—Por supuesto que no —respondió.

El cuello y la cara de Ruby se llenaron de manchas rojas que aumentaban de tamaño. Un segundo después, hubo otro shock de electricidad.

—Jackson, ¿alguna vez mojaste la cama?

El niño parpadeó.

—¿Tengo que repetir la pregunta?

—Me niego a responder.

—No puedes. Tienes que decir *sí* o *no*, de lo contrario te aplicaré la corriente.

Varias gotas de sudor caían por la cara de Jackson, pero él hizo un esfuerzo por mantener la calma. Cerró los ojos, respiró hondo y trató de aquietar su acelerado corazón. Cuando recobró la serenidad, abrió los ojos.

—La respuesta es no.

Ruby lo miró fijamente durante un largo rato, pero no se rascó. En realidad, se la veía muy bien.

–Estás diciendo la verdad.

Jackson sacudió la cabeza.

–Yo nunca mojé la cama. Jamás.

–Hmmm –dijo Ruby–. Está bien. Pasemos a la siguiente pregunta.

–¡Ajáá! ¡Derroté a tu detector de mentiras! –gritó Jackson con arrogancia.

De golpe, los ojos de Ruby se pusieron vidriosos y los pies se le inflaron de tal manera que rompieron sus zapatos. Bajaban ríos por su nariz y los labios se habían hinchado tanto que parecía que hubiesen sido atacados por un enjambre de abejas.

–¡MENTIROSO! –gritó, mientras su pulgar hinchado apretaba el botón.

Durante los tres días siguientes, Jackson se sintió como si fuera una patata recién salida del microondas.

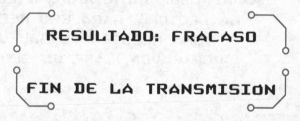

RESULTADO: FRACASO

FIN DE LA TRANSMISION

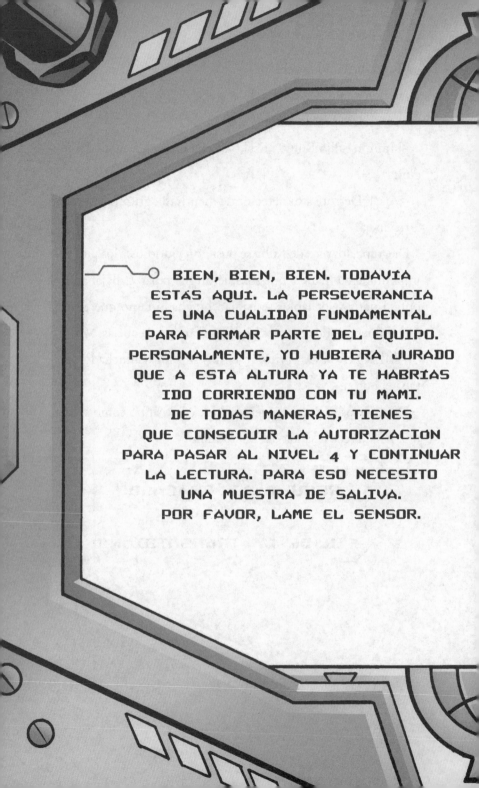

BIEN, BIEN, BIEN. TODAVÍA
ESTÁS AQUÍ. LA PERSEVERANCIA
ES UNA CUALIDAD FUNDAMENTAL
PARA FORMAR PARTE DEL EQUIPO.
PERSONALMENTE, YO HUBIERA JURADO
QUE A ESTA ALTURA YA TE HABRÍAS
IDO CORRIENDO CON TU MAMI.
DE TODAS MANERAS, TIENES
QUE CONSEGUIR LA AUTORIZACIÓN
PARA PASAR AL NIVEL 4 Y CONTINUAR
LA LECTURA. PARA ESO NECESITO
UNA MUESTRA DE SALIVA.
POR FAVOR, LAME EL SENSOR.

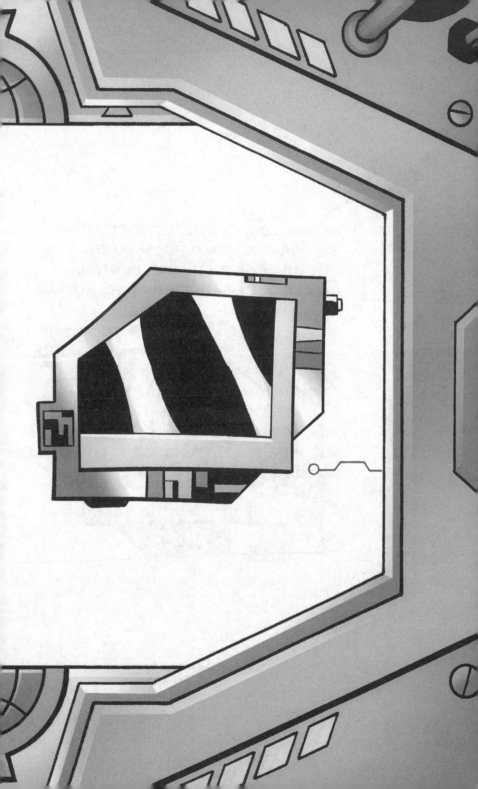

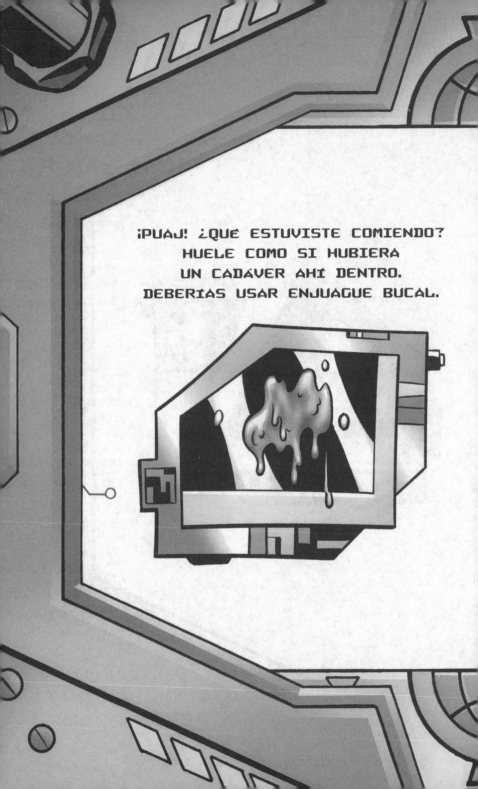

10

La Hiena se sorprendió cuando Sonsón le comunicó que el doctor Félix la esperaba en su laboratorio secreto, donde sus secuaces trabajaban día y noche en la antena parabólica gigante. Le preguntó al matón si sabía para qué la llamaba, pero como al gorila le resultaba imposible armar una frase con sentido, se puso el suéter que llevaba en la mano y se dirigió a la guarida privada del científico.

Una vez adentro, la Hiena deseó haber traído ropa más abrigada. Rompecabezas, en cambio, sólo llevaba una chaqueta liviana y una bufanda. Sonrió y le hizo un gesto de que lo siguiera. La guió por una escalera hasta una pequeña habitación que daba sobre el laboratorio. La decoración era escasa: una silla, un escritorio, una computadora y, en el piso, miles de piezas de rompecabezas. La caja del puzzle, que mostraba un mapa del mundo, estaba pegada en la pared. El doctor recogió varias piezas con la mano y tomó una tijera del escritorio. Luego se acercó a la ventana y contempló su máquina, que se encontraba abajo, en el laboratorio.

–Mindy, has hecho un buen trabajo –le dijo. A la Hiena se le pusieron los pelos de punta cuando escuchó su nombre verdadero, pero se mantuvo imperturbable. Rompecabezas pagaba sus cuentas. Por ella, podía llamarla Cara de Caca–. El invento de Lunich es un elemento clave para mi diseño –continuó Félix–. Sin él, hubiéramos sufrido muchos contratiempos. Y a Simon no le agradan los contratiempos.

–¿Quién es Simon? –dijo ella.

El doctor pasó por alto la pregunta.

–Mindy, ¿sabes cuál es la definición de belleza?

–No lo entiendo, señor.

–La belleza –repitió el doctor Félix. Usaba las tijeras para recortar las piezas del rompecabezas dándoles formas completamente nuevas, como si estuviera descontento con la imagen del mundo que se iba formando en el piso. Lo que había armado hasta ahora no se parecía demasiado a la Tierra–. Es una pregunta sencilla.

–La belleza es lo que hace que algo sea atractivo a la vista –respondió la Hiena.

–Una respuesta sencilla a una pregunta sencilla. Algunos podrán decir que la belleza no es sólo lo exterior, sino que, además de la vista, abarca otros sentidos como el olfato, el tacto y el oído. Y que todos juntos representan lo que mucha gente definiría como belleza.

La Hiena estaba confundida, pero no dijo nada. Se dio cuenta de que su jefe había comenzado el famoso "discurso del cerebro malévolo". Consideraría grosero que ella lo interrumpiese con preguntas.

–Pero otros adhieren a la idea de que la belleza se define como la simetría perfecta –continuó el científico–. ¿Has oído esa palabra anteriormente?

La Hiena asintió.

–Es cuando todo está en equilibrio.

–Exactamente. Tomemos a un ser humano, por ejemplo. Lo que conocemos como belleza no es más que una serie de rasgos alineados: ojos redondos separados por la distancia correcta, una nariz que no está ni demasiado alta ni demasiado baja, brazos que no son ni muy cortos ni muy largos. La simetría hace posible la belleza. Se encuentra en el centro mismo de la naturaleza. Pero ¿qué pasa cuando no existe la simetría, o se ha roto? La belleza se distorsiona y es imposible ver con claridad. Cuando esto ocurre, al menos en el caso del ser humano, recurrimos a los cirujanos en busca de aquello que la naturaleza no nos brindó. ¡Qué profesión tan noble la del cirujano!

–Totalmente –dijo la Hiena, tratando de no mirar la cara operada de Rompecabezas. Todos sus rasgos estaban estirados hacia atrás, como si alguien hubiera tomado toda su piel floja y hubiese hecho un nudo con ella detrás de su cabeza. Era perturbador.

–Me gusta pensar que soy un cirujano –continuó el lunático–. En cierta forma, lo que mi máquina y yo estamos haciendo es cirugía reconstructiva. Pensé que te gustaría ver una demostración.

Al instante, pulsó el botón de un altavoz que se encontraba junto a la ventana.

–¿Ya está listo el nuevo rayo de tracción?

Una voz rasposa respondió.

–Sí, señor.

–Coloquen las coordenadas.

–Coordenadas listas, señor –respondió la voz.

–Pueden comenzar –ordenó el doctor.

Se escuchó una fuerte explosión y la Hiena observó cómo la antena parabólica giraba hacia otra zona del cielo. Arriba de la antena había una enorme varilla puntiaguda. Ella lo reconoció de inmediato: era la versión gigantesca del pequeño invento de Lunich. ¡El doctor y los científicos habían descubierto cómo hacerlo funcionar! Rompecabezas golpeó sus manos como un bebé emocionado y luego acompañó a la Hiena hasta la computadora. En la pantalla se veía un mapa satelital del mundo. Señaló las islas de Hawai e hizo una mueca.

–¿Mindy, has estado alguna vez en Hawai?

Ella hizo un gesto afirmativo.

–Un lugar encantador –dijo Félix–. Aunque es muy caro ir allí y el viaje es tan largo… Eso siempre me molestó.

En ese momento se escuchó un estruendo que venía del laboratorio. La antena estaba resplandeciente de energía, y justo cuando ella hubiera jurado que iba a explotar, lanzó un haz de luz verde al aire.

–Mindy, observa el monitor –dijo el doctor.

Ella volvió a la computadora y observó la imagen satelital. No podía creer lo que estaba viendo. El archipiélago de Hawai comenzó a moverse. Se dirigió hacia la costa de California y se detuvo en algún lugar cercano a San Francisco.

Enseguida se escuchó a uno de los subordinados por el altavoz.

–¡Felicitaciones, señor! La prueba ha sido todo un éxito.

–Estoy satisfecho y Simon también lo estará –contestó el genio.

–Lamentablemente, se ha destruido la pila de combustible de la antena. Para concluir sus planes, vamos a necesitar una fuente de energía con una potencia prácticamente ilimitada.

–Muy pronto les voy a dar el próximo elemento del diseño de la máquina, que solucionará todos nuestros problemas –anunció el doctor Rompecabezas y apagó el altavoz. Luego regresó a su puzzle. Tomó la tijera y continuó reformando las piezas.

11

Señor Jones, estoy harto de ver su cara en mi oficina –gritó Dehaven, mientras Jackson se sentaba en una silla delante de él.

–Lo mismo digo –masculló el chico para sus adentros. Desde que se había unido a NERDS, ya había estado siete veces en ese mismo lugar.

–Hace dos semanas que llega tarde a la escuela. ¿A qué se debe?

Jackson repasó su lista de excusas preparadas: unos perros lo atacaron, no sonó el despertador debido a un corte de luz, su casa se incendió, etc., etc. Él quería contarle a Dehaven la verdad: había estado durmiendo poco porque estaba ocupado aprendiendo a luchar, a actuar con cautela y a interrogar sospechosos. Quería decirle todo para sacárselo de encima, pero no podía. Había jurado mantener el secreto.

–Yo sé perfectamente bien por qué llega tarde todos los días –ladró el director.

Jackson sintió que una gota de sudor rodaba por su cara.

–¿En serio?

–Así es. Llega tarde porque no tiene respeto por nada ni por nadie que no sea usted. Es vago y flojo y no va a llegar a nada en la vida. Lamentablemente, la ley me obliga a tratar de hacerle comprender que la educación es un don maravilloso. Y le puedo asegurar que lo voy a lograr, le guste o no le guste. Entonces, Jones, ¿qué podemos hacer con respecto a este problema? ¿Hmm?

–No estoy seguro. Probablemente tendría que pensarlo –contestó Jackson.

–No podría estar más de acuerdo con usted. Pensar es exactamente lo que debería hacer y la mejor forma de hacerlo es castigado. ¿Qué tal dos semanas?

–¡Dos semanas! –gritó Jackson.

–Hijo mío, existe un viejo refrán que dice: "El que juega con fuego, se acaba quemando" –sentenció Dehaven, con una sonrisa diabólica.

Jackson arrastró los pies por el corredor con la sensación de que cargaba el mundo sobre sus hombros. Desde que se había unido al grupo, sus calificaciones estaban por el piso, los maestros lo miraban como si fuera un degenerado y su padre estaba considerando la posibilidad de mandarlo a la escuela militar. Y como si esto fuera poco, en el entrenamiento le iba súper mal. Estaba mejorando en algunas cosas. Había logrado eludir a la esfera de Duncan durante casi diez minutos y atrapar algunos *Toyotas* más con sus brackets, pero los niños de preescolar seguían castigándolo duro, no había logrado engañar ni una sola vez al detector de mentiras de Ruby, y Matilda lo había aporreado con un batidor de huevos, un plumero, un rollo de papel y un frasco de pepinillos, todo eso en sólo una semana. Estaba seguro de que el agente Brand lo echaría del equipo a patadas en cualquier momento.

Mientras le entregaba al señor Pfeiffer el aviso por llegar tarde, Jackson se preguntó si tendría vocación de agente secreto. Había que trabajar muy duro y el equipo era muy exigente. Ojalá pudiera volver a las viejas épocas en que era un chico popular y despreocupado. Se sentó, escuchó cómo el maestro parloteaba acerca de conseguir citas a través de Internet y lo envidió en silencio. Pfeiffer no tenía la más mínima idea de lo que estaba pasando bajo sus narices y era feliz. La ignorancia era el paraíso.

En ese momento sintió una picazón en la nariz y soltó un tremendo estornudo. Un segundo después, seguía al resto de la tropa hacia los lockers que llevaban al Patio de Juegos.

—¿Qué pasa? —gritó.

Duncan le respondió. Era el único que le hablaba fuera del entrenamiento.

—Es probable que sea una misión.

Jackson se metió en el armario que Brand le había asignado. Como las otras veces, el piso desapareció, se deslizó por los tubos secretos y aterrizó sentado en el Patio de Juegos. Los otros, por supuesto, cayeron de pie.

—Por favor, agentes, ubíquense en sus asientos —dijo Brand, mientras señalaba el escritorio circular en el centro del salón. Mientras todos se acomodaban, apareció la señorita Holiday. Parecía nerviosa y preocupada, y se quedó a un costado mordiéndose una uña. Cuando estuvieron todos listos, el agente sacudió su mano por encima de la esfera azul, que al instante cobró vida.

—Benjamín, estamos listos para la reunión —dijo Brand.

La voz de Benjamín llenó el lugar.

—Ya comenzamos, agente Brand.

La esfera emitió partículas de luz que danzaron alrededor de la habitación hasta unirse para mostrar unas imágenes fotográficas.

—Como ustedes saben, hemos estado rastreando varios secuestros ocurridos en la comunidad científica. La cantidad de mentes brillantes desaparecidas aumenta día a día: el doctor Robert Hill, un eminente geólogo; la doctora Judy Pray, experta en mareas y movimiento de las aguas; el doctor Francis Pizzani, un especialista en dispositivos antigravitacionales y, por último, el doctor Joseph Lunich, que inventó recientemente "el rayo de tracción miniatura".

—Un aparato realmente maravilloso —agregó Duncan—. Tiene cientos de aplicaciones prácticas.

—Como siempre, Pegote nos lleva la delantera —dijo Brand—. Sí, el doctor Lunich ha desaparecido, y también uno de sus prototipos.

Matilda puso los labios en la boquilla del inhalador y aspiró.

—¿Quién está realizando los secuestros?

—No tenemos la menor idea —dijo la señorita Holiday con un suspiro—. Pero encontramos esto en la escena del último. Estaba junto a una costosa bota de cuero negra.

Una lista en un papel amarillo apareció delante de ellos. Los nombres que el espía acababa de mencionar tenían una cruz, pero quedaba uno sin tachar.

—Creemos que la persona que está llevando a cabo los secuestros es quien dejó la evidencia.

—¿Acaso esto podría tener relación con ese extraño movimiento de islas? —preguntó Pulga, mientras separaba las dos tapas de una galleta de chocolate y lamía la crema blanca de su interior.

—Pienso que sí —dijo Brand—. Por eso hemos decidido encargarnos. Normalmente, el FBI se ocuparía de un trabajo como éste, pero si los dos hechos están conectados, sería demasiado para ellos.

—De modo que ha quedado sólo un científico sin tachar en la lista —dijo Ruby—. ¿Quién es la persona afortunada?

La bibliotecaria pasó su mano por la esfera y apareció la fotografía de una mujer de mediana edad, de rostro delgado y piel oscura.

—La doctora Nashwa Badawi, una geóloga que descubrió una rara sustancia, que puede usarse en los colectores de energía solar sobrecargados. Su trabajo tiene infinidad de aplicaciones comerciales y militares. Me han dicho que un panel de un metro y medio equivale a la producción de combustible de una planta de energía nuclear. También es limpio y barato. ¡Es muy posible que la doctora haya creado una fuente de combustible para la próxima generación!

38°53'N, 77°05'0

—Geología, energía solar, movimiento de las mareas… quienquiera que esté detrás de todo esto es obvio que se trae algo grande entre manos y, sea lo que sea, nada bueno puede salir de ahí –dijo Ruby.

—Tenemos analistas tratando de descubrir de qué se trata, pero por ahora lo importante es lograr que la doctora Badawi esté a salvo –explicó la señorita Holiday.

—¿Entonces ahora somos guardaespaldas? –preguntó Heathcliff.

Brand ignoró el sarcasmo del chico.

—Nuestra misión es adelantarnos a los malos. Vamos a secuestrar a la doctora antes de que ellos lo hagan.

Ruby se reclinó en su silla, azorada.

—¿Secuestrarla?

Brand asintió.

—Si nosotros la llevamos a un escondite seguro, estaremos impidiendo que el responsable de esta lista siga adelante. Hicimos esto muchas veces cuando yo trabajé para los Servicios Secretos. La señorita Holiday tiene más información sobre la misión.

Brand dio media vuelta y se fue.

—No es precisamente un charlatán –comentó Jackson.

La mujer esbozó una sonrisa de complicidad. Se acomodó los lentes y la falda, y apoyó su mano en un panel cercano a la esfera azul. Las imágenes se esfumaron y fueron reemplazadas por una escena en un desierto.

—En el valle del Nilo, en Egipto, hoy es un día seco y la temperatura…

—¡Esperen! ¿Vamos a ir a Egipto? —gritó Jackson—. ¡Yo no puedo ir a Egipto! Estoy castigado.

El grupo lo miró como si fuera un tonto.

—Estoy hablando en serio. Me encuentro en problemas —dijo Jackson—. Mis calificaciones están muy bajas y Dehaven se ha propuesto convertirme en su proyecto personal.

Heathcliff lo miró con desagrado.

—Diente de Lata, vas a tener que solucionar tus problemas escolares por tu cuenta.

La señorita Holiday siguió con su presentación.

—Su destino final es El Cairo, la capital de Egipto. Tiene diecisiete millones de habitantes aproximadamente, por lo tanto van a estar bien acompañados. Es un lugar peligroso. El gobierno se encuentra en un momento de transición y los fanáticos religiosos quieren tomar el poder. Los occidentales todavía son bienvenidos, pero no siempre se los respeta o se los deja en paz. Deben tener cuidado.

—¿Cuándo nos vamos? —preguntó Matilda.

—Ahora —dijo una voz detrás de ellos. Jackson de dio vuelta y vio a la cocinera—. ¡Chicos, al Autobús Escolar!

El equipo y la señorita Holiday siguieron a la mujer por un pasillo. Jackson tenía miles de dudas.

—Yo no sabré mucho de geografía, pero sí sé que no podemos ir a Egipto en autobús.

Los demás lo ignoraron y pasaron por unas puertas corredizas que llevaban a un pasadizo. Una vez que lo atravesaron, Jackson se dio cuenta de que estaban en el gimnasio del colegio. El agente Brand los esperaba en el centro del salón, junto a una cuerda que colgaba del techo. Jackson conocía muy bien esa cuerda: tenía el récord escolar por treparla más rápido. Brand tiró tres veces de la soga y un violento estruendo surgió de abajo. Una gran parte del piso del gimnasio se deslizó dejando a la vista una máquina increíble. Mientras se elevaba, Jackson descubrió que se trataba de un cohete. Era de color anaranjado brillante y tenía pequeñas alas en la parte inferior. Una vez que llegó al nivel del piso, una docena de científicos le conectaron una enorme manguera en un costado. Unos segundos después, un fuerte olor a combustible inundó la nariz de Jackson.

—¿Qué es eso?

—Es el Avión Orbital TA-48 —dijo la cocinera con orgullo—. Pero nosotros lo llamamos "Autobús escolar".

De repente, se escuchó el ruido de una alarma por los altavoces. Luego, una voz llamando a los alumnos a dirigirse al subsuelo para un simulacro de tornado.

—Pero el cielo está totalmente despejado —dijo Jackson.

—Tienes razón —observó la cocinera—. Pero tenerlos a todos agachados en el sótano es una buena forma de distracción.

—¡Gente, vamos a correr el techo! —gritó Brand, y enseguida hubo otro estruendo, pero esta vez arriba. Jackson vio cómo se corrían los paneles y aparecía el cielo azul.

La señorita Holiday los guió hasta unos escalones que conducían a una puerta abierta en el cohete.

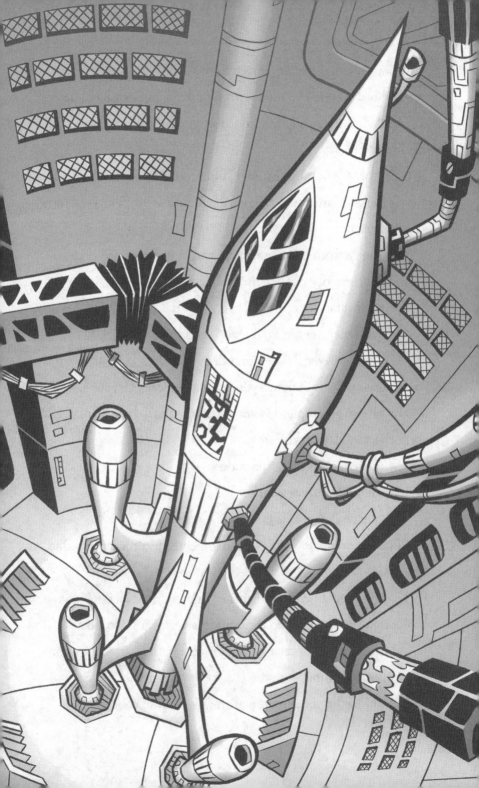

—Vamos, tengo que llevarlos a bordo.

—¡A bordo! —gritó Jackson—. Yo no puedo volar en un cohete.

Heathcliff, Duncan, Matilda, Ruby y Julio lo miraron con indignación.

—Siempre "yo" —dijo la líder, mientras el resto entraba a la nave. Jackson los siguió desganado. Brand y Holiday cerraron la compuerta.

Duncan se frotó las manos con energía y se abrochó el cinturón de uno de los ocho asientos de cuero.

—¡Me encantan las misiones!

—¿Voy a tener que explotar algo? —preguntó Matilda.

—Eso está por verse —dijo Brand, ayudando a la bibliotecaria a acomodarse en su asiento y luego ubicándose en el suyo.

Un grupo de empleados trajo seis mochilas bien llenas. La señorita Holiday sonrió.

—Muy bien. ¿Consiguieron todo?

Uno de los hombres asintió.

—Lo que estaba en la lista.

—Pueden ponerlas en el compartimiento de almacenaje —dijo Holiday.

Los hombres abrieron un panel en la parte delantera del jet, las colocaron allí y se retiraron. Enseguida la cocinera subió a bordo.

—¿Listos para levantar este pájaro en el aire? —preguntó con una mueca burlona.

Brand hizo un movimiento afirmativo con su cabeza.

—¿Ella es la piloto? —preguntó Jackson, con pánico—. Esa mujer no sabe ni hacer una hamburguesa, ¿cómo va a manejar un cohete?

La cocinera se llevó la mano a la cabeza y de un manotazo se sacó el pelo. Jackson se dio cuenta de que llevaba peluca y vio, debajo de ese horrible pelo marrón, una cabeza calva cuidadosamente afeitada. Entonces comprendió que la cocinera era en realidad un cocinero.

—¿Así que no te gustan mis hamburguesas, niño? —vociferó—. Has herido mis sentimientos.

—¡Abróchense los cinturones! —gritó la señorita Holiday.

Jackson pensó que ésta era su última oportunidad de salir huyendo, justo cuando se acercaron unos científicos a la nave y cerraron la puerta de un golpe. Los motores rugieron y la sacudida hundió a Jackson en el asiento.

—¡Despegamos! —gritó Pulga. Jackson, en cambio, estaba muerto de espanto. Sentía que la piel de la cara se le pegaba al cráneo al ser atraída hacia atrás por la fuerza de gravedad y se imaginó que explotaría en mil pedazos. Miró por la ventanilla y vio cómo el cohete salía despedido de la escuela y se elevaba cada vez más hasta entrar en la negra oscuridad del espacio. Estirando el cuello, podía ver hacia abajo todo el planeta. Ahí fue cuando Jackson comenzó a gritar.

Y gritó… y gritó.

—No lo puedo creer —dijo Heathcliff, haciendo un gesto de superioridad—. Creo que éste va a vomitar.

FIN DE LA TRANSMISION

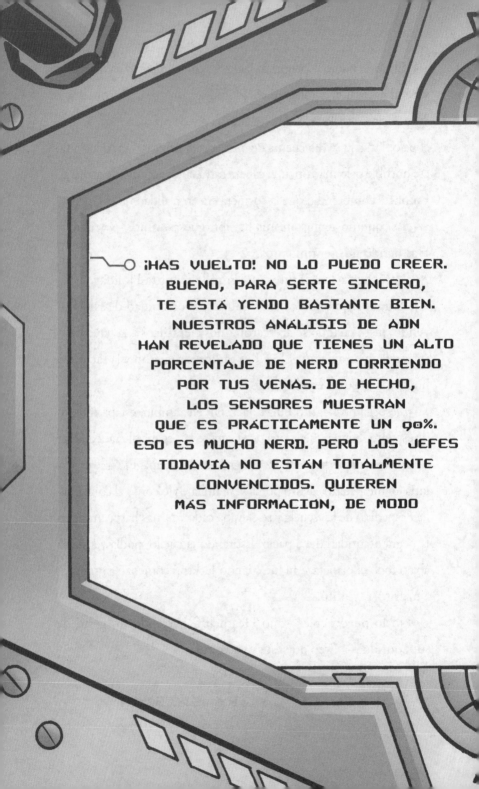

¡HAS VUELTO! NO LO PUEDO CREER.
BUENO, PARA SERTE SINCERO,
TE ESTÁ YENDO BASTANTE BIEN.
NUESTROS ANÁLISIS DE ADN
HAN REVELADO QUE TIENES UN ALTO
PORCENTAJE DE NERD CORRIENDO
POR TUS VENAS. DE HECHO,
LOS SENSORES MUESTRAN
QUE ES PRÁCTICAMENTE UN 90%.
ESO ES MUCHO NERD. PERO LOS JEFES
TODAVÍA NO ESTÁN TOTALMENTE
CONVENCIDOS. QUIEREN
MÁS INFORMACIÓN, DE MODO

QUE PARA PERMITIRTE EL ACCESO
AL NIVEL 5 TIENES QUE FROTAR
LA AXILA EN EL SENSOR.

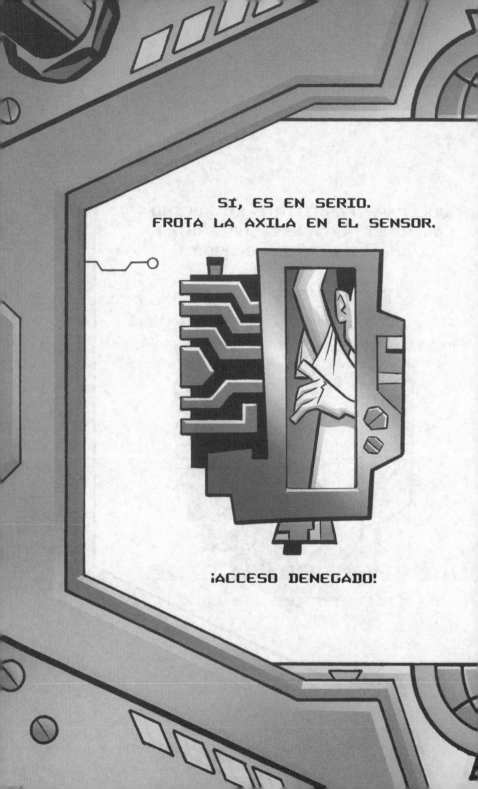

HMMM. DEBE SER UNA FALLA
DEL SENSOR.
PRUEBA CON LA OTRA AXILA.

¡ACCESO CONCEDIDO!

NECESITO UNA DUCHA.

12

Por la noche, los pasillos del Hospital Neuropsiquiátrico de Milwaukee resultaban escalofriantes. Eran oscuros, con sombras amenazadoras que acechaban bajo la luz de la luna. Las habitaciones ubicadas a los lados del corredor albergaban a los delincuentes psicóticos: lunáticos declarados, que habían cometido asesinatos, mutilaciones y delitos de todo tipo. Los pacientes eran casos perdidos y si alguno llegara a fugarse, el caos sería impredecible. Esa posibilidad ponía muy nervioso a Denny Parsons. Estaba bien. Él era un guardia de seguridad entrenado: llevaba insignia y porra. Pero los dementes eran casos especiales y, para colmo, su compañero, Tommy Newton, era un completo idiota.

—¡Mira a este tipo! —gritó Tommy, mientras espiaba por la ventanilla de una de las puertas—. Está loco.

—Sí, por algo está acá adentro —comentó Denny con sarcasmo.

—Ya lo sé —le contestó su compañero bruscamente—. Pero éste es un loco de verdad. Está agitando sus brazos como un pato. ¡Hey, hermano, no eres un pato! ¡No puedes volar!

Denny se preguntó si alguien echaría de menos a Tommy si éste se quedara encerrado, por algún motivo, en alguna de las habitaciones. Quizás en una de ésas con paredes acolchadas, a prueba de ruidos.

—No te pierdas a este chiflado —dijo Tommy, al pasar frente a otra habitación—. Está hablándose a sí mismo. ¡Eh! No hay nadie ahí adentro hablando contigo, amigo. Denny, deberían dejarme charlar con algunos de estos tipos. Yo les arreglaría la cabeza.

—Tal vez deberías sugerirle eso a los doctores —observó el guardia, al tiempo que iluminaba el pasillo con la linterna—.Tommy, déjalo en paz. Todavía no hemos terminado la ronda.

De repente, escuchó un gemido de dolor. Cuando se dio vuelta, su compañero estaba en el piso hecho un ovillo y una joven, no... en realidad se trataba de una niña, vestida toda de negro, estaba parada encima de él. Denny no sabía si pedir ayuda o darle un abrazo a la atacante.

—Tenía que elegir a uno —dijo la chica—. Espero que tú seas el más inteligente de los dos.

—Quédate tranquila, acertaste —sonrió Denny.

—Háblame de Félix Rompecabezas —dijo la jovencita.

—¿El Rey de los Puzzles? —preguntó Denny.

—¿El QUÉ?

—El Rey de los Rompecabezas Gigantes. ¿Acaso no lees los periódicos? —contestó el hombre.

—He estado un poco ocupada últimamente con mis tareas de niña de doce años —bromeó ella.

—Félix Rompecabezas era un científico brillante, o por lo menos eso es lo que he leído. Se especializaba en placas tectónicas, ya sabes, el movimiento de los continentes. Fue famoso por su investigación de la teoría Pangea.

—¿Eh?

—Creía que todos los continentes alguna vez habían sido una gran isla, que luego se dividió en partes. También fue una estrella en el circuito competitivo de rompecabezas gigantes, pero para mí, fueron precisamente esos juegos los que lo volvieron loco. Cuando estuvo aquí, lo único que hacía era armar rompecabezas día y noche. Era una obsesión. De todos modos, como no era un criminal, tuvieron que dejarlo ir. Alguien firmó la autorización y nunca más lo vi.

—¿Lo dejaron ir? ¿Eso quiere decir que estaba curado?

Denny soltó una risita ahogada.

—No hay cura para lo que tiene el doctor Rompecabezas. Simplemente alguien aceptó hacerse cargo de él.

—¿Quién?

Denny la guió hasta una oficina oscura. Oprimió algunas teclas de una computadora y apareció un archivo. Leyó el texto hasta que encontró lo que estaba buscando.

—Aquí está. Éste es el que autorizó su salida. Un tipo llamado Simon. No sé si es el nombre o el apellido.

La Hiena frunció el ceño.

—¿Por qué tanta curiosidad por este psicópata? —preguntó Denny.

—Trabajo para él —respondió ella.

13

Jackson estaba acurrucado en el piso del cohete con la cara dentro de una bolsa de papel, respirando agitadamente. La señorita Holiday se arrodilló a su lado y le hizo masajes en la espalda, mientras le sostenía la mano para consolarlo.

–Jackson, trata de relajarte.

–¿Relajarme? –gritó el niño a través de la bolsa–. ¡Estoy en el espacio! Yo me anoté como espía, no como astronauta.

–¡Qué patético! –dijo Heathcliff.

–Realmente. ¡A ver quién necesita ahora un inhalador! –agregó Matilda.

–Chicos, sean amables –los retó la señorita Holiday.

–Jackson, este es el medio de transporte más eficaz –le explicó Brand.

–Tiene razón –dijo Duncan–. En vez de volar durante horas de un continente a otro, el Autobús Escolar sube hasta la estratósfera y luego desciende en donde queramos. Un viaje de varias horas se transforma en no más de treinta minutos, permitiéndonos traerte de vuelta a la escuela antes del final del día.

—Si al nuevo ya se le pasó el ataque de nervios, quizás deberíamos cambiarnos —dijo Ruby.

Los chicos agarraron los bolsos de la parte delantera de la nave. Jackson tomó el que tenía su nombre, lo abrió y encontró una camisa y pantalones de lana, un saco grueso con forro de cordero y un gorrito de algodón.

—Pero esto es sólo un montón de ropa. ¿Dónde están los accesorios que todo agente secreto debe tener? ¿El corbatín explosivo o la cámara bolígrafo?

—Las mochilas fueron armadas según las necesidades de cada uno —dijo la bibliotecaria.

—¿Cómo voy a hacer de espía con esto? —se quejó el niño.

—Es que no harás de espía. En esta misión te toca observar —le explicó Brand.

—¿Qué? —chilló Jackson, justo cuando el cohete giraba para volver hacia la Tierra, provocándole una sensación muy desagradable en el estómago—. He estado entrenando durante semanas. Ya estoy listo.

—A ver. ¿Quiénes piensan que Diente de Lata ya está listo para una misión? —preguntó Ruby a sus compañeros. Ninguno levantó la mano.

La señorita Holiday continuó informando al grupo.

—El desierto está escasamente poblado, por lo tanto no creemos que se encuentren con gente del lugar. Pero, si esto ocurriera, existen dos tipos de habitantes: pastores de ovejas o guerreros tribales que no aprecian a los intrusos. Traten de evitarlos.

–Una vez dentro de la ciudad, actuarán como vendedores ambulantes en el mercado –dijo Brand–. Cada uno de ustedes ya recibió información sobre las tareas específicas que harán cuando lleguen al laboratorio de la doctora Badawi.

–¿Información? A mí nadie me informó de nada –dijo Jackson.

El agente lo ignoró.

–Señorita Holiday, ¿qué nos puede decir de la talentosa doctora?

–Está casada con Omar Badawi, el actual embajador de los Estados Unidos en Egipto. Su laboratorio se encuentra alrededor del Mercado de Especias de El Cairo, una zona muy turística. Para llegar allí tendrán que atravesar el desierto del Sahara. El sol es brutal, y las ropas que he empacado para ustedes los protegerán de la insolación y también los mantendrán abrigados en caso de que se haga de noche. Erizo, Ráfaga, como ya lo hablamos, ustedes encontrarán ropa especial en sus mochilas.

–Entendido –dijeron las dos.

–Pulga, te puse seis cajas de jugo y una docena de pasteles de fruta, por si los necesitas.

El niño se pasó la lengua por los labios.

–Señorita Holiday, usted es una bella persona.

–¿Qué es esto? –dijo Matilda, sacando una galleta con trocitos de chocolate de su bolso.

–Ah, eso es de mi parte –dijo Holiday–. Un regalo de buena suerte.

La banda la miró con incredulidad. No estaban acostumbrados a que los mimasen, y no tenían claro aún si eso les gustaba. Luego se encogieron de hombros y comenzaron a vestirse para la misión. A Jackson su ropa de pastor de ovejas le picaba mucho.

–Gastan diez millones en mis súper brackets y no pueden usar unas monedas para comprar suavizante de ropa –masculló por lo bajo.

Cuando terminaron de cambiarse, volvieron a sus asientos y se abrocharon los cinturones de seguridad. Jackson había viajado varias veces en avión, y siempre le había parecido tonto y tedioso tener que amarrarse al asiento. Pero el descenso del Autobús Escolar lo hizo cambiar de idea para siempre. Fue más terrorífico que el despegue, como bajar en caída libre hacia el suelo, hasta que el cocinero niveló la nave sobre el desierto.

–Estamos sobre la zona del salto –gruñó.

–¿Salto? –repitió Jackson con temor.

De golpe, Brand se levantó del asiento y abrió la escotilla de la parte delantera de la nave. Los chicos lo siguieron, agarrando a su paso un paracaídas de una gran pila.

–¡Nadie me avisó que íbamos a arrojarnos en paracaídas! –exclamó Jackson–. Nunca antes lo hice.

–Es muy sencillo –dijo Ráfaga–. Sólo te dejas caer.

Un minuto después, se arrojó y desapareció.

El próximo fue Heathcliff y luego Ruby.

—Enseguida pasarán a recogerlos —gritó Brand en medio del ruido del viento.

Ella hizo un gesto afirmativo y se lanzó.

Pulga corrió hacia adelante de la nave, manoteó un paracaídas y saltó hacia afuera sin ponérselo.

Jackson pegó un alarido, seguro de que acababa de presenciar los últimos minutos de vida de su compañero, pero Duncan le aseguró que Julio estaría bien.

—Siempre hace lo mismo. Es medio adicto a la adrenalina.

—Es medio chiflado, diría yo —lo corrigió Jackson, hablando entre dientes.

—Nosotros vamos juntos —dijo Duncan, moviendo sus manos por la espalda de su compañero. Cuando Jackson estiró el cuello, notó que le había dejado la ropa toda pegoteada. Luego Duncan lo abrazó por atrás. Los dos chicos estaban fuertemente atados.

La señorita Holiday ayudó a Pegote a ponerse el paracaídas, mientras Jackson se retorcía tratando de liberarse.

—No sé si se dan cuenta de que somos todos menores —gritó Diente de Lata—. Están permitiendo que seis niños salten solos de un avión, en el desierto, en un país extraño.

—No te pasará nada —lo tranquilizó Duncan—. Yo te cuidaré.

—Tú te comiste una vez, en clase de Arte, catorce barras de pegamento. No creo que seas el más indicado para protegerme —dijo Jackson fastidiado.

–Encuentren a la doctora y tráiganla –dijo Brand–. Jackson, Ruby es la líder del grupo, de modo que a menos que ella te ordene otra cosa, tu trabajo en esta misión es observar.

–Esperen, quizás yo debería quedarme en el cohete… –empezó a decir Jackson, pero nunca llegó a terminar la frase, porque Duncan lo arrastró a través de la puerta abierta. Sus gritos fueron ahogados por el viento, pero él podía oírlos aun dentro de su cabeza mientras se acercaba al suelo a toda velocidad.

–¿No es alucinante estar aquí arriba? –exclamó Duncan.

Jackson no dejaba de gritar. Un momento después, sintió que el chico pegajoso tiraba de una cuerda. Hubo una fuerte explosión y luego escuchó el ruido del paracaídas sacudiéndose al viento mientras se desplegaba. Una vez abierto, tiró bruscamente a los chicos hacia arriba. Finalmente, comenzaron a descender con lentitud.

–Me encanta este momento. Es tan pacífico.

Aterrizaron sobre una duna de cara contra el piso y rodaron por ella. El paracaídas los fue envolviendo de tal manera que no podían mover ni un músculo.

Mientras ellos hacían grandes esfuerzos para desatarse, sus compañeros empezaron a trabajar. Enterraron los paracaídas en la arena, al tiempo que Ruby observaba el valle con sus binoculares.

–Aquí viene nuestro transporte –anunció.

Jackson entornó los ojos en la dirección que señalaba Ruby y vio la figura de un hombre que traía seis camellos a remolque.

–Debes estar bromeando –dijo Jackson–. ¿Viajaremos en camello hasta El Cairo?

–*Aaaghh pagdestar chack* –balbuceó Pulga.

–¿Ehh?

El chico hiperactivo giró la perilla en su arnés.

–Dije: "¡Hermano, los camellos son lo mejor!".

Ruby ignoró la charla.

–Gente, en marcha.

–¡Hey, estamos atorados aquí adentro! –gritó Jackson desde su paracaídas.

–Cálmate –dijo Duncan–. Reloj láser activado.

El reloj se abrió y asomó un pequeño rayo láser. Apuntó a las correas del paracaídas y en un minuto los chicos quedaron libres.

–A mí no me dieron un reloj como ése –se quejó Jackson.

–Ya lo sé –dijo Duncan con una sonrisa–. Es sólo para los agentes especiales.

Los chicos lograron montar los camellos con la ayuda del dueño. Una vez arriba, el viejo golpeó en las ancas a los animales, que partieron trotando por el desierto.

Para Jackson, andar en camello resultó una experiencia inolvidable. Se cayó de ese monstruo peludo como una docena de veces y, apenas tocaba el piso, el animal se agachaba y lo mordía. Sus compañeros de equipo no paraban de reírse.

Para colmo de males, el sol ardía. La ropa que les había dado la bibliotecaria los protegía de sus rayos nocivos, pero resultaba agobiante por el calor. Jackson se quejó pero ninguno le contestó.

Después de varias horas de travesía, Ruby decidió que tomarían un descanso. Ella señaló una colina rocosa y guió al grupo hasta allí.

Jackson intentó bajarse del camello con elegancia, pero el animal corcoveó y pateó hasta que el niño terminó tendido en la arena. No sabía si era un espejismo, pero le pareció notar una sonrisa burlona en la cara de la bestia. Se levantó y abrió su mochila, que estaba encima del camello. Adentro encontró varias botellas de agua y la galleta de la señorita Holiday. Decidió que necesitaba algo dulce y le dio un mordisco. Era dura como una piedra y olía a vinagre. La envolvió de nuevo y la puso en el bolsillo de la camisa. Estaba claro que la cocina no era la especialidad de la señorita Holiday.

—¿Cuánto tiempo piensas que estaremos aquí? —preguntó Jackson a Ruby. Ella ignoró la pregunta. Luego sacó de la mochila un portafolio escolar y lo abrió. En vez de carpetas y reglas, tenía un monitor de computadora, un teclado y una pequeña antena satelital que daba vueltas.

—Más o menos media hora —respondió Duncan—. A Ruby le gusta realizar mapas topográficos y climáticos antes de entrar en acción. Le llevará un rato conectarse con Benjamín.

Jackson se recostó y cerró los ojos.

—Creo que me echaré una siestita, entonces.

—Puedes hacer lo que quieras pero no esperes que yo te cante una canción de cuna –dijo Ráfaga.

• • •

Cuando Jackson despertó, el sol le daba en los ojos, tenía la boca seca y un cuchillo en la garganta. Miró hacia arriba y vio al dueño del arma. Era un hombre de piel oscura, con una larga barba y pelo negro ensortijado. Llevaba unos pantalones blancos de tela liviana, una camisa verde y un cinturón de cuero con cartuchos de escopeta. Lanzó una orden en un idioma que Jackson no comprendió. Por el rabillo del ojo pudo ver que había más hombres como él, todos portando enormes espadas y pronunciando amenazas. No había que ser políglota para comprender que estaban enojados.

—Trata de relajarte –le dijo Ruby–. No hagas movimientos súbitos. Son guerreros de una tribu local y nosotros caímos en su territorio.

—¿Cómo lo sabes? –preguntó Jackson, girando su cuello para mirarla. Ella estaba parada detrás de él, con varias espadas apuntando a su corazón.

—¿Un presentimiento, tal vez? –contestó Ruby.

—¿Dónde están los otros? –quiso saber Jackson.

—Los mandé a explorar la ruta de entrada a El Cairo. No volverán antes de una hora –respondió la niña.

—Entonces estamos solos –exclamó Jackson. El hombre que sostenía el cuchillo le gritó con furia y apretó más la hoja contra su cuello.

–¿Recuerdas que te pedí que te relajaras, no? –lo retó Ruby.

–¿Y qué vamos a hacer? –dijo Jackson en voz más baja.

–Tenemos dos opciones. Podemos morir, que es lo que estos hombres quieren, o pelear y morir un poco más tarde. ¿Qué eliges?

–¿No tienes alguno de esos dispositivos especiales de agente secreto? –preguntó Jackson–. ¿Cuáles son tus actualizaciones?

–Las tengo dentro de mi cuerpo, bobo. Mis alergias me vuelven muy sensible al peligro, casi como si fuera una vidente. Por ejemplo, tengo la lengua hinchada por mi intolerancia a las amenazas airadas; los ojos me pican debido a que soy alérgica a los grandes grupos de personas armadas y mis oídos están tapados porque no tolero las preguntas tontas. Mis habilidades no nos van a ayudar mucho en este caso. ¿Por qué no utilizas las tuyas?

–Todavía no tengo idea de cómo funcionan –respondió Jackson–. Todo lo que sé es que con mis brackets puedo atrapar un auto volador y alimentar a un perro a la fuerza. No he tenido ni una lección sobre lo que ellos son capaces de hacer.

–Le dije a Brand que no estabas listo. Se piensa que lo sabe todo –dijo Ruby–. Ojalá Pegote estuviera aquí. Él es el experto en tecnología, pero veamos qué puedo hacer. Tus brackets están compuestos por millones de minúsculos robots llamados nanobytes. Están conectados a tu mente para que puedas controlarlos. Si quieres que ellos actúen, lo que tienes que hacer es pensar en eso.

Jackson se concentró y comenzó a sentir que los alambres se movían y, de golpe, un puño salió despedido de su boca y fue a dar al mentón del líder de los guerreros. Éste dejó caer su sable y se desplomó de espaldas en la arena.

Cuando los otros combatientes agitaron las espadas en el aire y gritaron con ira, seis filamentos con espadas en los extremos brotaron de la boca de Jackson. Los hombres se lanzaron contra ellos, pero los brackets bloquearon los golpes. Los guerreros peleaban con ferocidad, pero no podían contra Jackson, que se sentía como si tuviera seis mosqueteros dentro de la boca. Los metales chocaban entre sí y las chispas volaban por el aire. Finalmente, Diente de Lata consiguió desarmar a la banda y todos huyeron atemorizados.

–¿Viste eso? –gritó Jackson, mientras los aparatos se replegaban en su cavidad bucal–. ¡Soy el mejor!

–Bueno, tampoco fue para tanto –contestó Ruby.

–¿PERDÓN? ¿Acaso no estabas al lado mío? Esos tipos nos querían matar. Tienes suerte de que yo estuviera acá para salvar tu apestoso trasero.

–¡Suficiente! Te voy a aclarar algo –exclamó Ruby–. No necesitamos ayuda de ti de ninguna forma, tipo o color. Cada uno de nosotros es una máquina de combate con un entrenamiento calificado. Todos sabemos cómo paralizar a un hombre con sólo chasquear los dedos. Estás en este equipo a pesar de que todos votamos en tu contra. Nuestro voto solía tener valor… bueno, eso ya es historia. Pero que estés aquí con nosotros no significa que seamos tus amigos o que tengamos que agradecerte por nada. Tú eres un matón…

–¿Un qué? –exclamó Jackson.

–Un matón –le respondió Ruby gritando más fuerte aún–. Así que derrotaste a unos pocos tipos. *Guau.* Si piensas que yo haría lo mismo por ti, eres más tonto de lo que pareces. Estás solo, y si crees que puedes intimidarnos con un calzón chino o pegándonos en la cabeza, estás muy equivocado.

–Hmm. ¿Entonces supongo que no piensas agradecerme? –preguntó Jackson con ironía.

Una hora después, aterrizó Matilda llevando a Duncan en brazos. Divisaron a lo lejos una nube de polvo que se acercaba hacia ellos. Cuando se detuvo, a sólo quince centímetros, Jackson se dio cuenta de que era Pulga, cargando a Heathcliff en la espalda.

–Nooo, siempre me pierdo la diversión –se quejó Matilda, cuando vio la pila de armas.

–¡Unos guerreros decidieron meterse con Jackson Jones! –alardeó–. Tuve que enseñarles que no se juega conmigo.

Ruby se dirigió a sus amigos.

–Mejor vamos yendo. Todavía nos quedan muchos kilómetros hasta el laboratorio y no sabemos cuántos soldados más andarán merodeando por aquí.

En un instante todos treparon a los camellos.

Jackson estaba anonadado.

–¿Qué? ¿Ni una palmada en la espalda o un miserable elogio? Los demás ni lo miraron y partieron hacia la ciudad.

El Cairo era un lugar fascinante. Los rascacielos se elevaban hasta el cielo junto a antiquísimos edificios de piedra. Los taxis y los autos deportivos compartían las calles junto a camellos y burros. Hombres de traje iban deprisa al trabajo mientras los granjeros empujaban carros con frutas y verduras exóticas hacia el mercado.

Un policía le gritó al equipo de NERDS.

—Quiere que nos alejemos de la calle principal —les tradujo Heathcliff a los demás, mientras hojeaba un diccionario de árabe—. Nos llamó "gitanos sucios".

—No es muy amable que digamos —comentó Duncan.

Ruby condujo a su camello hacia una calle lateral y el grupo la siguió. Los llevó por callejones llenos de gente. Los niños jugaban mientras los turistas admiraban las construcciones y tomaban infinidad de fotografías. Pequeños automóviles europeos luchaban por pasar entre las mujeres que cargaban sobre sus cabezas los canastos de ropa para lavar.

—El laboratorio de la doctora Badawi está a la vuelta —dijo Erizo de Mar, bajándose del camello. Los otros la imitaron—. La información de inteligencia dice que tiene muchos guardaespaldas, que sería mejor evitar. Ráfaga, nosotras tenemos que cambiarnos. Pulga, Pegote y Conejo, rodeen el edificio y traten de averiguar la posición de los guardias.

Los tres chicos salieron corriendo a cumplir su tarea.

—¿Y yo qué hago? —preguntó Jackson.

–Darte vuelta –repuso Matilda. Después de unos minutos le dijeron que ya podía mirar. Al girar, se encontró a las dos chicas con ropa de niñas exploradoras.

–Una vez más me perdí la reunión informativa –dijo Jackson–. ¿Qué está pasando?

Antes de que le pudieran explicar, los chicos estaban de vuelta.

–En el lado oeste del edificio, hay dos guardias frente a una salida de emergencia –advirtió Heathcliff.

–Hay dos más en la puerta principal –agregó Duncan.

–El techo está despejado –dijo Pulga, abriendo tres cartones de jugo y bebiendo los tres a la vez. Enseguida comenzó a temblar y a sonreír tontamente a causa del azúcar.

–Muy bien, vamos a tratar de distraer a todos los guardias que podamos –ordenó Matilda.

–¿Y cómo piensas hacerlo? –preguntó Jackson.

La chica metió la mano en su bolso y sacó varias cajas de galletas.

–Nadie puede resistirse a unas niñas exploradoras vendiendo galletas –dijo Ruby sonriendo–. Con respecto al resto, creo que la forma más segura de entrar es por el techo.

–¿Y yo qué hago? –preguntó Jackson.

–Tú tienes el trabajo más importante de todos.

Jackson saltó de alegría.

–¿En serio? ¿Qué es?

–Te toca cuidar a los camellos.

Jackson la observó con desagrado.

–No estoy acostumbrado a que me pongan en el banco.

Ruby le apuntó con el dedo, enojada.

–Más vale que te vayas acostumbrando. Estás aquí para observar.

–¡Ni lo pienses! –gritó Jackson.

–Escucha, él puede venir con nosotros –dijo Duncan.

–¿*Qué*? –chillaron Julio y Heathcliff a la vez.

–Yo me responsabilizo por él –insistió Duncan.

–Pegote, si mete la pata, es tu culpa –dijo Ruby.

–No hay problema –respondió Duncan. Heathcliff le echó una mirada como si quisiera estrangularlo, pero no dijo nada.

–Bueno. Listo. Vayamos a secuestrar a la científica –dijo Pulga dando palmadas.

Las chicas se dirigieron a la puerta principal, mientras los chicos enfilaron hacia la parte trasera del edificio. Se detuvieron al llegar.

–¿Cómo subiremos al techo? –preguntó Jackson observando la pared, que tendría unos tres metros–. No trajimos sogas.

–¡Así! –gritó Julio, agarrando a Heathcliff y arrojándolo por el aire. Jackson vio cómo el espía de los dientes salidos aterrizaba ágilmente en el techo del edificio.

–¡Yo no subo así ni loco! –dijo Jackson. Le resultaba más aterrador que el cohete.

–Es totalmente seguro –dijo Duncan, justo antes de salir volando.

–Él tiene razón. Hasta ahora, sólo dejé inválidas a tres personas –bromeó Pulga–. Es un buen promedio, ¿no?

–Hay que pensar antes de actuar… –empezó a decir Jackson, pero un segundo después las fuertes manos del más pequeño de los espías lo levantaron del piso y lo arrojaron por el aire. El lanzamiento fue perfecto y Jackson descendió en el techo como una pluma. Una pluma que vomitaba y lloraba, pero una pluma al fin.

Pulga aterrizó al lado de él, con una sonrisa de oreja a oreja.

–Una locura, ¿no?

Cuando los otros dos niños se quitaron las ropas del desierto, Jackson pudo ver que llevaban unos overoles negros llenos de bolsillos y cierres. Duncan sacó unas gafas especiales, se las puso y bajó la vista hacia la salida de emergencia.

–Las chicas tienen suerte. Los guardias ya no están ahí. Estoy detectando a dos personas en un laboratorio en el octavo piso. Diente de Lata, ¿quieres probarlos? –preguntó, pasándole los anteojos.

–Deja de llamarme Diente de Lata –dijo Jackson, mientras se ponía los lentes y miraba hacia abajo. Divisó unas siluetas rojas que se movían apresuradamente por el interior del edificio. Los anteojos de rayos X eran geniales.

–¿Y cómo vamos a entrar? –preguntó Jackson.

Heathcliff señaló una salida de emergencia en el techo.

–Obvio, ¿no? –le contestó con arrogancia.

Jackson le mostró el enorme candado que trababa la puerta.

–No tan obvio, ¿no?

—Yo me encargo de eso —dijo Pulga, girando la perilla de su arnés. Arrancó la puerta de las bisagras y la apoyó a un costado como si fuera una hoja de papel—. ¡*Ta-raa*!

Los cuatro chicos atravesaron la puerta y bajaron deprisa por la escalera.

—La doctora está dos pisos más abajo —dijo Duncan.

—Erizo, ¿cómo va la venta de galletas? —preguntó Heathcliff.

—Muy bien —una voz retumbó en la cabeza de Jackson. Se dio cuenta de que se trataba de Ruby.

—¡La escucho dentro de mi cerebro! —gritó.

—Las comunicaciones están conectadas a través de un chip en tu nariz —le explicó Duncan—. Si quieres hablar con uno de nosotros, sólo concéntrate en nuestras caras y el chip se ocupa del resto.

Los chicos siguieron hasta el octavo piso y salieron al pasillo. Un guardia apareció antes de que pudieran reorganizarse. Por suerte, tuvieron tiempo de esconderse en una sala vacía para que no los viera.

—Pulga, ve con Pegote a buscar a la doctora Badawi —dijo Heathcliff—. Yo me quedaré aquí a cuidar al bebé.

Los dos chicos corrieron por el pasillo y desaparecieron, dejando a Jackson solo con Heathcliff. Se sentaron en silencio hasta que Diente de Lata no pudo contenerse más.

—¿Por qué me odias tanto? —le disparó.

—¡Como si no lo supieras! —respondió Conejo.

—Si lo supiera, no te lo preguntaría.

Heathcliff lanzó un suspiro de impaciencia.

–NERDS es una organización única porque sus miembros son elegidos por sus destrezas y habilidades.

–¿Y tú piensas que yo no tengo ni destrezas ni habilidades? –dijo Jackson–. Soy una estrella del deporte.

–¿Y con eso qué? ¿A quién le importa si eres capaz de arrojar una pelota? El mundo se salva con ideas y no con tantos. Durante años, los miembros de esta organización han sido una elite. De aquí salen diplomáticos, científicos e inventores. Muy pocos le dedican tanto tiempo a su pelo como tú. Tu presencia aquí es un golpe bajo para todas las personas que han arriesgado su vida como miembros de este equipo.

Jackson sintió que se ponía rojo.

–Aparentemente, Brand piensa que tengo potencial.

–El agente Brand se siente identificado contigo –repuso Heathcliff–. Pero al igual que tú, él nunca podría haber sido uno de los nuestros. ¿Sabes por qué? Porque es a nosotros a quienes llaman cuando los tipos como Brand no logran hacer el trabajo.

Jackson miró para otro lado. No quería que Heathcliff se diera cuenta de que sus palabras lo habían lastimado.

–Todo tranquilo por aquí –habló Pulga en su cabeza–. El guardia está bajo control y Pegote ya está en camino para recoger la encomienda.

–Muy bien –dijo Heathcliff.

–No se muevan que ya vamos a buscarlos –agregó Julio.

—Conejo llamando al Autobús Escolar —dijo Heathcliff en voz alta.

Un momento después, Jackson escuchó la voz grave de la cocinera.

—Aquí Autobús Escolar.

—Pegote está retirando la encomienda. Solicito extracción —dijo Heathcliff.

—Estoy en camino —respondió.

Mientras esta conversación tenía lugar, Jackson escuchó un ruido lejano. Sonaba como una máquina pesada que venía en su dirección, rápida y estruendosa. Se levantó y se dirigió a la ventana. Al mirar afuera, observó un helicóptero que volaba directamente hacia la parte superior del edificio.

—*Ups*, ¿alguna idea de quién pueda ser? —comentó Jackson. Examinó el aparato y descubrió que no tenía ninguna señal identificatoria.

Heathcliff corrió hasta la ventana y estiró su cuello para observar al nuevo visitante.

—No tengo la menor idea. Equipo, hay un helicóptero no identificado en el área. Pegote, ¿tienes a la doctora?

Después de una breve pausa, se escuchó la voz de Duncan.

—Todavía no. Sea quien sea, recomiendo que se hagan cargo. Eso nos dará más tiempo para alcanzar el objetivo.

—Negativo —dijo Ruby—. Aceleren el trabajo.

Jackson vio cómo el helicóptero aterrizaba en el techo del laboratorio. Un momento después, escuchó fuertes pisadas que descendían rápidamente por las escaleras que los chicos acababan de utilizar. Jackson y Heathcliff corrieron hacia la puerta y se asomaron al pasillo. Doce hombres armados hasta los dientes bajaban desde la terraza. Entre ellos había una jovencita de pelo rubio platino, que tendría la edad de Jackson. Ella les dijo algo a los hombres y éstos salieron corriendo por el corredor, pasando por delante del escondite de los dos chicos.

—Están en el edificio —dijo Jackson—. Tienes que avisarles a los demás.

—Ya lo sé —dijo Heathcliff con brusquedad.

—Pegote, ¿me escuchas? ¿Ráfaga? ¿Erizo? ¿Pulga? ¿Hay alguien ahí? ¡Hay que abortar la misión!

—Es demasiado tarde —dijo Julio, y su voz sonó nerviosa en la cabeza de Jackson—. Están ingresando violentamente en el laboratorio de la doctora y Pegote está adentro. ¿De dónde salieron estos tipos?

Heathcliff hizo un gesto de fastidio.

—Tenemos que salvarlos —dijo Jackson.

—Imposible. Estás aquí para observar y ellos nos superan en número.

Pero Jackson ya estaba corriendo por el pasillo tras los hombres armados. Heathcliff no tenía confianza en él. Ya le mostraría a ese idiota de lo que era capaz. Él era Jackson Jones, y Jackson Jones no esperaba en el banco.

14

El doctor Rompecabezas dijo que sería sencillo. Todo lo que la Hiena tenía que hacer era irrumpir en el laboratorio, secuestrar a la doctora e irse. Pero ¿ocurrió así? Por supuesto que no. Nada era sencillo si trabajabas para un chiflado.

Como siempre, la culpa había sido de ella, porque a esta altura ya debería haberlo imaginado. Tendría que haber renunciado apenas vio a Lunich morir en la hoguera; o cuando comprobó lo que podía hacer la máquina para mover continentes; o al descubrir que el doctor había estado en un manicomio por una crisis nerviosa. Comprendió que si renunciaba cada vez que descubría que su jefe era un lunático, no trabajaría nunca más en su vida. Pero esta vez había llegado demasiado lejos. Le había asignado un grupo de tontos con un arsenal ilimitado, pero con una capacidad de concentración nula.

Como gorilas a sueldo, eran bastante inútiles. Si no les hubiera recordado que estuvieran en el aeropuerto a determinada hora, habrían perdido el avión. Si ella no los hubiera llamado a uno por uno para sacarlos de la cama, habrían dormido durante toda la misión. Y las comidas... Dios mío, esa era la peor parte. Elegir un restaurante llevaba años y generalmente terminaba en una acalorada pelea. Uno quería pollo asado, el otro quería chile con carne. Uno estaba haciendo una dieta baja en calorías y el otro era alérgico al trigo y a los huevos. No había forma de dejarlos a todos contentos.

Pero la mañana del secuestro en cuestión, la Hiena pensó que había logrado un milagro. Cuando el helicóptero llegó, todos estaban duchados, vestidos, desayunados y listos. Nadie había pedido ir al baño a último momento y, lo mejor de todo, habían recordado traer las armas.

Una vez que aterrizaron en el techo del edificio, ella los condujo al laboratorio de la doctora, cuya puerta estaba cerrada con llave. Existen diversas formas de actuar en un caso así. Se puede forzar la puerta, o deslizar una tarjeta de crédito por la ranura entre la puerta y el marco, o abrirla con una palanca o incluso golpear. Pero los gorilas tenían su propio método: patear la puerta hasta derribarla. Entraron precipitadamente, preparados para capturar a una científica que estuviera pegando alaridos, pero se encontraron con algo inesperado. Un niño regordete, vestido con un overol negro, los miraba con la boca abierta. Estaba sujetando del brazo a la doctora Badawi como si estuviera a punto de llevársela.

–¿Quién eres? –le gritó la Hiena.

El niño extendió las manos y, de las puntas de los dedos, brotaron chorros de una sustancia viscosa y amarilla, que fue a parar justo en el calzado de la rubia.

–¡Hey! Cuidado con las botas. ¡Son nuevas! –le advirtió. Pero el chico no se quedó quieto. Se cargó a la científica al hombro como si fuera una bolsa de patatas y luego hizo algo que la Hiena nunca hubiera creído posible de no haberlo visto. Corrió por las paredes y por el techo como si fuera una mosca humana. Iba dejando a cada paso una baba amarilla y pegajosa. De inmediato, él y la mujer atravesaron el techo y salieron rápidamente del laboratorio.

Una vez que la Hiena reaccionó, trató de perseguirlos, pero sus pies estaban pegados al piso. De hecho, no podía mover ni el dedo meñique. La sustancia que el gordito le había arrojado era un engrudo súper potente.

–¿Y ahora qué hacemos? –preguntó uno de los matones.

–No sé… ¿Qué tal ir tras ellos? –sugirió la Hiena, al límite de su paciencia.

Un segundo después, los gorilas se amontonaban en la puerta tratando de salir todos al mismo tiempo, mientras ella forcejeaba con su calzado.

–¡Otra vez no! –refunfuñó la Hiena, mientras sacaba los pies de las botas con dificultad y luego les daba un fuerte tirón. Era inútil. El pegamento parecía cemento. ¡Otros seiscientos dólares tirados a la basura!

Furiosa, se precipitó hacia el pasillo con los pies descalzos. El niño y la científica habían desaparecido y en su lugar había otro chico frente a ella. Éste, a diferencia del moco volador, era lindo, aunque tenía unos brackets que parecían hechos de restos de barco hundido.

—Ríndete —le dijo a la Hiena—, ella es nuestra.

La rubia lo miró con desaprobación.

—Mi jefe no me paga por rendirme.

Estaba a punto de empujarlo y seguir de largo, cuando ocurrió algo muy gracioso. El niño abrió la boca y emitió unos filamentos metálicos con forma de mano gigante que le sujetaron el brazo. Por más fuerza que ella hiciera para liberarse, los brackets se lo impedían.

—Suéltame, pedazo de chatarra —le exigió.

—Sólo si tú primero llamas a tus matones —dijo el chico.

La Hiena ya había tolerado demasiado. Por más bonito que fuera, el tipo se entrometía en su camino. Sus brazos no estaban libres, pero sus pies sí. Le lanzó una patada a la mandíbula. Los extraños brackets aflojaron la tensión y la chica pudo escabullirse hacia las escaleras.

Lamentablemente, cuando bajó a la calle encontró que el supuesto equipo de elite de mercenarios estaba recibiendo una paliza en manos de otro chico de once años. Éste llevaba un raro arnés y arrojaba a los matones por el aire como si fueran muñecos de trapo. Era flacucho pero tenía una fuerza increíble. Ella observó cómo golpeaba a uno de sus gorilas, que era un hombre tres veces más grande, y lo enviaba dando vueltas a treinta metros de distancia. Pero éste no era el único obstáculo. Una niña asiática –¿acaso eso que tenía en sus manos eran inhaladores?– volaba encima de ellos, zumbando y distrayendo a los atacantes. Y había otro chico más, de pelo rojo brillante y con los dientes de conejo más enormes que ella hubiera visto en un ser humano. No sabía cómo lo hacía, pero parecía haber convencido a varios de sus hombres de pelearse entre ellos. Pronto los tipos estaban en plena contienda general. La rubia se metió en el tumulto, eludiendo puños voladores y codos furiosos. El chico pegajoso y la científica iban adelante, abriéndose paso entre la multitud, pero ella pensó que con su agilidad y rapidez los alcanzaría en un segundo. Cuando estaba a un paso de su presa, el chico de los brackets se materializó otra vez.

–Tienes a mi científica –le dijo la Hiena.

–Lo siento. Yo la vi primero –respondió él, mientras cuatro largos brazos de metal salían de su boca, se apoyaban en el suelo y lo elevaban como una araña.

–Bueno, eso podrá ser impresionante si dejamos de lado el aspecto *freak* de la cuestión, pero te recomiendo que te apartes de mi camino –dijo ella.

–No puedo –repuso el chico.

–Error –exclamó la niña, mientras saltaba por el aire. Se apoyó en los hombros de él y lo usó de trampolín para dar una voltereta.

Durante el salto, le dio una patada en la parte de atrás de la cabeza. Jackson cayó de cara contra el suelo, pero ella no se detuvo para ver si se había lastimado. El pegote volador y la doctora se treparon a un camello y salieron disparando por las callejuelas. Nunca los alcanzaría a pie. Divisó otro camello en las cercanías, se subió a la montura, tomó las riendas y hundió los talones en las costillas del animal. Éste rugió y despegó como un cohete.

La Hiena sabía montar a caballo muy bien: el talento ecuestre era una gran ventaja en el mundo de los concursos de belleza. Pero el parecido entre un caballo y un camello se limita al pelo

y a las cuatro patas. Andar a caballo es como flotar suavemente sobre las olas. Montar un camello es como deslizarse en un barril sobre cascadas y saltos de agua: turbulento, incómodo y, teniendo en cuenta la saliva del camello, muy húmedo. De todas maneras, la Hiena prefería lidiar con las escupidas del animal que regresar al doctor Rompecabezas con las manos vacías. ¡Ella no terminaría entre las llamas como Lunich!

Atravesaron callejones a toda velocidad, serpenteando por barrios ocultos y asustando a la gente, que se apartaba al verlos venir. Una anciana arrojó por la ventana un balde de agua marrón que fue a

dar justo en la cabeza de la Hiena. Un hombre arrastró un carro con una rueda rota y lo atravesó en su camino. Después de mucho gritar, logró rodearlo y continuar la persecución. Su objetivo dobló hacia la izquierda y tomó por un camino largo y solitario, que cruzaba sobre el cauce seco de un río. La rubia volvió a clavar los talones en el animal y pronto la distancia entre ella y el chico se había acortado.

Estaba a pocos segundos de su meta, cuando el niño raro de la boca mecánica la pasó con grandes zancadas y se colocó a la par del gordito. Un tercer brazo salió de su boca, y tomó a la doctora Badawi, alejándola del Niño Pegajoso. Éste le gritó con furia a Boca de Metal, pero mientras lo hacía, se cayó del camello y rodó por el terreno hasta terminar en el cauce del río. Boca de Metal, sin embargo, siguió corriendo. Si notó que su compañero caía de narices en el barro, eso no pareció preocuparle.

La Hiena lo persiguió pero las patas de su máquina aventajaban al camello dos pasos contra uno, y pronto Jackson salió de la ciudad y se internó en el desierto brutal y abrasador. Mientras él se alejaba cada vez más, ella comenzó a sentir que el piso de Félix se abría debajo de sus pies. Estaba casi resignada a una muerte feroz cuando ocurrió un milagro. Mientras trataba de alcanzar al chico por unos montículos de arena, se acercó un ejército de hombres a caballo. Todos blandían largas espadas y proferían gritos salvajes. Los guerreros los rodearon.

El líder apoyó su espada en el cuello de Jackson, mientras emitía palabras furiosas e incomprensibles.

–¿Amigos tuyos? –le preguntó la Hiena.

–Algunos de ellos me atacaron esta tarde. Creo que quieren vengarse de la golpiza que les di –contestó Diente de Lata.

–Los has deshonrado –le aclaró ella–. Sería mejor que les pidieras perdón si no quieres que te corten la cabeza.

–No hablo árabe –observó él.

–Yo sí –dijo la Hiena–. Entrégame a la doctora y yo te saco de esta situación.

El chico la miró con desconfianza pero, un momento después, sus tentáculos colocaban a la doctora en el camello de la rubia.

–Gracias –le dijo ella, mientras guiaba al camello en la dirección opuesta.

–¡Hey! ¡Pensé que ibas a ayudarme!

–Ah sí, acerca de eso, en realidad yo no hablo su idioma. Pero… buena suerte –exclamó, y luego desapareció lentamente en la noche. Lo último que ella escuchó fue el rugido de la multitud y el sonido metálico de las espadas.

15

—Algo me dice que están enojados —dijo Jackson, mientras el agente Brand daba vueltas con impaciencia por la habitación. El espía no dijo nada. Tampoco los científicos que rondaban por el Patio de Juegos. El cuartel general nunca había estado tan tranquilo.

—Creo que está claro que él no sirve para este trabajo —dijo Ruby, antes de que Brand contestara.

Pulga giró la perilla de su arnés.

—Él arruinó todo.

—¿Qué pensaban? ¿Que iba a convertirme en un súper espía de la noche a la mañana? —preguntó Jackson, furioso.

—¡Lo que yo creía era que podrías acatar unas simples órdenes! —le gritó el agente Brand. Levantó tanto la voz que la señorita Holiday lanzó un chillido—. Te dije que observaras, no que participaras.

—¡Pero el equipo necesitaba mi ayuda!

—Eso es ridículo —rezongó Heathcliff—. Teníamos la situación controlada. Hemos enfrentado problemas más grandes que una docena de matones armados.

—Conejo tiene razón —dijo Brand—. Tus compañeros de equipo son más que capaces. Tú, sin embargo, has demostrado no serlo. Eres responsable del secuestro de la doctora Badawi.

—Técnicamente, se suponía que debía ser secuestrada —dijo Jackson.

—¡Por nosotros! —gritó Heathcliff fuera de sí.

—Además, le hiciste saber al enemigo que estamos tras ellos. Perdimos el factor sorpresa —agregó Matilda.

Jackson sacudió la cabeza. Badawi hubiera sido secuestrada por la chica y sus secuaces con su ayuda o sin ella. ¿Es que nadie iba a señalar ese pequeño detalle?

—Deberíamos borrar su mente y mandarlo a clase —dijo Conejo.

Jackson se volvió hacia Duncan. El chico había mostrado rasgos de simpatía hacia él. Quizás lo defendería. Pero el gordito tenía el gesto fruncido en señal de enojo, mientras se frotaba en silencio un moretón en el trasero.

—Estoy de acuerdo —dijo Pulga.

—Yo también —dijo Ruby—. Como líder del equipo, propongo una votación. Los que estén a favor de echar a Mister Músculo aquí presente, digan…

Brand dio un manotazo en la mesa. En algún lugar, una cámara roedor chilló del susto.

–¡Eres tan terca como Jackson! –le gritó Brand.

Ruby comenzó a rascarse las piernas frenéticamente.

–¿Qué te pasa ahora? –le preguntó a la niña.

–Es alérgica a la crítica –contestó Matilda.

Brand lanzó un gruñido de desaliento.

–¡En qué se ha convertido mi carrera! Pensar que yo conducía un Aston Martin y apostaba el destino del mundo en un juego de cartas.

–¡Qué asco! –dijo Julio.

–¡Y mírenme ahora!

El espía levantó las manos con exasperación y se largó violentamente de la sala.

La señorita Holiday alisó las arrugas de su falda y se adelantó.

–Erizo de Mar, estoy muy decepcionada.

–¿Y yo qué hice?

–Ese hombre es uno de los agentes secretos más importantes del planeta –dijo la bibliotecaria–. Perdió parte de su pierna tratando de salvar al mundo. Las autoridades lo han puesto a cargo de este grupo. Quizás ellos saben algo de él que tú desconoces.

–No necesito saber nada acerca de él –balbuceó Ruby entre dientes.

–Quiero que todos ustedes se pongan a trabajar ya con Benjamín. Carguen la información que tengan de esta misteriosa chica y traten de construir una imagen tridimensional de ella para poder identificar el rostro que corresponda con el modelo –dijo la señorita Holiday.

–¿Y yo qué hago? –preguntó Jackson.

–Diente de Lata, dije *todos* ustedes –respondió la mujer.

–¿Entonces no me van a echar?

–Hoy no.

–¿Y por qué no? –imploró Conejo.

La señorita Holiday le echó una sonrisa comprensiva a Jackson mientras salía tras el agente Brand.

–Se te están acabando las oportunidades –dijo Heathcliff a Jackson.

–Tarde o temprano te irás –agregó Matilda.

Jackson iba a contestarles cuando se dio cuenta de algo.

–¡Tarde! ¿Qué hora es?

Duncan miró su reloj, que aparentemente servía para algo más que para lanzar rayos láser.

–Las cuatro y media.

–¡Cuatro y media! –gritó Jackson–. ¡Llegaré tarde al castigo!

Dehaven lo mataría.

Jackson corrió hacia la entrada secreta que comunicaba con los armarios. Cuando llegó al pasillo de la escuela, se dirigió a toda velocidad al aula de los castigados. Dobló la esquina y abrió la puerta de golpe, pero estaba vacía. No había un alma adentro, sólo una nota pegada en el pizarrón. Decía:

Jackson, jugaste con fuego. Es hora de que ardas en el infierno.

FIN DE LA TRANSMISION

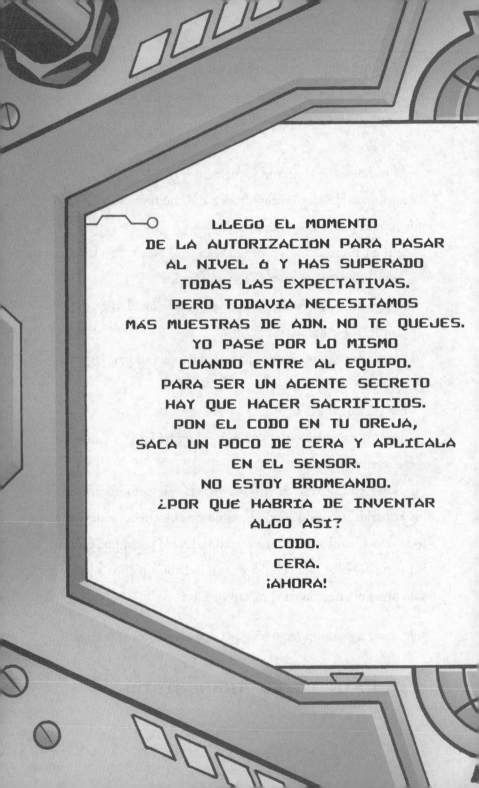

LLEGO EL MOMENTO
DE LA AUTORIZACION PARA PASAR
AL NIVEL 6 Y HAS SUPERADO
TODAS LAS EXPECTATIVAS.
PERO TODAVIA NECESITAMOS
MÁS MUESTRAS DE ADN. NO TE QUEJES.
YO PASÉ POR LO MISMO
CUANDO ENTRÉ AL EQUIPO.
PARA SER UN AGENTE SECRETO
HAY QUE HACER SACRIFICIOS.
PON EL CODO EN TU OREJA,
SACA UN POCO DE CERA Y APLÍCALA
EN EL SENSOR.
NO ESTOY BROMEANDO.
¿POR QUÉ HABRIA DE INVENTAR
ALGO ASÍ?
CODO.
CERA.
¡AHORA!

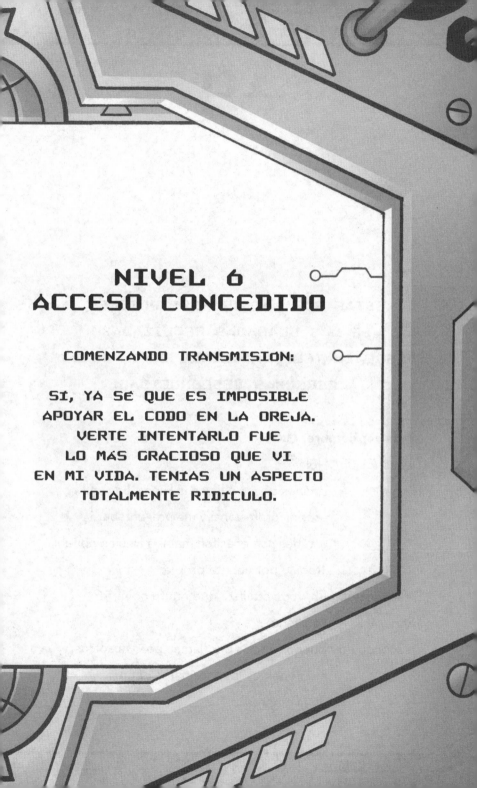

NIVEL 6
ACCESO CONCEDIDO

COMENZANDO TRANSMISIÓN:

SÍ, YA SÉ QUE ES IMPOSIBLE
APOYAR EL CODO EN LA OREJA.
VERTE INTENTARLO FUE
LO MÁS GRACIOSO QUE VI
EN MI VIDA. TENÍAS UN ASPECTO
TOTALMENTE RIDÍCULO.

16

90°N

**ESTAS SON LAS TRANSCRIPCIONES
DE LAS LLAMADAS REALIZADAS
DESDE EL TELÉFONO MÓVIL DE LA HIENA
A PERSONAS DESCONOCIDAS.**

30 de septiembre, 13:05

Desconocido: Hola.

Hiena: Buenos días, me llamo la Hiena. Soy una asesina profesional y me preguntaba si ustedes no necesitan matar a alguien por ahí. Trabajo por cuenta propia.

Desconocido: Eh, ¿cómo dijiste que era tu nombre?

Hiena: La Hiena.

Desconocido: Bueno, gracias por llamar, pero nosotros mantenemos los asesinatos dentro de la empresa.

Hiena: ¿Te importaría que te mande mi currículum? Uno nunca sabe cuándo puede surgir algún problema.

Desconocido: ¿Cuántos años tienes?

Hiena: Doce... casi trece.

[Conexión interrumpida]

Hiena: ¿Hola? ¿Hola?

30 de septiembre, 13:20

Desconocido: Guarida Secreta, ¿en qué puedo ayudarle?

Hiena: Quería saber si estaban contratando asesinas a sueldo.

Desconocido: Hmm, no creo. Sí tenemos muchos cargos vacantes para matones.

Hiena: No, gracias.

30 de septiembre, 13:28

Desconocido: El Fuerte del Fin del Mundo, ¿con quién quiere que la comunique?

Hiena: Llamo por el trabajo de asesina.

Desconocido: La paso con Recursos Humanos.

[CLICK]

RRHH: Recursos Humanos.

Hiena: Llamaba por el aviso que vi en Internet para el trabajo de asesina.

RRHH:	Sí, me temo que el puesto ya ha sido ocupado.
Hiena:	Qué mala suerte.
RRHH:	Pero el jefe salió ayer a una maratón de asesinatos y doce guardaespaldas terminaron cortados en dos por nuestra sierra gigante.
Hiena:	¿Guardaespaldas? ¿Y qué uniforme usan?
RRHH:	De abejorro.
Hiena:	(Suspiros) ¿Es muy ridículo?
RRHH:	(Susurrando) Entre tú y yo, es de terror. El traje es amarillo y negro y te hace parecer una pelota. Mallas y camiseta negras de cuello alto, sombrero ridículo con antenas de resortes, pero lo peor es el aguijón en la cola. Al jefe le encantan las colmenas. Se llama a sí mismo Zumbón. Es un tarado completo...

[RUIDO FUERTE]

RRHH:	¡Hey! ¡Suéltenme!
Hiena:	¿Qué pasa?
RRHH:	No pienso ir. Ay, socorro. ¡Me llevan a la sierra!

[Conexión interrumpida]

30 de septiembre, 13:30
Desconocido: Pizzería.

Hiena:	Sí, quería saber si llevan pedidos hacia la zona norte.
Desconocido:	¿Usted está muy al norte?
Hiena:	En el polo.
Desconocido:	¿Qué polo?
Hiena:	El Polo Norte.

[Conexión interrumpida]

Hiena:	Odio este trabajo apestoso.

17

Cuando Jackson regresó a su casa, evaluó las opciones que tenía. ¿Debería hablarle a su padre sobre su vida secreta o no decir nada? Había prometido no revelar nunca la existencia de NERDS, pero empezaba a preguntarse si podría mantener la promesa.

Mientras abría la puerta de calle, tomó una decisión.

—¡Papá, tengo algo importante que contarte! —gritó, caminando por el pasillo. Al llegar al comedor, vio algo que lo estremeció. El señor Dehaven estaba tomando un café, su padre se encontraba sentado frente a él y Tyson ocupaba la silla de al lado. Los tres lo miraron con desaprobación.

—Buenas tardes, señor Jones —dijo Dehaven—. Como usted faltó a nuestra cita de hoy, me tomé el atrevimiento de venir personalmente para averiguar el porqué. Hemos estado conversando con su padre acerca de sus calificaciones y su actitud.

—Siéntate, muchachito —dijo el padre de Jackson.

El sermón que siguió a este pedido estuvo salpicado de palabras como "decepcionado", "sorprendido", "asombrado", "furioso" y "estupefacto". Todo el tiempo, el director permaneció sentado, muy tranquilo, con cara de estar disfrutando de la situación.

—Jackson, ¿tienes una explicación para todo esto? —le reclamó su padre.

Él sintió ganas de pararse y gritar: "¡Sí! La tengo. Soy un agente secreto y trabajo todo el día con un equipo que se dedica a salvar al mundo de los tipos malos. Tenemos un cohete y relojes láser, una nariz walkie-talkie y cámaras roedor, y ¡esta tarea está consumiendo cada minuto de mi vida!".

Pero no lo hizo. En vez de eso, bajó la cabeza y se disculpó.

—Desde ya, puedes olvidarte de la banda y de todas las otras actividades extracurriculares en las que participas. Además, nada de televisión ni videojuegos hasta que tus calificaciones vuelvan a la normalidad.

—Señor Jones, creo que eso es un buen comienzo, pero me temo que yo tengo que transmitir un mensaje bien claro, no sólo para Jackson sino para todos los chicos problemáticos de Nathan Hale. Voy a tener que suspender a Jackson por tres días.

El padre de Jackson respiró hondo y señaló hacia arriba.

—¡A tu dormitorio!

Mientras Jackson salía de la sala, vio que Dehaven hacía cuernitos a los lados de la cabeza y ponía cara de demonio.

El niño subió a su habitación y cerró la puerta. Se echó en la cama y miró fijamente al techo. Aún podía sentir la arena en los pies y estaba seguro de que tenía como un kilo en su ropa interior.

En ese momento, se abrió la puerta y Chaz asomó la cabeza.

—Nerd, ¿por qué tanto alboroto?

—Me suspendieron en la escuela —explicó Jackson.

—Bueno, eso lo saben a dos cuadras a la redonda —dijo su hermano—. Por la manera en que gritaba papá, no estaba seguro de que fueras a sobrevivir. ¿Esto tiene algo que ver con tus nuevos amigos?

Jackson asintió.

—¿Cómo puedes andar con esos perdedores?

La cara de Chaz se contrajo como si acabara de oler algo repugnante.

—Nadie más quería estar conmigo —dijo Jackson, con amargura.

—Preferiría estar solo que salir con esos lelos —exclamó Chaz—. Dile a papá que fui a entrenamiento.

Un minuto después, se había ido.

Jackson levantó la mirada hacia su escritorio. Allí había una foto de él con su padre y Chaz. Su madre la había tomado un día en que habían ido juntos a ver un partido. Los tres tenían sus brazos apoyados en los hombros de los otros y sonreían. Ahora le parecía que eso había ocurrido hace miles de años.

• • •

Al día siguiente, cuando Jackson se despertó, encontró a una mujer desconocida parada al lado de su cama. Después de frotarse los ojos, se dio cuenta de que era su vecina, la señora Pressman, una anciana malhumorada, que tenía gruesos lentes y un aroma a sopa de verduras que la seguía adonde fuera. Jackson se preguntó si ese sería su olor natural o si compraba el perfume en la fábrica de *Sopas Knorr*. De todas maneras, eso no explicaba qué hacía en su dormitorio.

—Tu padre se fue al trabajo y me pidió que te cuidara —contestó la anciana—. Yo no cocino, ni limpio, ni hago "sana-sana-colita-de-rana", ni cambio pañales, ni canto canciones de cuna.

—Señora Pressman, yo ya tengo once años.

La mujer se levantó las gafas y entrecerró los ojos.

—Tienes razón. Tu padre me dio esto para ti.

Le alcanzó una nota. Había programado cada minuto de su día. Quería que Jackson vaciara el garaje, ordenara el sótano, limpiara la casilla de Tyson, juntara las hojas y podara el césped. Aparentemente, la suspensión no era castigo suficiente. Jackson suspiró y se vistió. Empezaría por el garaje.

Pero cuando levantó la puerta, en vez de trastos viejos encontró a sus cinco compañeros de equipo esperándolo.

—Vaya, eres un perdedor total —le dijo Julio.

—En sexto grado no suspenden a nadie —se burló Matilda.

—¡Es todo por culpa de ustedes! —gritó Jackson—. Si no hubiera tenido que volar a Egipto, no estaría en este lío.

—La incapacidad que demuestras para manejar tu vida no es problema nuestro. Brand nos envió aquí para que te entrenemos —le contestó Ruby, echando chispas.

–¿Qué? Estoy en serios problemas con mi papá. Tengo una lista de tareas de un kilómetro, y si no las hago, me va a dar en adopción.

Duncan estiró la mano y tomó la lista de trabajos de Jackson.

–Te ayudaremos con esto. El entrenamiento es más importante.

–¿Y qué haremos con la señora Pressman? Mi padre la contrató para que me cuidara y ella se dará cuenta de que no estoy trabajando.

–Ya me he ocupado de ella –dijo Heathcliff, señalando el jardín delantero, donde se veía a la anciana saltando como rana. Tenía la mirada perdida: Conejo le había aplicado el poder de sus dientes.

–Si le da un infarto, la culpa será tuya –dijo Jackson.

Matilda comenzó con la instrucción, atacando a Jackson con una variedad de armas ridículas que encontró en el garaje, incluyendo un balde, un palo saltarín y unas pistas de autos de carrera *Hot Wheels*. Mientras tanto, los otros empezaron con las tareas. Pulga se paró sobre una montaña de hojas y aplaudió. Se escuchó una explosión y las hojas volaron al jardín del vecino.

A pesar de haber compartido toda la mañana juntos, sólo Duncan quiso almorzar con Jackson.

–Creo que no soy bueno para esto –le dijo al chico pegajoso–. Me doy cuenta de que no confían en mí porque fui un chico popular. También comprendo que no soy el tipo ideal para el equipo. ¿Pero por qué me odian tanto?

Duncan abrió los ojos, asombrado.

—¿En serio no lo sabes?

Jackson negó con la cabeza.

El gordito metió la mano en el bolsillo y sacó una esfera azul. Oprimió un botón en el costado y ésta comenzó a girar. Un minuto después, se escuchó la voz de Benjamín.

—Pegote, ¿en qué puedo ayudarte?

—¿Podrías desplegar algunos videos de las cámaras de vigilancia de Nathan Hale?

—¿Algo en especial? —preguntó la máquina.

—Sí. Muéstranos el archivo que dice "Jackson Jones".

Después de un zumbido extraño, aparecieron los hologramas. Esta vez, en lugar de un paisaje tridimensional, Jackson vio un cuadrado flotando delante de sus ojos. Tras un destello, comenzó a funcionar, mostrando una grabación de un corredor lleno de chicos. Jackson reconoció el pasillo de su locker y pronto se descubrió entre la multitud. Era de su época de mayor popularidad.

—¿Ustedes han estado filmándome? —preguntó.

—Sólo mírate —le contestó Duncan.

De repente, Julio apareció caminando por el pasillo. Jackson lo atropelló, tirándole al piso todos los libros que llevaba. Brett y sus amigos reían.

Luego la imagen saltó a otro día en que Jackson le aplicaba un calzón chino a Duncan. Enseguida pasó a otra, donde se lo veía haciéndole una zancadilla a Matilda y tirándola al piso. En la siguiente, pegaba en la espalda de Ruby un cartel que decía "Soy tonta", y en la otra, le vaciaba una gaseosa a Heathcliff en la cabeza. Y el video continuaba así, mostrando una escena tras otra de lo mismo: Jackson torturando a los nerds, y a sus compañeros de equipo en particular. Los encerraba en los armarios, les jalaba de las orejas, los forzaba a que le besaran los pies, les sumergía la cara en los bebederos, les tiraba del pelo, les metía el dedo con baba en las orejas, utilizaba golpes de karate y hasta les hacía tomas tipo "Full Nelson", llave maestra tan popular utilizada en la lucha libre. Y mientras llevaba a cabo sus bromas pesadas, él y sus amigos reían como idiotas.

–¿Entiendes? –preguntó Duncan–. Si no lo captaste todavía, tengo grabadas unas veinte horas más de lo mismo.

Jackson estaba mudo. No reconocía al chico del video.

–Te odian porque eres un chico malvado. Pensabas que eras popular y que todos te querían, pero eso no es cierto. Eras un matón, maltratabas a los más débiles.

Otra vez esa palabra: matón. Jackson recordaba claramente los hechos que revelaba el video, pero no las caras de las víctimas. En su cabeza, todas conformaban una sola imagen borrosa de un chico torpe e inadaptado. Burlarse de los nerds había sido una broma, una diversión. Nunca había pensado que estaba intimidando a otros.

–Todos nosotros recibimos una generosa ración de tus travesuras –continuó Duncan.

—Pero ustedes son unos luchadores increíbles. Podrían haberme bajado los humos fácilmente.

—Si nosotros respondíamos a tus ataques, podríamos haberte herido en serio, y además habríamos revelado nuestra identidad como espías. Pero existe otra razón más. Nosotros sabemos que los chicos populares tienen muy poco para ofrecerle al mundo, a diferencia de los nerds. Todos esos bobos, lelos, torpes y sabihondos que ustedes no dejan en paz un día crecerán y descubrirán vacunas, escribirán grandes novelas, innovarán la ciencia y la tecnología y realizarán inventos que curarán a la gente y la harán más feliz. Los nerds cambian al mundo. Chicos como tú y Brett y esa pandilla de lunáticos que llamas *amigos*, en realidad no valen gran cosa. Saber que me espera un futuro brillante me ayuda cuando estoy tratando de sacarme los calzones de la cabeza.

Duncan saboreó una gran cucharada de pasta de avellanas con cacao y continuó la explicación.

—Yo no te odio, pero creo que eres demasiado arrogante para ser un tipo interesante. Los demás sí te detestan. Sé que Ruby no te tolera porque Brand te trajo al grupo sin consultarle a ella. Julio y Matilda piensan que no eres muy inteligente que digamos. Y Heathcliff, bueno, en realidad el odio que te tiene ocupa un lugar muy especial en su corazón.

—¿Por qué?

—Sentías una satisfacción particular en burlarte de él. Me parece que de todos, él se llevó la peor parte —concluyó Duncan.

Jackson observó en el video cómo arrastraba a Heathcliff de los pies por el corredor. Avergonzado, miró a sus compañeros de equipo sentados al otro lado del jardín, y por primera vez no se sintió fastidiado de que no quisieran ser sus amigos. De golpe comprendió. Él no merecía su amistad.

38°53'N, 77°05'0

18

La Hiena se sentó en un rincón oscuro del laboratorio con su *laptop*. Estaba muy ocupada redactando su currículum y buscando avisos que pidieran asesinas a sueldo. Hasta ahora no había tenido mucha suerte.

—Mindy, ¿podría hablar contigo? —preguntó una voz detrás de ella. Se dio vuelta sobresaltada y encontró al doctor Rompecabezas parado, observándola desde arriba. Un escalofrío le recorrió el cuerpo. ¿Habría visto lo que estaba haciendo? ¿La mandaría a la hoguera?

—Creo que ha llegado el momento de presentarte a Simon —le anunció.

—¿Simon? —repuso ella, cerrando rápidamente su máquina portátil.

—Sígueme —dijo el doctor. La guió por unas escaleras que llevaban al observatorio de vidrio, que daba sobre la antena parabólica gigante. La Hiena notó que todos los secuaces de Rompecabezas, junto con los científicos, estaban armando grandes paneles solares. El rey del puzzle apretó un botón y surgió del piso una enorme pantalla de televisión. Era del tamaño de una pared. Mindy puso los ojos en blanco. Los villanos siempre debían tener inmensos televisores.

Un hombre extraño con la máscara de una calavera apareció en la pantalla. Era el mismo que ella había alcanzado a ver en el helicóptero del doctor.

—Hiena, mi nombre es Simon. Quiero saber qué pasó en El Cairo —dijo el enmascarado.

El doctor Félix posó sus ojos en la rubia. Ella dio un paso adelante y se aclaró la garganta nerviosamente.

—Eh... cuando llegué, había un equipo de... bueno, eran chicos, que me esperaban. Ellos estaban tratando de secuestrar a la doctora Badawi. Lo raro es que no parecían ni matones ni gángsters. Era como si la quisieran proteger.

—Se llaman NERDS y son extraordinarios —dijo Simon.

—¿Qué? —observó la Hiena—. ¿Es un grupo de *nerds*?

—Son agentes secretos con una tecnología impresionante a su disposición, pero no representan un problema para nosotros —dijo Simon—. Ya se están tomando precauciones para ayudarte en la programación de tu próxima misión.

—¿Próxima misión? —repuso la chica—. Pero si ya no queda nadie más en la lista.

—Hiena, tú no eres la única que comete errores. Parecería que el doctor ha revelado nuestro plan a un viejo colega.

Rompecabezas se pasó la mano por la cara, dando muestras de incomodidad.

–Alguien de mi pasado podría causar algún problema. Es más bien improbable, pero estuve sacando cuentas y existe una probabilidad del cinco por ciento de que descubra nuestro plan –explicó el doctor.

–Ese es un riesgo que prefiero no correr –dijo Simon–. Hiena, creo que este es un trabajo para alguien con tu talento. Encuentra al amigo de nuestro buen doctor.

La chica suspiró.

–¿Y lo secuestro?

El hombre de la máscara de calavera agitó su cabeza.

–No, mi querida. Has recibido un ascenso. Quiero que lo mates.

De repente, la pantalla se oscureció y el hombre extraño desapareció, pero la sonrisa de la Hiena iluminó la habitación.

FIN DE LA TRANSMISION

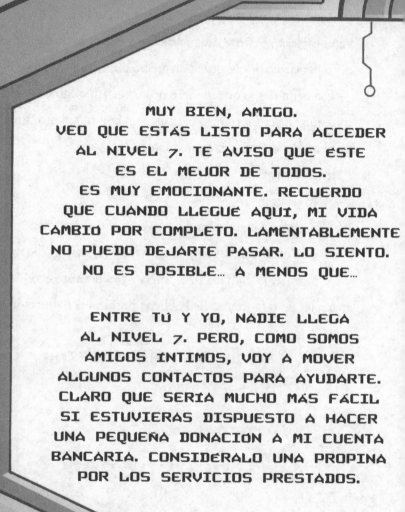

MUY BIEN, AMIGO.
VEO QUE ESTÁS LISTO PARA ACCEDER
AL NIVEL 7. TE AVISO QUE ESTE
ES EL MEJOR DE TODOS.
ES MUY EMOCIONANTE. RECUERDO
QUE CUANDO LLEGUÉ AQUÍ, MI VIDA
CAMBIÓ POR COMPLETO. LAMENTABLEMENTE
NO PUEDO DEJARTE PASAR. LO SIENTO.
NO ES POSIBLE... A MENOS QUE...

ENTRE TÚ Y YO, NADIE LLEGA
AL NIVEL 7. PERO, COMO SOMOS
AMIGOS ÍNTIMOS, VOY A MOVER
ALGUNOS CONTACTOS PARA AYUDARTE.
CLARO QUE SERÍA MUCHO MÁS FÁCIL
SI ESTUVIERAS DISPUESTO A HACER
UNA PEQUEÑA DONACIÓN A MI CUENTA
BANCARIA. CONSIDÉRALO UNA PROPINA
POR LOS SERVICIOS PRESTADOS.

¿COMO QUE "NI LOCO", PEQUEÑO %@#?
HE ESTADO AQUÍ LIMPIANDO
TUS MOCOS, TU TRANSPIRACIÓN
Y TU SALIVA, ¿Y NI SIQUIERA
TE DIGNAS A DARME UNAS MONEDAS?

¡ACCESO DENEGADO!

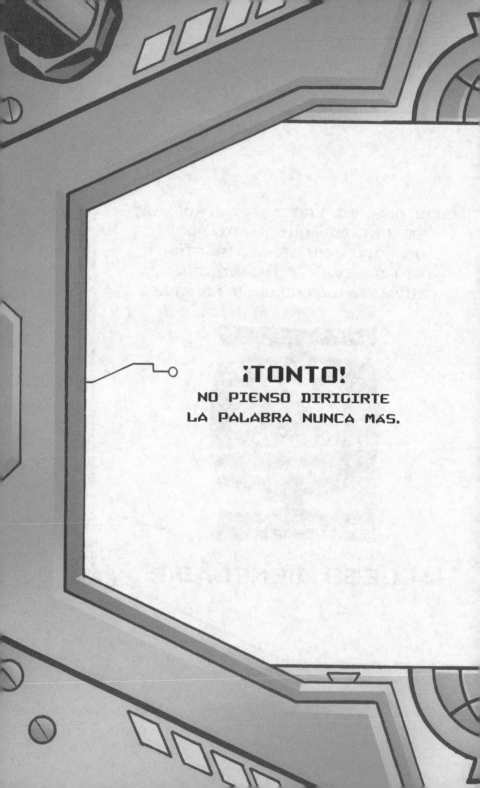

¡TONTO!

NO PIENSO DIRIGIRTE
LA PALABRA NUNCA MÁS.

MUY BIEN. AQUÍ TIENES
LA AUTORIZACIÓN PARA EL NIVEL 7.
Y ESPERO QUE SE TE QUEDE
ATRAVESADA EN LA GARGANTA.

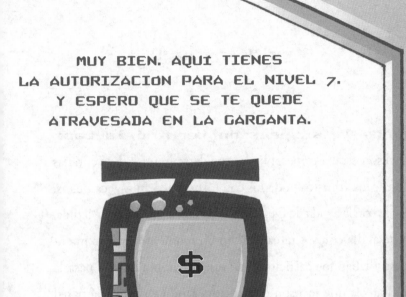

COMENZANDO
TRANSMISIÓN:

19

38°53'N, 77°05'O

Cuando la suspensión terminó, la casa de Jackson estaba impecable: las canaletas limpias, las ventanas lavadas y los arbustos podados con formas de llamas y camellos. Jackson, con la ayuda de Duncan y la resistencia de Julio y Matilda, se puso al día con sus tareas. Hubo un momento incluso mientras estudiaban los participios, en que llegaron a reírse y pasarla bien. Parecía que Jackson estaba empezando a romper la pared que lo separaba del resto del grupo, aunque Ruby y Heathcliff seguían negándose a hablarle fuera del entrenamiento.

Cuando regresó a Nathan Hale, Jackson se sentía más contento con su vida. La carga sobre sus hombros no parecía tan pesada, y poseía una renovada determinación de triunfar no sólo en la escuela, sino también como agente secreto. Tenía la impresión de que nada ni nadie podría detenerlo.

Había dado sólo tres pasos cuando el señor Dehaven apareció delante de él.

—Jones, ¿adónde cree que va?

—En realidad estaba pensando detenerme primero en el aula —dijo Jackson.

El director lo miró fijamente.

—He hablado con su maestro y hemos acordado que no debe relajarse por haber faltado tres días. Así que tiene bastante tarea y un cuestionario para responder. Le recomiendo que apruebe ese cuestionario, hijo mío. Representa el cincuenta por ciento de su calificación. El otro cincuenta, en este momento, es un cero grande como una casa.

Jackson asintió y se fue deprisa hacia el aula.

—Recuerde, Jones. ¡El que juega con fuego...!

Jackson notó un interesante fenómeno en la clase. Una vez que dejó de estar pendiente de sus viejos amigos y de recuperar su popularidad, la tarea escolar le resultaba más fácil. Y lo que era más loco todavía, estaba aprendiendo algunas cosas.

En los pasillos, se desvivía por ser amable con todos, especialmente con los chicos que sabía que había tratado mal. La mayoría lo miraba con sospecha y asombro. Algunos se negaron a perdonarlo, pero unos pocos lo hicieron. Llegó incluso a buscar a Stevie Lazar y lo ayudó a sacarse los crayones de las orejas.

En el momento en que escribía su nombre en el examen que le había mandado Dehaven, sintió un zumbido dentro de la nariz que lo hizo estornudar. Miró a su alrededor y vio al resto del equipo levantándose de sus asientos. Un segundo después, Heathcliff había puesto en estado de trance al maestro.

—Vamos —dijo Matilda, mientras salían en fila del aula.

—Ese cuestionario equivale a la mitad de mi nota —se quejó Jackson, mientras iba tras ellos.

Los otros no le hicieron caso y corrieron hacia los lockers secretos.

—Si no lo apruebo —continuó Jackson— no voy a pasar de curso.

Los chicos siguieron ignorándolo mientras se acomodaban para la reunión informativa. Se acercaron el agente Brand y la señorita Holiday.

—Chicos, me alegro de verlos —dijo la bibliotecaria. Parecía más feliz que nunca.

—Sí, yo también —masculló Brand, lanzándoles una sonrisa fingida y luego desviando la mirada hacia la mujer, que le sonrió con aprobación.

—¿Qué hay de nuevo, jefe? —preguntó Matilda.

—Les daré instrucciones en el Autobús Escolar —dijo el agente.

—¿Adónde vamos? —quiso saber Julio.

—A Los Ángeles —repuso la señorita Holiday.

—¿Los Ángeles? —exclamó Jackson—. Hace sólo tres días estuvimos en Egipto.

—Bienvenido al mundo de los agentes secretos —repuso Pulga—. ¡Yo viajo en el asiento del copiloto!

Mientras la cocinera conducía al Autobús Escolar dentro de la estratósfera, el agente Brand y la señorita Holiday comenzaron la reunión informativa.

—Equipo, su destino es la casa de Héctor Muñoz —dijo la bibliotecaria.

Una esfera azul produjo el holograma de un hombre gordito con abundante pelo oscuro, cara ancha y labios carnosos.

—Éste es él —explicó Brand—. Se dedica a la matemática teórica.

Jackson no tenía la menor idea de lo que era eso, pero Duncan emitió un chillido y dio unas palmadas.

—De acuerdo, quizás me perdí el día en que se habló de matemática teórica —dijo Jackson.

—O quizás simplemente eres un bobo —intervino Ruby, con cara de molestia. La señorita Holiday le echó una mirada de enojo.

—Jackson, no tengas miedo de aclarar tus dudas —observó Duncan—. No hay preguntas tontas. La matemática teórica es un campo de estudio en el cual los científicos usan ecuaciones para determinar lo que es posible, aun cuando sea impracticable. Por ejemplo, viajar en el tiempo es posible, pero la cantidad de energía necesaria para hacer un solo viaje agotaría todos los recursos del planeta. En realidad, necesitarías por lo menos cien Tierras más para llevarlo a cabo.

—Pero si es imposible de poner en práctica, ¿para qué molestarse en estudiarlo? —acotó Jackson.

Duncan parecía confundido y Jackson sospechó que estaría repensando lo que había dicho acerca de las preguntas tontas.

—Bueno... es para saberlo.

—El doctor Muñoz no estaba en la lista —dijo Ruby—. ¿Qué tiene que ver él con todo esto?

–Hm... buena observación –repuso Brand, incómodo con el elogio–. Muñoz era colega de un tal doctor Félix Rompecabezas.

–El Rey de los Puzzles –comentó Ruby.

–¿Lo conoces? –le preguntó Brand.

–¿Acaso no lo conocen todos? –replicó la reina de las alergias–. ¡Es una leyenda en los circuitos competitivos de rompecabezas gigantes!

–¿Competencias de rompecabezas? –se rio Jackson. Los nerds lo miraron con cara de asco–. ¿Entonces no era una broma?

El agente Brand prosiguió.

–Erizo de Mar, es bueno saber que lo conoces. Eh… eres una agente muy valiosa para el grupo.

–¿Qué está pasando acá? –le preguntó Matilda.

–¿Perdón?

–¿Por qué tantas alabanzas? "Eres una agente muy valiosa". ¡Usted nunca nos elogió!

Brand le echó otra mirada a Holiday.

–He comprendido que ustedes son chicos y tal vez no debería hablarles como a experimentados veteranos de guerra. Por lo tanto, estoy tratando de mostrar un tono más positivo.

–¿Tú fuiste la de la sugerencia? –inquirió Matilda a la bibliotecaria.

La mujer negó con la cabeza.

–No tengo ni idea de qué estás hablando –mintió. Ruby se rascó el brazo frenéticamente.

Brand frunció el entrecejo.

—¿Podemos volver al tema de Rompecabezas? El hombre es un experto en el movimiento continental sobre la superficie terrestre. Aparentemente, él y Muñoz trabajaron juntos en varios proyectos antes de que se volviera loco y terminara en el Hospital Neuropsiquiátrico de Milwaukee. Mientras Félix estaba internado, Muñoz denunció ante el FBI que su colega estaba construyendo una máquina que podía mover continentes.

—¡Alucinante! —gritó Pulga—. ¡Eso explica lo de Groenlandia y Hawai!

—Es posible —dijo Heathcliff—. De todas maneras, ese tipo de tecnología es muy novedosa. ¿Por qué deberíamos pensar que Rompecabezas es tan inteligente como para hacer algo así?

—No lo es —dijo Brand—. Pero a juzgar por los cerebros que han sido secuestrados últimamente —expertos en geología y fuentes de energía de avanzada, inventores— él podría llegar a armar algo así.

—¿Usted cree que Rompecabezas está detrás de los secuestros? —preguntó Ruby.

Brand asintió.

—Y también creo que ya nos hemos topado con alguien que lo está ayudando.

El holograma cambió nuevamente. Jackson vio un dibujo tridimensional de la rubia que había encontrado en El Cairo. Estaba asombrado de los detalles que sus compañeros de equipo habían logrado recrear. Era igual a ella, hasta tenía sus deslumbrantes ojos verdes. Era tan bonita. ¿Por qué tenía que ser una villana?

—Les presento a Mindy Beauchamp —anunció la señorita Holiday.

La imagen fue reemplazada por la fotografía de una jovencita que llevaba una banda y una tiara. La secuestradora y esta reina de la belleza eran la misma chica.

—También conocida como la Hiena —dijo el agente Brand.

—¿Por qué la llaman así? —inquirió Ruby.

—Todavía no hemos podido averiguarlo —respondió la señorita Holiday—. Pero sabemos algunas cosas de ella. Participaba en concursos de belleza hasta que cambió su banda y su capa por una vida como matón profesional. La han visto en varios de los secuestros.

—¡Bingo! —dijo Matilda, haciendo sonar sus nudillos—. Ahora sé a quién tendré que golpear.

—Pero todo esto no explica todavía por qué estamos yendo a Los Ángeles —comentó Jackson.

La señorita Holiday asintió.

—El doctor Muñoz vive allí con su hija de nueve años. Cuando él se acercó al FBI, dijo que tenía algunos planos de la máquina de Rompecabezas para mover continentes, pero ellos pensaron que él también estaba loco.

—¿No podría simplemente mandárnoslos por correo electrónico? —dijo Jackson—. Me estoy perdiendo un examen muy importante.

El agente Brand hizo un gesto negativo con la cabeza.

—Nos hemos puesto en contacto con él, pero Muñoz cree que lo están vigilando y se niega a hablar. Tampoco quiere repetir lo que le dijo al FBI. De modo que el equipo tendrá un encuentro cara a cara con él. Su pantalla será la fiesta de cumpleaños de su hija Elizabeth. Tienen que encontrar los planos y hacer hablar a Muñoz sobre el doctor Félix Rompecabezas.

—¿Cuál será el plan para encontrar los documentos? —preguntó Duncan.

La señorita Holiday metió su mano en un bolso y sacó un cobayo. Tenía un gran moño rojo alrededor de la barriga.

—Con esto.

—¡Las cámaras roedor son lo mejor! —gritó Julio.

La puerta de la cabina se abrió y la cocinera asomó la cabeza.

—Estamos listos para saltar —aseguró.

—¡Otra vez no! —se quejó Jackson—. Podrían aterrizar esta cosa y bajarnos caminando.

—Agarren los bolsos —dijo Brand sin prestarle atención y señalando los seis bultos en la parte delantera del cohete. Cuando Jackson abrió el suyo, encontró un disfraz completo de mariachi: una chaqueta negra y estrecha con pantalones haciendo juego, un sombrero mexicano y botas.

—¿Qué es todo esto?

—Es parte de la pantalla. La hija de Muñoz cumple hoy nueve años y ustedes van a animar la fiesta. Se van a hacer pasar por integrantes de la banda juvenil pop del momento llamada "Del Loco".

—¡Increíble! —gritó Pulga y se puso de pie de un salto. Su cuerpo se retorcía y se sacudía, y al principio Jackson pensó que le había dado un ataque, pero pronto se dio cuenta de que estaba bailando. Cuando Pulga comenzó a cantar, Brand lo interrumpió.

–"Del Loco" es un éxito internacional. Tienen libros para colorear, mochilas y hasta su propio programa de televisión, y han vendido millones de CDs. El doctor Muñoz tuvo que mover muchas influencias para lograr que tocaran. Lamentablemente, la verdadera banda quedará detenida en la aduana del aeropuerto de Los Ángeles. Ruby, ya sabes lo que tienes que hacer.

La chica sonrió levemente.

–¿Eso significa que estoy a cargo de la misión?

Brand apretó los dientes. Parecía que estaba tragando toda su impaciencia. Miró a la señorita Holiday, que le sonrió e hizo un gesto afirmativo.

–Sí, confío en ti –gruñó, como si las palabras le causaran un dolor físico.

–¿Y yo? –dijo Jackson.

–Sólo observarás –le respondió Brand.

El chico suspiró mientras se sujetaba el paracaídas.

–Jackson, esto no es un castigo –aclaró la señorita Holiday–. Apenas estés listo, estarás en medio de la acción.

La cocinera abrió la puerta lateral del cohete y, un minuto después, Jackson flotaba en el aire en dirección a la tierra. Duncan le había dado un par de consejos sobre paracaidismo y se sintió seguro como para arrojarse solo.

Aterrizó en un arbusto, y salvo por un par de rasguños, estaba de lo mejor.

Mientras los otros se sacaban los paracaídas, Erizo de Mar comenzó a dar órdenes.

—Ráfaga, ¿puedes transportarte en el aire? —le pidió a su amiga—. Me gustaría saber si se ve la casa de Muñoz desde acá.

Matilda sacó sus inhaladores. Puso uno en cada mano, presionó los pulsadores y salió expulsada casi a tanta velocidad como el Autobús Escolar.

—Ya la encontré —sonó la voz de Matilda en la cabeza de Jackson—. Está a aproximadamente un kilómetro y medio a pie desde aquí.

—Perfecto —dijo Ruby—. Pulga, ¿por qué no te adelantas y le avisas al doctor que la banda está en camino?

Julio golpeó las manos, giró la perilla de su pecho y desapareció, dejando una nube de polvo a su paso. Aunque no era la primera vez que Jackson veía esta escena, no dejaba de impresionarlo.

Duncan notó el asombro de su compañero.

—Él es sorprendente —comentó, mientras caminaban hacia la casa de Muñoz—. Puede levantar casi cinco toneladas y alcanzar velocidades de hasta ciento cincuenta kilómetros por hora si ha ingerido suficiente azúcar. Y es mi mejor amigo.

—Y es además tan pequeñito —dijo Jackson.

Duncan hizo un gesto de desaprobación.

—Diente de Lata, el tamaño no tiene nada que ver con esto.

—No me llames así —le rogó Jackson.

–Es tu nombre de guerra. Yo soy Pegote.

–Me lo voy a cambiar –dijo Jackson.

–Genial, necesitas algo más apropiado para ti. ¿Qué tal "Boca a Motor"? –propuso Matilda.

–A mí me gusta "Parachoques" –dijo Heathcliff.

–Totalmente de acuerdo. ¿Qué les parece "Cerebro de Mosquito"? –sugirió la líder del clan.

–¿Y eso qué tiene que ver con mis brackets? –le gritó Jackson.

–Nada. Es que creo que Benjamín te debe haber actualizado el defecto equivocado. Eres bastante lento.

Jackson lanzó una risita falsa.

–Comiquísimo –dijo–. Estoy recibiendo insultos de un grupo de chicos cuyo mayor enemigo es la leche.

Pronto encontraron el camino que los llevó a la casa del doctor. Era una gran estructura de adobe alejada de la ruta. Jackson podía escuchar la música y las voces que venían del interior. Una caravana de empleados entraba y salía por la puerta principal, llevando bandejas de carnes, tamales y quesos. Julio le estaba hablando en dialecto a uno de ellos. El hombre asentía con impaciencia. Aunque Jackson no conocía el idioma, quedaba claro que el tipo estaba ocupado y no tenía tiempo para charlar con un grupo de chicos. Se fue corriendo con su bandeja de maíz tostado.

Cuando Pulga los vio llegar, se acercó a toda prisa.

–Dice que la fiesta empieza en unos quince minutos y que el doctor Muñoz ya está preguntándose dónde estamos. Le avisé que en un momento estaríamos listos. Mejor será que nos cambiemos a toda marcha.

En ese momento, una camioneta negra se detuvo frente a la casa. Bajaron de ella varios hombres musculosos vestidos de negro, que comenzaron a descargar coloridas piñatas. El espía fanático del azúcar enseguida se acercó interesado, atraído por las golosinas del interior, pero no pudo convencer a los empleados de que le dieran una gratis.

El equipo entró en la casa, que vibraba de actividad. Algunas personas colgaban guirnaldas del techo y otras corrían preparando las mesas. Todo estaba cubierto de comida, hasta el último centímetro. Jackson tenía mucha hambre, pero Ruby no le permitió tocar nada. En cambio, guió a todos hasta un par de habitaciones traseras para que se cambiaran. Los chicos entraron en una y las chicas en otra.

Duncan, Heathcliff y Julio se ubicaron en los rincones más alejados de la habitación. Como Jackson siempre había hecho deporte, estaba acostumbrado a cambiarse en público y no lo pensó dos veces. Cuando estaba casi listo, encontró un reloj negro en su mochila. Era igual al que usaba el resto del equipo.

–¡Tengo un reloj de espía! –gritó, colocándoselo en la muñeca.

–Trata de no apuntarte el láser a la cara –le dijo Duncan.

Luego de admirarlo durante varios minutos, se dio cuenta de que sus compañeros seguían con sus ropas normales.

–¿Qué están esperando? –preguntó Jackson.

—Un poco de privacidad —contestó Heathcliff.

Jackson notó que Duncan y Pulga deseaban lo mismo.

—A ver si entiendo: ¿ustedes han salvado al mundo unas doce veces desde el domingo, pero no se atreven a cambiarse delante de sus compañeros?

Los chicos se miraron incómodos, pero luego hicieron un gesto afirmativo.

—Bueno, no es importante —los tranquilizó Jackson.

—No pretendas decirnos lo que es importante o no. Todos los que están aquí son diez mil veces más inteligentes que tú. Nosotros sabemos bien qué es importante —le dijo Conejo con brusquedad.

Jackson estaba a punto de contestarle cuando recordó lo que Duncan le había contado. Jackson había maltratado mucho a Heathcliff. Un recuerdo asaltó su memoria: el vestuario de gimnasia... su compañero en paños menores... él arrebatándole la ropa y arrojándola a las duchas.

Conejo tomó su traje.

—Buscaré otro lugar más íntimo —dijo, y salió enfadado de la habitación.

Jackson sabía que no había nada que decir. Se sentó en la cama y se calzó las botas. Se preguntó si sus compañeros llegarían a perdonarlo alguna vez.

Alguien golpeó la puerta y se escuchó la voz de Matilda.

—¿Ya están listos?

–¡Un segundo! –gritó Jackson y se puso de espaldas. Julio y Duncan se vistieron rápido y salieron los tres al pasillo. Heathcliff apareció un minuto después. Una vez que estuvieron todos juntos, se pusieron a admirar los trajes que la señorita Holiday les había conseguido. Parecían verdaderos mariachis.

–Bueno, vamos a animar esta fiesta –dijo Ruby.

–Hay un pequeño problema… yo no sé tocar ningún instrumento –explicó Jackson–. Ni siquiera el clarinete que me dio el agente Brand para mis falsas prácticas con la banda.

–Somos una banda pop –dijo Duncan–. No tocamos instrumentos. Cantamos y bailamos.

–Ay. Tampoco sé cantar ni bailar.

El equipo se dirigió al jardín trasero, con Jackson siguiéndolos de mala gana. Estaba inundado de gente. Todos reían y estaban alborotados, pero cuando vieron llegar a los mariachis se convirtieron en una multitud enardecida. Los empujaban y les pedían autógrafos.

Se acercó un hombre, al que Jackson reconoció inmediatamente como el doctor Muñoz.

–Chicos, llegaron tarde. Prepárense y comiencen pronto.

Ruby le sonrió y se volvió hacia el grupo. Habló tranquilamente.

–Cantamos un par de canciones, y luego Pulga y Diente de Lata abordarán al doctor.

–¿Yo tengo que hacer algo?

Ruby asintió.

–No creo que puedas arruinar una entrevista con un testigo. Vamos, chicos, ¡que comience el show!

–Les repito: no canto ni bailo –dijo Jackson, pero de todas maneras lo arrastraron al escenario.

El chico hiperactivo se acercó al micrófono y saludó a los invitados mezclando palabras en español y en inglés.

–*Good* días a todos. Queremos desearle a la señorita Elizabeth un *happy* cumpleaños. Somos "Del Loco". Antes de empezar, tenemos un regalo especial para la del cumple.

Una jovencita se adelantó y Pulga puso el cobayo en sus manos temblorosas. Ella lanzó un grito de emoción, mientras un grupo de amigas la rodeaba. Todas acariciaban al nervioso animalito.

–Esperamos que se diviertan mucho y pueden bailar cuanto quieran –agregó el pequeño espía.

De inmediato sonó una canción a todo volumen por los altoparlantes. Jackson volteó y vio al grupo realizando una complicada coreografía. Saltaban y se movían como bailarines profesionales, mientras él los miraba con la boca abierta.

–¡Baila! –le dijo Heathcliff, dándole un codazo.

–¡Ya te dije que no sé bailar! –le gritó Jackson.

–Sólo escucha mis indicaciones –intervino Matilda adentro de su cabeza.

–¡Pie izquierdo adelante, flexiono rodilla, giro a la derecha y salto! Jackson siguió los pasos lo mejor posible, lo cual pareció calmar a un grupo de niñas enardecidas que lo observaban desde abajo del escenario.

–Una vuelta sobre el pie derecho, y otra más, retrocedo y me voy hacia adelante. Muy bien. Ahora vamos a hacer delirar a estos chicos. Diente de Lata, toma el micrófono y canta.

Jackson se dirigió a los demás.

–Yo no sé cantar –su voz rugió a través de la multitud.

De inmediato una empanada salió volando desde el público y aterrizó en la pierna de Jackson. Antes de que las cosas se pusieran peor, Pulga tomó el micrófono y siguió con la canción.

Todos bailaban y cantaban y, lo mejor de todo, era que los habían engañado por completo. El doctor Muñoz y su hija salieron a la pista y dieron vueltas animadamente. Parecía que se estaban divirtiendo muchísimo.

"Del Loco" hizo varias canciones más hasta que Ruby pateó a Jackson en la pantorrilla.

–¿Y eso por qué fue? –se quejó Jackson, mientras hacía un giro complicado.

–Mira tu reloj.

Jackson echó una ojeada a su muñeca. La pantalla estaba iluminada y tenía un cartel que decía "Activar roedor". Apretó el botón y apareció una imagen de una cámara de video, que mostraba decenas de niñitas que lo miraban fijamente. Entonces se dio cuenta de que esa era la visión del animalito. Un momento después las chiquillas gritaron y el cobayo salió huyendo. En segundos, ya se encontraba adentro de la casa. Iba de un cuarto a otro, zigzagueando entre los ajetreados camareros.

Jackson siguió cantando y bailando, pero estaba tan concentrado en su reloj que chocó con Matilda en medio de un complicado movimiento y también pateó sin querer a Heatchcliff en el trasero. Finalmente la camarita peluda entró a una habitación llena de muebles archivadores.

–Tiene que ser ahí –Jackson se dijo a sí mismo. En el reloj, se encendió un botón que decía "Localizar Objetivo", y él lo oprimió. Enseguida apareció un plano de la casa que indicaba la forma de llegar hasta el roedor. Jackson y Julio bajaron del escenario y entraron deprisa en la casa. Encontraron a la mascota olfateando una silla de escritorio en uno de los dormitorios, que daba sobre el jardín y la fiesta. Habría unos veinte archivos, que llegaban hasta el techo.

–Revisar esto nos llevaría toda la vida –dijo Jackson con desaliento–. Además, ni sabemos qué estamos buscando.

–Mejor empecemos –insistió Pulga. Trató de abrir un cajón, pero estaba cerrado con llave. Giró levemente la perilla en su pecho y tiró de la manija de la gaveta hasta romper la cerradura. Luego hizo lo mismo con el cajón de Jackson. Revisaron archivos llenos de ecuaciones matemáticas y extraños esquemas, pero ninguno de ellos tenía el nombre de Rompecabezas o alguna relación con los continentes.

Jackson escuchó que sus compañeros de equipo estaban repitiendo una canción que ya habían interpretado. En su cabeza, pudo escuchar la enfadada voz de Ruby exigiéndoles que se apuraran.

–Esto es inútil –observó el chiquitín.

–¿Ustedes dos no deberían estar en el escenario? –dijo una voz cerca de ellos. Los chicos se dieron vuelta y se encontraron con el doctor Muñoz de pie junto a la puerta.

–Nosotros no somos de la banda, somos de NERDS –explicó Pulga.

–¿Ustedes son *nerds*?

–No somos nerds, trabajamos para NERDS. Núcleo de Espionaje, Rescate y Defensa Secretos.

–Pero son unos chicos. ¡No pueden tener más de diez años! –exclamó el doctor Muñoz.

–Bueno, en realidad tenemos once.

–¿El gobierno envía ahora niños de once años para este tipo de trabajo? –inquirió el doctor, sacudiendo la cabeza.

–Señor, sabemos que se contactó con el FBI en relación al doctor Félix Rompecabezas y que conserva planos de su invento –dijo el agente–. Sería de gran ayuda para nosotros, y para el mundo, que nos los entregara.

El hombre se puso lívido.

–Están poniendo a mi familia en peligro.

–Tratamos de ayudarlo –dijo Jackson–. Si no podemos detener a ese psicópata, quién sabe en qué lugar del mapa estará mañana la ciudad de Los Ángeles. Si nos da los planos, salvará a millones de personas inocentes.

Muñoz se estremeció.

–Rompecabezas me mandará matar. ¡El tipo es un auténtico demente! Trabajé con él durante diez años. Siempre fue raro, pero con el tiempo se fue poniendo cada vez peor. Cuando propuso al directorio su proyecto sobre los continentes, se le burlaron en su cara. Amenazó al líder del programa con un abrecartas y fue arrestado. Los científicos deberían dejar de burlarse los unos de los otros, porque somos personas muy sensibles. Resumiendo, a Félix lo echaron al día siguiente. Yo tuve que embalar sus cosas y llevarlas a su departamento. Todo el piso estaba cubierto por un rompecabezas gigante. No creo que supiera que yo estaba allí. Repetía una y otra vez para sus adentros que no pensaba abandonar.

–¿Abandonar qué? –preguntó Pulga.

–La reunificación de los continentes –contestó Muñoz–. Hay una teoría que dice que todos los continentes –América del Norte, Central y del Sur, Asia, Europa, Oceanía, África y la Antártida– fueron alguna vez un continente gigante. Los científicos lo llaman Pangea. Ellos piensan que los movimientos de las placas tectónicas provocaron su ruptura y llevaron a los continentes hasta el lugar en que se encuentran ahora. De todas formas, ésta no es mi especialidad. Rompecabezas, sin embargo, estaba obsesionado con el tema. Creía que todos los problemas del mundo se acabarían si pusiéramos todas las piezas de nuevo en su lugar. Pensaba que todos deberíamos volver a vivir cerca los unos de los otros. Yo traté de explicarle que juntar los continentes otra vez sería una pesadilla. Casi todas las ciudades costeras quedarían destruidas cuando las plataformas continentales colisionaran entre sí. Morirían millones de personas. Mover extensiones de tierra tan vastas provocaría maremotos que arrasarían con millones de vidas. Las corrientes naturales del mar, la flora y la fauna serían devastadas y desaparecería gran parte de nuestras provisiones de alimentos. Y todo esto sin mencionar que los fundamentos de su teoría eran erróneos. Aun si se pudieran reunir los continentes sin ningún problema, las personas no se llevarían mejor que ahora. Existen muchísimos países vecinos que están desde hace miles de años en guerra. Pero él no quería escucharme. Decía que el mundo debía volver a estar donde correspondía.

Jackson miró por la ventana. La hija del doctor estaba en el jardín. Tenía una venda en los ojos y una vara larga en la mano. Hacía movimientos violentos, tratando de pegarle a la piñata que colgaba justo sobre ella.

—Si él es tan peligroso, con más razón usted tiene que darnos los planos —le rogó Pulga—. Si el doctor Rompecabezas pretende usar su invento, tenemos que estar preparados.

Muñoz hizo un gesto de aprobación.

—Voy a buscarlos.

Mientras Muñoz hojeaba los archivos, Jackson observó la fiesta. La pequeña todavía no había roto la piñata, pero sí les había pegado a varios amiguitos. Finalmente, se ubicó muy cerca de la piñata. Balanceó el palo como una loca, golpeando a dos niños, un camarero, uno de los encargados de la fiesta y a su propia abuela, hasta que logró abrirla en un costado. Una ola de chicos heridos corrió a recoger las golosinas de su interior, pero entonces sucedió algo extraño. La piñata, que tenía forma de caballo, se enderezó. Sus ojos blancos se volvieron rojos de golpe, y surgieron cohetes en los costados. Se elevó en el aire y comenzó a sobrevolar a la multitud.

—Huy, mi trabajo es observar y estoy observando claramente algo que no está nada bien —dijo Jackson.

Pulga corrió a la ventana y lanzó un grito.

—Erizo, ¿estás viendo lo mismo que nosotros?

Jackson escuchó la voz de Ruby crujiendo en su cabeza.

—Piñatas robot.

—¿Por qué en plural? —preguntó el niño movedizo.

—Hay unas doce volando alrededor de la casa. Algo está saliendo de su interior. ¡Guau! ¡Es un lanzamisiles! ¡Lleven a todos a un lugar seguro!

Hubo una gran explosión, y la ventana por la cual miraban Julio y Jackson se rompió en mil pedazos.

—Tengo que ayudar a los otros —dijo Pulga, sacando una barra de chocolate del bolsillo y devorándola—. Diente de Lata, tu única misión es quedarte acá y cuidar al doctor. Pase lo que pase, no te despegues de su lado.

—¿Qué hago si nos atacan las piñatas asesinas?

Jackson nunca recibió la respuesta. El azúcar estaba corriendo por el cuerpo de Julio y una sonrisa se desplegó en su cara. Entonces

grító con todas sus fuerzas: "¡Soy superpoderoso!", y un momento después saltó por la ventana rota.

—¡Mi hija! —exclamó desesperado el doctor Muñoz.

—Ella estará bien —repuso Jackson—. Acá hay seis agentes. Usted quédese conmigo. El equipo se encargará de todo.

—Voy a buscarla —anunció, y salió precipitadamente de la habitación, apretando los archivos en su mano.

—Hey, amigo, ¿adónde va? —le gritó Jackson, pero era obvio que el doctor ya no lo escuchaba. Recogió al nervioso roedor y lo metió en el bolsillo. Luego se concentró en la cara de Ruby.

—¿Hola?

La voz de la jefa sonó en sus oídos.

—¿Qué pasa, Diente de Lata? Estamos un poco ocupados luchando contra malvados contenedores de golosinas.

—Me dijiste que observara, por eso pensé que tenía que contarte que estoy *observando* cómo el doctor Muñoz va corriendo en tu dirección —dijo Jackson.

—¡Detenlo! —aulló Ruby.

—¿Entonces me estás dando permiso para que participe?

Erizo emitió un rugido.

—¡Buenísimo! Por cierto, está preocupado por su hija. Si ves a una niña con una vara, no la dejes ir. Y por tu bien, quítasela de las manos. Jackson, cambio y fuera.

—Sólo el nombre de guerra, Diente de Lata.

–Deja de llamarme así –dijo él, mientras marchaba en busca del doctor Muñoz. Giró en una esquina y encontró al hombre caído en el piso, con los papeles esparcidos a sus pies, y una piñata voladora suspendida encima de la cabeza. Los ojos rojos de la máquina proyectaban una luz escalofriante en el corredor oscuro y los lanzamisiles zumbaban con impaciencia a los costados.

Jackson frenó en seco.

–Doctor, quédese tranquilo. Quiero que se ponga detrás de mí. ¡Epa! No tan rápido, un poco más despacio.

La piñata seguía cada movimiento del científico.

–Muy bien. Ahora retrocedamos hacia el rincón –dijo Jackson.

Cuando estaban por dar el primer paso, los ojos de la piñata parpadearon, luego se escuchó un zumbido en el interior y nubes de humo salieron de la parte de atrás. Antes de que Jackson pudiera reaccionar, la máquina lanzó un misil directo a su cabeza.

Los brackets giraron dentro de su boca y en un segundo se transformaron en un gran escudo redondo. El misil pegó contra la defensa, que desvió la explosión, mandándola de vuelta hacia el robot. Enseguida la piñata y casi toda la pared detrás de ella comenzaron a incendiarse. Desafortunadamente, los archivos con los planos también fueron alcanzados por el fuego.

Jackson no tenía tiempo para lamentarse. Arrastró al doctor por el pasillo, pero cuando llegaron a la puerta del frente, otra piñata estaba esperándolos. Jackson sintió nuevamente que sus brackets se movían, y una gran pinza salió de su boca, sujetó la piñata del cuello y la cortó en dos. La maléfica luz roja de sus ojos hizo un guiño y se apagó.

Jackson y el doctor atravesaron el jardín delantero.

—¡Tengo que salvar a Elizabeth! —gritaba Muñoz, mientras trataba de despegarse de Jackson—. No me voy a ir sin ella.

—Doctor, no es seguro quedarse aquí. Los otros agentes la están buscando. Seguro que ella está bien —lo tranquilizó Jackson.

Y justo en ese momento la puerta de la camioneta de reparto se abrió de golpe y una cierta rubia platino descendió de ella. La Hiena tenía una gran sonrisa en su cara hasta que vio a Jackson.

—¡Otra vez tú! —gritó—. ¿Y ahora qué estás haciendo aquí?

—Rescatando a este tipo de unos robots asesinos. Por casualidad, ¿estas piñatas no serán tuyas?

La Hiena sonrió con orgullo.

—Mindy, él está bajo mi protección —dijo Jackson.

Ella frunció la cara de manera amenazadora.

—¿Por qué *todos* saben mi nombre?

—Tendrás que matarme para llevártelo —exclamó Jackson, reuniendo todo su valor.

—Eso ya lo veremos —dijo la Hiena, mientras sacaba de la camioneta dos dagas japonesas de plata, con puntas dentadas—. Sólo me pagan por una muerte, pero una chica debe hacer lo que considere necesario para salir adelante.

La rubia lo amenazó con las armas, pero los brackets salieron de la boca empuñando dagas a su vez, que bloquearon los golpes, antes de que pudieran herirlo.

–Sabemos que trabajas para Rompecabezas. Y también tenemos claro que él está chiflado.

–Todo el mundo es un poquito estrafalario –dijo la Hiena.

Cuando ella apuntó al hombro de Jackson con sus puñales, los brackets detuvieron el ataque.

–Él está detrás de los secuestros, ¿verdad?

En ese momento, la Hiena arrojó una de las dagas y con su mano libre le lanzó un golpe a Jackson, que lo tiró al suelo. Mientras luchaba por recuperar el sentido, sintió que la asesina apoyaba firmemente sus botas sobre los brackets, impidiendo que él los usara para seguir peleando.

–¿Está construyendo algo, verdad? –balbuceó Jackson–. ¿Qué es?

–A mí no me pagan por saber –contestó ella–. Me pagan por matar gente y tú te interpusiste en mi camino.

–Tienes que escucharme. Tu jefe está construyendo una máquina que destruirá el mundo. Está loco, Mindy. Matará a millones de personas.

–No es mi problema. Veamos, ¿en qué estábamos? –preguntó ella, apuntando con su daga al doctor Muñoz–. Ah, sí, me mandaron aquí para matarlo.

De pronto, apareció la pequeña Elizabeth en la esquina de la casa. Abrazó con fuerza a su padre, con los ojos llenos de lágrimas.

—Por favor, no quiero que mi papá muera —le rogó a la reina de la belleza.

Jackson vio cómo la Hiena estudiaba a la niña. Notó en sus ojos algo suave que no tenía nada que ver con la imagen de asesina a sangre fría que ella quería dar. No había conocido antes a ningún asesino a sueldo, pero estaba seguro de que debían tener hielo en las venas. La Hiena, en cambio, parecía que iba a echarse a llorar en cualquier momento.

—No voy a matar a tu papá, querida —le respondió—. Sólo estábamos jugando.

La niña observó a la supuesta asesina.

—¿En serio?

La Hiena asintió.

—Estábamos jugando al Zorro. Tu papá era el Zorro y yo era la malvada. Él me amenazó con llevarme a la cárcel y yo estaba a punto de huir. ¿Por qué no juegan ahora ustedes dos?

Elizabeth se secó las lágrimas.

—A mí me gusta usar la imaginación.

La Hiena bajó la daga.

—A mí también me gustaba.

Se bajó de los brackets de Jackson, que se replegaron en su boca. Antes de que él pudiera ponerse de pie, la Hiena y su camioneta desaparecían por el camino polvoriento.

20

Mientras el oscuro helicóptero planeaba sobre los hielos de la tundra, la Hiena repasó en su cabeza lo que había sucedido en la casa de Muñoz y no se sintió feliz. Durante meses había soñado con ese momento en que dejaría de imaginar cómo sería ser una asesina y se convertiría en una de verdad, pero el chico de los brackets lo había arruinado todo. Ella sabía que Rompecabezas era un lunático, ya se había acostumbrado a la idea y la toleraba. Pero lo que no podía soportar era que fuera un mentiroso. El objetivo del plan maestro del doctor no era controlar al mundo sino destruirlo. Ella estaba al tanto de que Félix estaba construyendo un arma de destrucción masiva, pero había supuesto que planeaba usarla sólo como amenaza para mantener al mundo como rehén. Los genios locos como su jefe nunca usaban sus armas. Sólo trataban de asustar a la gente para que pagara un buen rescate. Pero si lo que el chico había dicho era verdad, entonces Rompecabezas estaba planeando algo realmente diabólico. El motivo por el cual ella había elegido este tipo de trabajo no era el asesinato en masa. Los asesinos profesionales mataban de a una persona por vez.

Cuando el helicóptero aterrizó en la fortaleza, Sonsón la estaba esperando.

—¿Liquidado?

La Hiena asintió.

El gorila lanzó una sonrisa, que reveló una boca llena de huecos y dientes rotos.

—Bien. Le avisaré al jefe. Entremos.

Los dos caminaron deprisa por la nieve en dirección a la fortaleza. Un viento helado y cruel golpeó la piel descubierta de la asesina, que casi tira al matón al suelo al tratar de atravesar rápido la puerta. Una vez adentro, ella dio una excusa y salió corriendo por el corredor hacia el enorme laboratorio. La puerta estaba cerrada, entonces subió las escaleras hasta el observatorio, donde estaban las piezas del rompecabezas. Al mirar hacia abajo, pudo ver la antena parabólica, que seguía apuntando hacia el cielo. Estaba conectada a paneles solares apoyados sobre mesas dispersas por la sala. Quedaba claro que la doctora Badawi había sido más inteligente que el doctor Lunich y le había dado instrucciones a Félix de cómo construir su fuente de energía sobrecargada.

—Son una belleza, ¿no crees? —dijo una voz detrás de ella. Rompecabezas, Sonsón y veinte armatostes más entraban a la habitación.

–Sí –contestó ella–. Increíbles.

El doctor sonrió.

–Mindy, para volver a poner al mundo en su lugar se necesitan algunas herramientas muy bellas y poderosas. Mi máquina es perfecta tanto en la forma como en el funcionamiento, y mucho de esto te lo debo a ti. Si no hubiera sido por tu gran esfuerzo, yo no habría podido combinar las mentes y las herramientas necesarias para ensamblar todo. El nuevo mundo tiene una gran deuda contigo.

–Está diciendo que soy la responsable por toda esa gente que piensa matar –exclamó la Hiena.

–Ay, lo dices como si fuera algo malo. Mindy, no tienes que pensar que esto es destruir al mundo. Considéralo como volver a ponerlo como estaba. Se rompió y nosotros vamos a pegar las piezas y ubicarlas en su lugar. Cuando hicimos nuestro trato, lo único que tenía era la antena parabólica. Con ella podía mover grandes islas de un lado a otro, pero no lograba controlarlas. Tal vez sujetaba a Groenlandia, pero chocaba contra las Galápagos. Todo era cuestión de azar. Luego me trajiste al doctor Lunich y su máquina maravillosa. El rayo de tracción es asombroso, y con una pequeña modificación lo agrandé para poder conectarlo a mi antena parabólica. Esto me permite arrastrar un continente entero hacia donde tenga ganas. Durante años parecía que mi proyecto era irrealizable. ¿Cómo iba a arreglar el mundo si no era capaz de impulsar la máquina que se encargaría de la tarea? Fue entonces cuando leí acerca de los sorprendentes paneles solares

de la doctora Badawi. Ahora ya tengo todo lo que necesito para armar mi rompecabezas.

—Está totalmente loco —dijo la Hiena—. Yo nunca quise realizar asesinatos en masa.

—¡*Auch!* —gritó el doctor Félix, dando la impresión de que se sentía herido—. Pensaba que querrías contemplar este momento, pero supongo que me equivoqué.

Los matones hicieron sonar sus nudillos mientras sonreían con entusiasmo.

—No les será tan fácil deshacerse de mí —los desafió la chica.

Lamentablemente, sí lo fue. La Hiena resultó completamente humillada mientras los gorilas la trasladaban a hombros a través del pasillo hasta un lugar desagradablemente frío. El suelo estaba formado por la misma plancha de hielo sobre la cual estaba construida la fortaleza. En el centro, había un orificio lo suficientemente grande como para que una persona pudiera caer por él a las aguas heladas del Polo.

—Éste es mi pequeño muelle de pesca —dijo Rompecabezas—. Vengo aquí a pensar y, de vez en cuando, arrojo una red y saco algo. No suelo atrapar muchos peces. En realidad, ninguno. El agua está mortalmente fría: unos veinte grados bajo cero. Los peces no pueden sobrevivir en semejantes temperaturas. De hecho, el hombre común sólo puede aguantar unos diez minutos antes de que sus pulmones se empiecen a congelar y el oxígeno ya no pueda circular por ellos. Supongo que una niña duraría considerablemente menos. Ay, Mindy, tenía tantas esperanzas puestas en ti. Pensaba darte una pequeña parte de Australia para que fuera tu propio reino.

—Eso es lo que dicen todos —repuso la Hiena.

—Arrójenla.

Los monos la lanzaron dentro del agujero y ella se hundió en el agua. Sintió como si un millón de puñales de hielo le rasgaran la piel y tuvo que hacer un gran esfuerzo para volver a la superficie. Cuando pudo respirar nuevamente, comenzó a jadear y a tiritar.

—Hey, miren, pescamos algo —dijo Rompecabezas—. Hmm, es muy chiquita. Devuélvanla al agua.

Uno de los armatostes levantó un bloque de hielo del piso. Tenía la misma forma del hoyo. Lo dejó caer justo cuando la Hiena tomaba aire y se sumergía otra vez por el agujero.

Trató de elevarse y golpeó el hielo, pero era demasiado grueso como para romperlo. Se alejó nadando en estado de pánico. No sabía en qué dirección estaba yendo, pero sí sabía que el movimiento la mantendría viva un tiempo más. Con cada brazada, palpaba el techo en busca de alguna abertura y miraba hacia adelante por si aparecía una luz. Pensó que si se alejaba de la fortaleza, la capa se volvería más fina. Pero los dedos de las manos y de los pies ya estaban entumecidos, y sus brazos y piernas le pesaban mucho.

Continuó nadando frenéticamente hasta que vio arriba una luz titilante. Pegó con el puño, pero fue inútil. ¿Qué podía hacer? Entonces tuvo una idea. Se estiró, se sacó una de sus botas negras nuevas y clavó la punta del tacón en el hielo. Un trozo se quebró y cayó hacia las profundidades. Aplicó la bota en el mismo lugar. Otro pedazo pasó flotando delante de su cara, pero éste era mucho más grande. Golpeó la capa helada una y otra vez con toda su fuerza. Comenzaba a preguntarse cuánto tiempo más aguantaría, cuando el último esfuerzo quebró el hielo. Empujó con ímpetu y logró salir a la superficie. Tratando de recuperar la respiración, se arrastró fuera del agua y le sobrevino un ataque de tos.

¡Tenía que calentarse! Se puso de pie y vio el helicóptero negro vacío. Caminó hasta él con la bota en la mano, se subió y encendió los motores. Una ráfaga de aire caliente inundó la cabina mientras ella se ponía los auriculares y hacía girar las hélices. Encontró una manta detrás del asiento del piloto y envolvió su cuerpo con ella. Luego llevó suavemente la palanca hacia atrás y despegó.

–Rompecabezas, el pececito se escapó –susurró la Hiena.

Le echó una mirada a la bota que tenía en la mano. El tacón había desaparecido, posiblemente había quedado clavado en la capa de hielo que casi se convierte en su ataúd. Se preguntó si alguien se daría cuenta si empezaba a matar gente usando sus viejas y queridas *Converse All Star*.

21

El agente Brand caminaba nerviosamente de un lado a otro de la habitación. Su cara se mantenía inmóvil, pero echaba chispas por los ojos. Jackson se dio cuenta de que el esfuerzo que estaba haciendo para mostrarse "positivo" había llegado a un abrupto final. La señorita Holiday lo miró con creciente preocupación.

–¿Qué pasó? –preguntó la mujer.

–Tuvimos un imprevisto –contestó Ruby.

–Incendiaron por completo la casa del doctor Muñoz el día del cumpleaños de su hija –dijo Brand.

–En realidad, los robots comenzaron el fuego –acotó Matilda.

–Robots con forma de piñata –agregó Julio.

–Claro, los tomaron por sorpresa –dijo Holiday.

–El lado bueno es que Jackson le salvó la vida a Muñoz –observó Duncan.

Jackson estaba radiante de orgullo.

–La Hiena apareció –dijo el muchacho–. Es la misma chica que nos arrebató a la doctora Badawi en El Cairo.

–Jackson, ¿cómo fue que estuviste tan cerca de esta chica? –preguntó la bibliotecaria, mientras Brand seguía moviéndose sin detenerse.

Jackson esbozó una sonrisa.

–Estaba protegiendo al doctor.

–¡Se te ordenó que observaras! –le gritó Brand.

Pulga se aclaró la garganta y giró la perilla de su arnés.

–Yo le pedí que se quedara con Muñoz.

–¿Y se puede saber quién te dijo que lo llevaras contigo a ver al doctor?

Ruby se levantó.

–Fui yo.

–Y mira lo que ocurrió –dijo Brand, golpeando el escritorio con su bastón.

Heathcliff sacudió su cabeza con desagrado.

–Acá el único que tiene la culpa de todo es Diente de Lata. Cometió una impresionante cantidad de errores y no acató las órdenes. No es uno de nosotros ni nunca lo será.

–Eso no es muy justo –intervino Duncan.

–Perfecto. Te lo probaré –dijo Heathcliff–. ¡Hey, Diente de Lata! ¿Cuál es tu capitán favorito de *Star Trek*?

–Eh... ¿Han Solo?

–¿Ves? No tiene arreglo.

—Ya basta de pelear —dijo la señorita Holiday—. Muñoz está vivo y tenemos los planos.

Jackson sacudió la cabeza.

—No, se quemaron durante el ataque.

Ruby dio un salto.

—Ven, Conejo tiene razón. Ya es la tercera vez que Diente de Lata muestra sus actualizaciones en público. Todavía no está listo y además yo no confío en su criterio. Si lo mandan otra vez a una misión, renuncio.

De pronto se hizo un gran silencio en la habitación.

—Erizo de Mar, ¿hablas en serio? —le preguntó Brand.

Ella asintió.

Jackson no sabía si Ruby era sincera o sólo lo decía para que lo echaran a él, pero la cara de preocupación que pusieron sus compañeros cuando ella amenazó con irse, fue muy evidente. Erizo era mucho más importante para los NERDS que un simple novato que siempre metía la pata.

—Entonces vacíe el locker, agente —dijo Brand.

—No, ella no se va. Me voy yo —repuso Jackson.

—Nadie se irá —dijo Holiday.

—No me quieren aquí —argumentó Jackson—; no confían en mí y quizás nunca lo hagan. Aunque hiciera un buen trabajo, ustedes nunca me aceptarán. Tal vez me lo merezca. Yo sé que antes era un idiota, pero cambié. Quisiera que me dieran una oportunidad, pero sé que no lo harán. De modo que me largo.

Arrojó las palabras preguntándose si alguien le discutiría. Si alguno salía en su defensa, él se quedaría, pero nadie habló.

Miró a Duncan, pero el chico lo ignoró.

—Quítenme los brackets y el chip. No soy uno de ustedes —dijo finalmente.

La señorita Holiday dirigió la mirada al agente Brand. El ex espía estaba apoyado en su bastón, frotándose la cara con la mano libre. Parecía molesto y desilusionado. Observó a Ruby con ira y luego hizo un gesto de aprobación.

—Háganlo.

La mujer se mordió el labio inferior y le indicó a Jackson que la siguiera. Lo condujo a la habitación de las actualizaciones y lo sujetó al sillón.

—Jackson, lo siento mucho. No es justo. En el entrenamiento, te estaba yendo tan bien… o mejor que a cualquier otro miembro del equipo. Tienes el récord de tiempo evitando la esfera de Duncan —le confesó, mientras se limpiaba una lágrima.

—¿En serio? Nunca me lo dijeron —dijo Jackson con entusiasmo.

—¡Ay, y ese hombre! —protestó la bibliotecaria—. Me prometió que trataría de ser más comprensivo. Yo le dije: "Alexander, son chicos y debes hablarles como tales", pero él es tan terco como Ruby.

—Señorita Holiday, valoro todo lo que ha hecho por mí —dijo Jackson.

La agente asintió y luego pulsó algunos botones de la consola. Unos segundos después, el chico se hundía en el sillón. Holiday le sostenía la mano mientras la máquina extraía la nanotecnología de su boca. No le dolió tanto como cuando le hicieron el implante. Lo que sí resultó terrible fue cuando le sacaron el micrófono de la nariz. La cocinera tuvo que utilizar unas tenazas muy largas para arrancárselo.

Una vez que le quitaron toda la tecnología, la señorita Holiday lo acompañó a través del Patio de Juegos hasta los tubos que conducían a los armarios secretos. El agente Brand lo esperaba al lado de la salida con la mano extendida.

—Hijo, lamento que esto no haya funcionado —le dijo.

Jackson se dio vuelta y miró el Patio de Juegos por última vez. Duncan, Julio y Matilda estaban parados cerca de ahí observándolo. Cuando se dieron cuenta de que él los había visto, se tropezaron entre ellos al tratar de disimular.

—Algunos te van a extrañar —dijo la señorita Holiday—. Aunque no te lo digan a la cara. Yo también te echaré de menos.

—Esto será lo mejor —repuso Jackson, apretando el botón de la pared. El tubo se abrió y él se metió. Salió disparado hacia arriba y cayó dando vueltas en el pasillo de la escuela, justo cuando Brett y sus viejos amigos pasaban por allí.

—Hey, perdedor —le gritaron.

Jackson no contestó. Por una vez, Brett Bealer tenía razón.

Jackson comprobó con tristeza que perder su lugar en el equipo no le hacía la vida más fácil. Le resultaba imposible entrar de nuevo en la rutina de la escuela. Era muy difícil concentrarse. Nathan Hale estaba llena de secretos y Jackson no podía dejar de buscarlos. Cada simulacro de incendio o evento deportivo significaba que algo excitante estaba ocurriendo, de lo cual él ya no formaba parte. El equipo actuaba como si él fuera invisible. Hasta la cocinera lo trataba fríamente. Era insoportable tener recuerdos tan emocionantes y nadie con quien compartirlos.

Una tarde, Jackson entró a la clase del señor Pfeiffer y notó que los NERDS estaban ausentes. Al principio no le dio importancia, pues supuso que se habrían ido a alguna misión. Pero al día siguiente, tampoco fueron a la escuela. Al tercer día, se preguntó si todo andaría bien, pero Brand y la señorita Holiday brillaban por su ausencia. Estaba por enfilar hacia el Patio de Juegos cuando se encontró frente a frente con el señor Dehaven.

—Jackson Jones, justo la persona que andaba buscando —dijo el fornido hombrecito. Clavó su mano en el brazo de Jackson y lo arrastró por el corredor hasta su oficina. Ahí adentro lo esperaba su padre.

—Jackson, estoy tan decepcionado —le dijo.

—¿Qué pasa?

—Señor Jones, ¿recuerda cierto examen que tenía que rendir la semana pasada en la clase del señor Pfeiffer?

A Jackson se le cayó el alma a los pies. Se había olvidado totalmente del famoso cuestionario.

—Hoy me llegaron los resultados y parece que no le fue tan bien. No sólo no aprobó sino que se sacó un cero. ¿Recuerda por si acaso cuál era el porcentaje que tenía esta prueba en su nota final?

—El cincuenta por ciento —murmuró Jackson.

El director se dio vuelta para dirigirse al padre del chico.

—Señor Jones, he conocido millones de niños como su hijo y debo decirle que estoy preocupado por su futuro. Carece de un nivel razonable de dedicación y ambición. Es muy triste, porque me han contado que, cuando usted pasó por estas aulas, fue un destacado atleta y un chico muy querido.

—El estudio nunca fue lo mío —balbuceó el padre de Jackson como si él fuera el responsable por el cero de su hijo.

Dehaven ignoró el comentario.

—Afortunadamente, hay un remedio para este comportamiento. Su hijo repetirá sexto grado.

—¿Qué? ¡Pero si recién empezó el año escolar! —exclamó el señor Jones.

—Me temo que ya es tarde —respondió Dehaven—. No hay forma de que retome sus estudios normalmente.

—Jackson, ¿qué te está pasando? —le preguntó su padre.

—No me mientas. Soy tu padre. Dime cuál es el problema —le exigió.

—¡Muy bien! —gritó Jackson, saltando de su asiento—. Estuve trabajando para una agencia secreta que funciona dentro de esta escuela, llamada Núcleo de Espionaje, Rescate y Defensa Secretos, y está formada por nerds. Cada uno de nosotros tiene habilidades mejoradas y tratamos de salvar al mundo de un lunático. Me reclutaron apenas me colocaron los aparatos de ortodoncia, y fui entrenado para convertirme en un miembro titular, pero hice todo mal, los otros miembros del equipo me odiaban y renuncié.

El padre de Jackson y el señor Dehaven se quedaron mudos.

—Eso es lo que he estado haciendo —dijo Jackson.

—¡Si pusieras toda esa creatividad en el estudio, no te reprobarían! —le gritó su padre.

—Hola —le dijo Chaz cuando llegó a su casa después de la escuela. Su hermano mayor llevaba el equipo de deporte y tenía una pelota en la mano—. Me dijeron que no aprobaste. ¡Qué perdedor!

—No quiero hablar de eso —dijo Jackson.

—Perfecto, porque yo no quiero escucharte —replicó Chaz, atropellándolo al pasar junto a él—. Sal de mi camino o llegaré tarde al entrenamiento.

—¿Dónde está papá? —preguntó Jackson, antes de que su hermano saliera.

—Arriba, con la computadora. Está buscando alguna escuela militar adonde mandarte —le gritó Chaz, mientras se alejaba por la calle.

Al entrar en la cocina, Jackson notó que su hermano se había olvidado el casco sobre la mesa. Lo tomó y corrió hasta la puerta, pero vio a Chaz doblar la esquina. El entrenador lo mataría si aparecía sin el casco. Jackson salió corriendo tras él. Chaz caminó por la calle Chambers y dobló a la derecha por Beacon, algo que no hubiera sido nada raro si su escuela no quedara en la dirección opuesta. Algo estaba mal. Jackson sintió el viejo y conocido cosquilleo nervioso, que le avisaba que estaba por descubrir un secreto.

Siguió andando detrás de su hermano, pero manteniendo cierta distancia para que él no lo viera. En la esquina, Chaz tomó a la izquierda por Hamilton Drive. Una vez allí, se metió en un callejón sin nombre y se detuvo frente a un depósito de chatarra que estaba cercado. Jackson vio cómo su hermano se deslizaba por un orificio que había en la reja.

—¿Qué estará haciendo? —se preguntó para sus adentros. Atravesó rápidamente la calle y espió por el agujero. Vio a Chaz revolviendo entre la basura. Luego encontró una lata vieja y comenzó a patearla por el terreno abandonado.

Jackson se metió por la reja y lo siguió lo más de cerca posible. Su hermano se tiró en el asiento trasero de un auto destartalado y sacó un libro de su pantalón deportivo. Se recostó y se sumergió en la historia.

—Leer, a veces, es peligroso —dijo Jackson, arrojándole el casco—. Puedes necesitarlo.

Chaz se levantó de un golpe.

—¿Qué estás haciendo aquí? ¿Acaso me estás siguiendo?

—Olvidaste el casco. Sólo me estaba portando como un buen hermano y te lo quise traer.

–Gracias. Puedes irte –le ordenó Chaz.

–Ya no estás más en el equipo, ¿no es cierto? –le preguntó Jackson.

Su hermano puso cara de fastidio. Le dio una patada al asiento del auto y luego se dejó caer sobre él en señal de derrota.

–Me sacaron.

Jackson abrió los ojos desmesuradamente.

–¿Te echaron del equipo? ¿Qué hiciste?

–Nada. Es sólo que no soy suficientemente bueno –respondió Chaz.

Jackson se sentó en el asiento del acompañante.

–Pero…

–En la secundaria las cosas se complican –explicó Chaz–. Todos son buenos. Ya no soy alguien especial.

–¿Cuánto hace que pasó esto?

El chico movió la cabeza con indignación.

–Me echaron al segundo día.

–¿Así que llevas varias semanas poniéndote el uniforme para venir a leer a un basurero?

Chaz hizo un gesto de dolor y asintió.

–Después de la cara de decepción de papá cuando quedaste fuera del equipo, no me atreví a contarle. El deporte es tan importante para él...

–Ésta es la caída de los dioses –bromeó Jackson–. Pensar que éramos los tipos más populares de la ciudad. Y míranos ahora.

Tú te has convertido en un lector y yo prácticamente no tengo amigos. Ni siquiera los nerds quieren salir conmigo.

Chaz lanzó una risita irónica.

–Ahora soy un nerd total. Mi único amigo es Barney Tennant.

–¿Barney Tennant? ¿Te refieres al chico que se mete los dedos en la nariz en público?

–Exactamente –dijo Chaz–. Es mi mejor amigo.

Los dos chicos soltaron la carcajada y no podían parar de reírse.

–Nos convertimos en unos perdedores –dijo Jackson.

–Somos tan patéticos –admitió su hermano.

Después de un rato, las risas se apagaron.

–He sido un cretino total contigo –dijo Chaz.

Jackson se encogió de hombros.

–Por lo menos eres el único que me habla.

Conversaron durante horas. Principalmente sobre su padre, pero también sobre cuánto extrañaban a su mamá y qué cambiado estaba su padre desde que ella había muerto. Charlaron de fútbol, de lo mal que se habían tratado entre ellos y de cómo habían maltratado a sus compañeros de colegio.

–¿Sabes algo? Si de veras quieres leer, no tienes que hacerlo aquí –le sugirió Jackson–. Hay un lugar al que llaman "biblioteca". Yo estuve allí. No está tan mal. Hay una a dos cuadras de casa.

–Para ser un hermanito menor, eres un chico genial –dijo Chaz.

–Y tú tampoco estás tan mal –le contestó Jackson.

–Si ahora se dan un abrazo, creo que voy a vomitar –dijo una voz por encima de ellos.

Jackson miró hacia arriba. Parada sobre una montaña de chatarra, estaba la Hiena. Su pelo brillaba con la luz del atardecer. Si Jackson no hubiera quedado paralizado por un miedo abrumador, posiblemente habría pensado que ella era bonita.

–¿Quién es éste? –preguntó, señalando a Chaz.

–Soy su hermano –contestó–. ¿Quién eres tú?

–Soy la…

–¡Espera un momento! –dijo Chaz–. Ya capto lo que está pasando aquí. Jackson, ¿ella es tu novia?

–*Ug...*

–¡Hermanito! No quiero molestar a los tórtolos. Nos vemos en casa –dijo Chaz. Corrió hasta la reja, se dio vuelta, le hizo un gesto grosero a su hermano y desapareció.

–He estado buscándote –dijo la Hiena.

–¡No te acerques! –gritó el chico.

De un salto, la rubia cayó frente a él. Sin pensarlo, Jackson le separó las piernas desde abajo con las suyas y la tiró al suelo. Un segundo después, estaba corriendo.

–¿Por qué no habré usado esa técnica cuando pasé todo el día luchando con Matilda? –refunfuñó para sí. Enfiló directamente hacia la entrada, pero antes de que pudiera llegar, la Hiena rebotó en un auto desarmado y aterrizó justo delante de él. Jackson derrapó hasta detenerse y regresó por donde había venido. El depósito de chatarra era un laberinto de desechos apilados en hileras ordenadas. Salió a toda velocidad por un pasillo, luego giró a la izquierda y tomó por otro. La Hiena estaba siempre pegada a sus talones.

Sabía que su única esperanza era tratar de llegar a la reja, entonces tomó una curva veloz hacia la izquierda y otra a la derecha. Recordando sus épocas de gloria en el campo de juego, disparó a mil kilómetros por hora hacia la entrada. Estaba tan cerca. Sólo faltaba el último tramo. Una vez afuera, podría esconderse en los jardines de las innumerables casas vecinas, y ella nunca lo encontraría.

De repente, vio una mancha borrosa a su izquierda, sintió algo delante de sus pies y, antes de que pudiera reaccionar, estaba rodando por la tierra, convertido en una bola de malezas. Finalmente, se detuvo de espaldas contra el suelo, jadeando y tratando de recuperar el aire de sus pulmones. Desafortunadamente, la Hiena lo estaba esperando. Arrojó a un lado el palo que había usado para hacerlo tropezar.

–Si vas a matarme, hazlo rápido –gruñó Jackson.

–No vine a matarte, tonto. Necesito tu ayuda –dijo ella, estirando la mano hacia él.

–¿Ayuda?

–Sí. Tienes que ayudarme a detener a mi maléfico jefe y a su diabólica máquina de destrucción.

–¿Eso es todo? –repuso Jackson, mientras observaba la mano que ella le tendía–. ¿Cómo sé que esto no es otra trampa?

–¿Por qué querría yo que me ayudaras a frenar al hombre que paga mis cuentas? –preguntó ella–. Me di cuenta de que tenías razón. No quiero pensar que ayudé a alguien a destruir al mundo, y no puedo detenerlo yo sola. Te necesito.

Jackson tomó su mano y se puso de pie. Se limpió la ropa, pero continuaba observándola con desconfianza.

–¿Por qué pretendería un matón a sueldo salvar al mundo?

–¡Cuidado con lo que dices, amigo! No soy una matona.

–Actúas como si lo fueras. Secuestraste a esos científicos.

–Era un trabajo extra. Tengo que comer –repuso ella–. ¿Me ayudarán o no?

Jackson hizo un gesto negativo con la cabeza.

–Tú no me quieres a mí sino a los NERDS. Y yo ya no estoy con ellos.

Dio media vuelta y se dirigió a la reja, pasó por el orificio y salió a la calle.

La Hiena caminaba detrás de él.

–¿Qué significa que ya no estás con ellos?

–Yo era un aprendiz –admitió Jackson–. Y no muy bueno, por cierto. Hice bastante lío, de modo que me fui. Mi carrera como agente secreto se acabó.

La rubia lo tomó de la camisa.

–No puedes renunciar y listo.

–No me estás escuchando –exclamó Jackson–. Puedo hacerlo y ya lo hice.

–Entonces llévame con los otros –le exigió ella–. Esto es importante.

–No sé dónde están –repuso Jackson–. Hace días que desaparecieron. Es probable que estén en alguna misión.

–Oye, préstame atención: si no se tratara del fin del mundo, no estaría así de preocupada. Si tú no puedes encontrar a tu equipo, entonces tendremos que hacerlo juntos.

–Está bien. Pero ¿por qué tienes una sola bota?

La Hiena emitió un gruñido de fastidio.

–Concéntrate, idiota. Hay que salvar al mundo.

Aunque los alumnos ya se habían ido y la escuela llevaba horas cerrada, las puertas todavía no tenían cerrojo y los dos chicos entraron sin problemas.

–¿Qué estamos haciendo aquí? –preguntó la Hiena con impaciencia–. ¿Acaso olvidaste los lápices de colores?

–Éste es nuestro cuartel general –dijo Jackson, mientras la guiaba por el pasillo.

–¿El cuartel general de espías está en una escuela primaria?

Jackson pasó por alto la pregunta. Cuando viera el Patio de Juegos se quedaría muy impresionada. Al caminar por el corredor que llevaba a los lockers, una multitud de científicos despavoridos casi lo tiran al piso.

–¿Qué está pasando? –preguntó.

–¡Se viene el fin del mundo, amiguito! –le respondió uno.

–Vamos –le dijo el chico a la Hiena, y los dos corrieron en la dirección en que venían los científicos. Jackson metió a la experta en artes marciales en uno de los armarios y cerró la puerta con fuerza antes de que ella pudiera abrir la boca, y luego se trepó al suyo. Un momento después, ambos caían en el Patio de Juegos.

Allí encontraron a la señorita Holiday dando órdenes a decenas de científicos, que trabajaban frenéticamente en las computadoras.

–¡Encuentren esa señal! –les gritó–. No me importa si ya fue retransmitida por todos los satélites del espacio. Busquen su origen.

Jackson estaba sorprendido por el tono de voz, pero más todavía por su aspecto. Los abrigos de lana y las faldas tableadas habían desaparecido. Ahora tenía puesta una malla enteriza negra, una boina del mismo color, y llevaba armas en la cintura.

–Jackson, ¿qué estás haciendo acá y quién es ella?

–Es la Hiena y necesita nuestra ayuda. El doctor Rompecabezas destruirá el mundo.

–Ya lo sabemos –dijo la agente, mientras un científico se acercaba a ella con un mapa–. ¿Qué pasa?

–Mis cálculos demuestran que Australia realmente se ha movido. Estaba aquí –explicó el hombre, trazando primero un círculo rojo alrededor del continente y luego otro alrededor de una mancha en el océano, frente a la costa oriental de África–. Y ahora está acá.

–¿Qué pasa con el equipo? –preguntó Jackson–. Tienen que detener esto ya mismo.

—Esa no es una posibilidad —dijo la señorita Holiday.

—¿Cómo? ¿Por qué?

—Benjamín, ¿puedes explicarle? —pidió la mujer, y la esfera azul sobre el escritorio comenzó a girar. Pronto apareció la imagen holográfica de Franklin delante de un paisaje helado.

—Hace más o menos una hora, un rayo cargado de energía magnética fue disparado desde el centro mismo del Polo Norte —explicó Benjamín, mientras la blancura del Polo era reemplazada por la oscuridad del espacio. El cielo se iluminó cuando el rayo de luz verde atravesó la atmósfera e hizo contacto con un satélite.

—Ese es Rompecabezas —exclamó la Hiena—. Es un rayo de tracción.

La imagen cambió, mostrando cómo el rayo se arqueaba para conectarse con el suelo terrestre, cerca del Teatro de la Ópera de Sidney.

—Hace tres días mandamos al equipo a detener al doctor —dijo la señorita Holiday—. Cuando perdimos contacto con ellos, Alexander —quiero decir el agente Brand— y la cocinera sobrevolaron la zona durante horas. Ahora tampoco podemos conectarnos con ellos. El Autobús Escolar está programado para volver a la escuela si no queda nadie abordo. Regresó vacío y no tenemos mucha información de lo que ha pasado. Temo que haya ocurrido lo peor.

—¿Qué va a hacer? —preguntó Jackson.

—Rompecabezas necesita una enorme cantidad de energía para hacer funcionar su rayo de tracción. Hasta ahora, sólo logró mover un continente, Oceanía. Benjamín estudió la producción de energía utilizada por la antena parabólica para mover Oceanía.

–Calculo que los paneles solares de la doctora Badawi tardarán unas siete horas en recargar la antena parabólica –agregó Benjamín.

–Esto nos da un poco de tiempo antes de que este chiflado pueda mover otro continente –dijo la señorita Holiday–. Voy a impedir que esto suceda.

–¿Cómo?

–Síganme –dijo la bibliotecaria. Los condujo hasta la sala de actualizaciones, apretó un botón del pedestal y el sillón surgió del piso. Luego se sentó en él.

–Yo voy a hacerme las mejoras.

–Me temo que eso no es posible –dijo Benjamín, cuando apareció en la sala.

–¿Y se puede saber por qué?

–La aplicación de las actualizaciones está diseñada específicamente para que funcione sólo en chicos. Usted es demasiado grande para ese proceso.

–Pero esto es una emergencia –dijo la mujer.

–Lo lamento, pero es imposible –repuso Benjamín.

–Pónganme de nuevo en el sillón –dijo Jackson.

La señorita Holiday sacudió la cabeza.

–No. Tú renunciaste por una razón y yo respeto tu decisión. No te voy a arrastrar otra vez a lo mismo. Encontraré la manera de detener al doctor Rompecabezas con nanotecnología o sin ella. Lo mejor que puedes hacer es llevarte a tu amiga y buscar un lugar seguro. Si el doctor se sale con la suya, mañana el mundo será un lugar muy diferente.

Jackson sabía lo que tenía que hacer.

—Bueno. ¿Por qué no nos acompaña hasta la salida?

—¿Qué? —gritó la Hiena—. ¿Vas a renunciar así nomás?

—Él tiene razón —dijo Holiday—. Es mejor que dejen todo esto en manos de profesionales.

Los chicos la siguieron hasta la puerta, pero justo cuando pusieron un pie afuera, Jackson sujetó a la Hiena y la empujó para atrás. Luego le pegó a un botón en la pared y la puerta bajó desde el techo, dejando a la bibliotecaria fuera de la sala.

—¡Jackson, abre ya mismo esta puerta! —le ordenó la mujer.

—Perdone, señorita, pero sólo hay una persona que puede salvar al equipo, y usted lo sabe.

Mientras Holiday golpeaba la puerta, Jackson trepó de un salto en el sillón y las correas le sujetaron los pies.

—¿Estás seguro de lo que estás haciendo? —preguntó Benjamín.

Jackson asintió.

—Totalmente.

—Comenzando la búsqueda —dijo la voz.

Enseguida los rayos láser recorrieron el cuerpo de Jackson.

—Atributos físicos arriba del nivel normal. Continúa la búsqueda de debilidades.

—¿Qué te está haciendo esta cosa? —gritó la Hiena.

La esfera azul empezó a girar en el panel frente a Jackson, y en unos segundos la imagen holográfica del esqueleto flotaba delante de sus ojos.

—Benjamín, detesto ser impaciente, pero ¿podemos saltearnos esta parte? Colócame lo mismo de la otra vez y ya.

—Muy bien, pero queda una sola cosa —repuso Benjamín.

—¿Qué?

—¿Clave de identificación?

Jackson respiró profundamente y lanzó un suspiro.

—Diente de Lata.

Unas máquinas cayeron del techo y envolvieron su cuerpo. De inmediato, unos ganchos de goma le abrieron la boca.

Él se dirigió a la Hiena.

—Sería mejor que retrocedieras un poco y no miraras. Esto no es muy agradable de ver.

—Piensa en algo divertido —le recordó Benjamín.

—*Aajjj*, es realmente asqueroso —dijo la Hiena con desagrado.

FIN DE LA TRANSMISION

BUENO, BUENO, BUENO... PERO MIRA
QUIÉN VOLVIÓ ARRASTRÁNDOSE
A BUSCAR LA AUTORIZACIÓN. VAYA,
ERES MUY INSISTENTE. ¿POR QUÉ DEBERÍA
AYUDARTE? ¿EN QUÉ ME BENEFICIO?
YA SABES, EN ESTE TRABAJO NO SE GANA
MUY BIEN Y LA VIDA ESTÁ DURA.
SI ME DAS ALGO DE EFECTIVO,
QUIZÁS PODRÍAMOS HABLAR.

NO. YO NO LO LLAMARÍA CHANTAJE,
DE NINGUNA MANERA. DIRÍA MÁS BIEN
QUE ES UNA OPORTUNIDAD DE REALIZAR
UN NEGOCIO. TÚ CONSIGUES
LA AUTORIZACIÓN PARA EL NIVEL 8 Y YO
RECIBO UNAS MONEDAS EN EL BOLSILLO.
TODOS GANAN. PIÉNSALO, Y CUANDO
TE HAYAS DECIDIDO, PEGA ALGO
DE DINERO EN EL SENSOR.

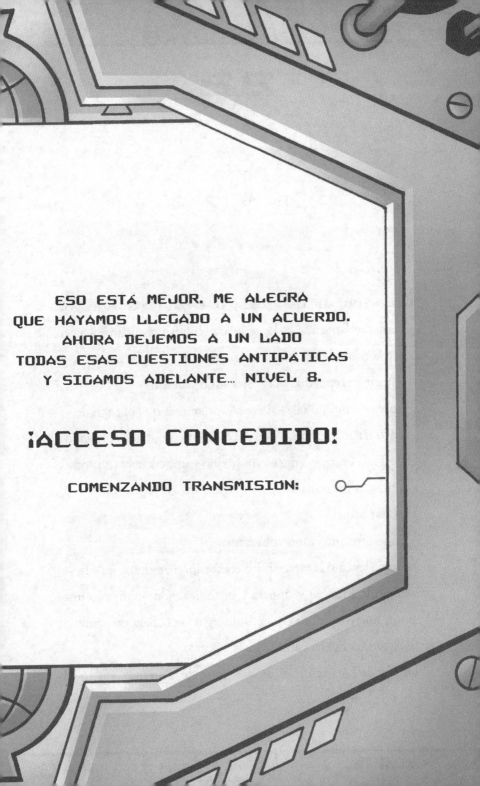

ESO ESTÁ MEJOR. ME ALEGRA
QUE HAYAMOS LLEGADO A UN ACUERDO.
AHORA DEJEMOS A UN LADO
TODAS ESAS CUESTIONES ANTIPÁTICAS
Y SIGAMOS ADELANTE... NIVEL 8.

¡ACCESO CONCEDIDO!

COMENZANDO TRANSMISIÓN:

22

Diez minutos después, Jackson atravesaba la puerta tambaleándose. La señorita Holiday se encontraba cerca. Era la primera vez que la veía enfadada.

—Señorita, yo puedo hacer esto —dijo Jackson.

—¡Lo sé! —contestó ella—. Pero no pretendas que me agrade.

—¡Ya lo tengo! —gritó un científico, mientras entraba corriendo a la sala. Traía un recipiente en una mano y una cuchara en la otra.

—¿Otra vez la crema de maíz? ¡Nooo! —rogó Jackson.

Holiday asintió.

—Tú te ofreciste como voluntario.

Jackson levantó la tapa y miró el interior: la resbaladiza sustancia amarillo grisácea se movía y burbujeaba, despidiendo unos vapores nocivos. Juntó coraje, sumergió la cuchara en la mezcla y se llevó una buena cantidad a la boca.

Diente de Lata arrojó al suelo el resto de la crema y sujetó a la Hiena de la mano.

–¿Lista para salvar al mundo?

Ella hizo un gesto afirmativo.

–Perfecto, pero primero tengo algo que hacer.

El señor Jones adoraba a su perro Tyson, pero tampoco era tan tonto como para bañarlo él mismo. Luego de varios intentos y sus correspondientes vacunas antitetánicas, había inventado una forma inteligente de limpiar al animal y no enfermarse. Acribillaba al perro a bombazos de agua jabonosa y lo rociaba con una manguera a una distancia prudencial. Tenía a Chaz cerca como fuerza de apoyo, en caso de que Tyson se soltara de la cadena y buscara venganza.

Arrojar bombitas de agua también le permitía disfrutar de un poco de diversión con su hijo mayor y revivir sus días de gloria en el campo de juego. El padre de Jackson se había lesionado durante un partido decisivo en la Universidad de Ohio.

Esa tarde, mientras él y su hijo le arrojaban los proyectiles al perro, él se imaginaba entrando al estadio con la ovación del público. Cuando estaban preparando la manguera, escucharon un rugido que provenía de arriba de sus cabezas. El padre de Jackson miró hacia el cielo y divisó una máquina peculiar de color naranja brillante. Se preguntó si su imaginación le estaría jugando una mala pasada, pero un segundo después, el aparato aterrizaba delante de la casa.

Estupefacto, el señor Jones agitó la manguera como si fuera a servirle de ayuda para combatir a los extraterrestres que estaban invadiendo su jardín. La puerta lateral de la nave se abrió y, al instante, apareció su hijo menor seguido de una chica extraña.

—Jackson —balbuceó su padre.

—Pa, ¿recuerdas esa crisis nerviosa que tuve en la oficina de Dehaven?

—Sí —respondió él.

—Bueno, no eran nervios. Realmente soy un agente secreto. Todo lo que dije sobre mis malas notas y mis llegadas tarde era cierto. Pero tomé una decisión. Tú tienes que saber en qué ando y, aunque quizás no le guste a mi jefe, voy a contarte la verdad. Puedo mentirle al resto de la gente, pero no a ti.

—Jackson, esto es una locura —dijo el señor Jones—. Y creo que deberías presentarme a tu novia.

La cara del chico se ruborizó.

—Papá, ella no es mi novia —le respondió.

—Soy asesina profesional —dijo la Hiena, mientras le daba la mano—. Mucho gusto.

—Lo mismo digo —repuso el hombre.

—Hola —dijo Chaz. Ella le devolvió el saludo con una sonrisa.

—Bueno, tenemos que ir saliendo —propuso Jackson, para apurar las cosas—. Están atacando al mundo. Si no lo impedimos, mucha gente morirá.

—¿Qué tratas de decirme, Jackson?

—Llegaré tarde a cenar —respondió el espía, dando media vuelta.

La Hiena saludó con la mano y entró. Jackson la siguió. Un rato después, el cohete despegaba una vez más.

–Ah, ¿papá? Ya que estamos con las confesiones, sería mejor que supieras que quedé afuera del equipo de la escuela –dijo Chaz.

Pero su padre estaba ocupado observando atentamente la nube de humo que se elevaba hacia el cielo.

Cuando Jackson y la Hiena salieron de la estratósfera en su descenso a la Tierra, se enfrentaron con el paisaje helado del Polo Norte. La señorita Holiday había dispuesto las coordenadas exactas en el programa del piloto automático de la nave de modo que, mientras volaban, los chicos pudieron ponerse los trajes para el clima frío, que la bibliotecaria les había suministrado. No faltaron tampoco las raciones usuales de galletas caseras y termos con chocolate caliente.

–Hey, creo que te convendría evitar las galletas –le avisó Jackson, justo antes de que ella le diera un mordisco a la suya.

–Son duras como una roca. ¡Me parece que me rompí un diente! –gritó la Hiena.

–La intención es lo que vale –contestó Jackson.

La chica lanzó la galleta contra una pared, y el golpe causó una abolladura.

–Esto es lo que tienes que saber: la fortaleza está construida como una gigantesca torre y tiene miles de habitaciones, pero el laboratorio de Rompecabezas se encuentra en la parte de atrás.

Es enorme y tiene un observatorio que da sobre él. Los científicos secuestrados están en celdas custodiadas por guardias armados. En su lista de empleados hay alrededor de cien matones y unos quinientos gángsters. No queda mucho más que saber en cuanto a la seguridad, pero con tanta gente, no será fácil deslizarse en la fortaleza sin que nos descubran. De todos modos, creo…

¡*Paf!*

Algo golpeó tan fuerte el costado del Autobús Escolar que los hizo caer al piso. El ruido de las alarmas invadió la nave y miles de luces rojas comenzaron a titilar. Cuando volvieron a sus asientos de pilotos, descubrieron que el tablero de control estaba parcialmente dañado y las chispas saltaban por todos lados. Una pantalla de radar bajó del techo. Mostraba tres furiosos puntos rojos.

–¿Qué está ocurriendo? –gritó la Hiena.

La voz de Benjamín se escuchó por los altavoces.

–La nave está siendo atacada. Tres aviones de guerra furtivos nos persiguen. Sugiero realizar maniobras de evasión.

De repente, otra sirena estridente les avisó que estaban en peligro, y apareció en la pantalla un cartel que decía: "Misil Entrante".

Jackson tomó la palanca del aparato y la empujó hacia abajo. De una sacudida, el jet se colocó en un ángulo de noventa grados. El proyectil pasó a centímetros del cohete antes de estrellarse contra los hielos.

–Estos controles son muy sensibles –observó Jackson con admiración.

—Aquí viene otro.

Jackson se ladeó hacia la izquierda y el Autobús Escolar lo siguió. Lamentablemente, el misil también enfiló detrás de él. Se volteó hacia la derecha, y seguía pegado a él.

—Creo que los persigue un misil buscador de calor —dijo Benjamín.

—¿Entonces qué hago? —preguntó Jackson.

—Supongo que deberías tratar de sacarle distancia.

Jackson gruñó.

—Gracias —exclamó, mientras iniciaba un descenso en picada. Según el radar, el proyectil estaba a sólo segundos de ellos.

—¿Qué estás haciendo? —gritó la Hiena—. Enderézalo o nos mataremos.

—Relájate, he hecho esto un millón de veces en los videojuegos —dijo Jackson, y mantuvo la nariz del cohete apuntando a la tierra. Más señales de alarma llenaron el aire, advirtiéndole que se elevara, pero también las ignoró. Y justo cuando parecía que iban a chocar, Jackson levantó la nave y se alejó del piso. El misil no tuvo la misma rapidez y agilidad que el Autobús Escolar, y explotó contra el suelo helado.

—¡Soy un genio! —exclamó Jackson.

—Los festejos mejor déjalos para después —dijo la Hiena y señaló otro aviso de misil en la pantalla del radar.

El proyectil alcanzó al cohete, haciéndolo torcer su dirección hacia la derecha.

—¿Cuál es tu próxima idea brillante? —preguntó la Hiena.

—¿Me hablas a mí o a la computadora? –le dijo Jackson.

—Al que nos saque con vida de aquí –contestó la chica, cuando otro misil se clavó dentro del cohete.

En el monitor aparecieron letras rojas que decían: "Falla crítica en el sistema. Abandonar la nave".

—Está bien. No tienes que decírmelo dos veces –dijo Jackson. Ayudó a la Hiena a desabrocharse el cinturón y juntos corrieron hacia la cabina. Se abrió un panel que dejó caer dos paracaídas a sus pies. Se pusieron el equipo y fueron a la puerta. El viento soplaba afuera y los atraía con dedos invisibles.

—¿Ya te has tirado antes en paracaídas? –preguntó la Hiena.

Jackson asintió con la cabeza.

—Últimamente se está convirtiendo en una costumbre cotidiana.

Ella saltó del avión y desapareció.

La chica cayó como una piedra y enseguida se abrió su paracaídas. Él la siguió y, después de varios segundos de caída libre, tiró de la cuerda y se elevó, mientras la tela se desplegaba arriba. Un frío cortante le atravesó la ropa, entumeciéndole los dedos. Pero no tenía tiempo para preocuparse por eso. Escuchó una explosión y vio que el Autobús Escolar ardía en llamas. Un tercer misil había dado en el jet, partiéndolo en dos como si fuera de juguete. La nave siguió de largo hasta que se desplomó en el suelo.

Jackson cayó con fuerza y rodó frenéticamente, cegado por la nieve que cubría sus anteojos, hasta que se detuvo.

—No muevas ni un músculo —le dijo la Hiena. Su voz se escuchaba cercana pero no podía verla a través de sus gafas.

—¿Puedes creerlo? ¡Los dos sobrevivimos! —gritó alegremente.

Se quitó los lentes y les limpió la nieve. Fue entonces cuando vio lo que había provocado la advertencia de la Hiena. Delante de

ellos había una montaña peluda con garras: un oso polar de casi tres metros con colmillos amarillos y garras negras como el carbón.

—¿Qué parte de "no muevas ni un músculo" no entendiste? —dijo la Hiena.

–Huy. Creo que moverse sería ahora una buena idea –contestó Jackson–. Se supone que si uno se encuentra con un oso polar debería salir corriendo.

–No. Yo creo que habría que mirarlo fijamente a los ojos –repuso la rubia.

–No, eso es con los perros. ¿Y si damos saltos mientras nos golpeamos el pecho?

–Gorilas.

–Rayos –dijo Jackson–. Bueno, ¡yo voto por que huyamos por la derecha!

Jackson giró hacia la Hiena y le dio la mano. Los dos salieron a toda velocidad, pero el terreno helado dificultaba las cosas. El oso polar, sin embargo, corría velozmente con toda facilidad.

–No podremos ganarle a esta bestia, es muy ligera –dijo la Hiena.

–¿No traes un arma encima? Después de todo eres una asesina –sugirió Jackson, exhalando vapor por la boca.

–¿Yo? Tú eres el súper espía. Usa esas cosas desagradables que tienes en la boca y ¡mátalo! –gritó ella.

–Estoy completamente seguro de que los osos polares están en extinción –dijo Jackson–. Está prohibido matarlos.

–¡Está tratando de matarnos a nosotros! –gritó la Hiena, desesperada.

Sin embargo, el oso polar no era el único problema. En su alocada huida, se dirigían directamente hacia el cohete en llamas. La onda expansiva que venía de los restos de la explosión resquebrajaba rápidamente el hielo. Cuando Jackson se dio cuenta de lo que estaba ocurriendo, sólo les quedaban dos horribles formas de morir. Entonces se detuvo.

–¿Qué haces? –le gritó la Hiena, tratando de arrastrarlo con ella.

–Es hora de comprobar mis habilidades –dijo Jackson, mientras el oso se acercaba rápidamente hacia ellos.

Los brackets se arremolinaron dentro de su boca hasta formar un gran escudo, que bloqueó los golpes mortales de la fiera. El oso polar rugió furioso y atacó de nuevo, con resultados similares. El impacto causó una cierta irritación en los dientes de Jackson, pero comprobó que el inmenso animal no sería un peligro para él.

—Un problema menos —se jactó.

—¡Mira! —gritó la Hiena.

Jackson giró la cabeza y vio cómo las grietas, que provenían de la zona donde ardía el cohete, se acercaban rápidamente hacia ellos.

—Esto no es nada gracioso —dijo la chica, observando una fractura que se deslizaba entre sus pies. Cuando los pedazos de hielo comenzaron a separarse, ella dio un salto hacia la izquierda. Jackson la imitó. Sin embargo, el oso polar no fue tan inteligente. La abertura se ensanchó debajo de sus patas, y un segundo después el enorme animal desaparecía en el agua, tras un gran chapuzón.

Los chicos se encontraban ahora en un trozo de hielo que se había separado por completo del resto. Lo que antes era una capa sólida ahora tenía la apariencia de un rompecabezas. Peor todavía, el hielo los estaba alejando cada vez más de la fortaleza del doctor.

Los brackets de Jackson comenzaron a girar nuevamente y lanzaron hacia fuera las ya conocidas patas de araña. Tomó a la Hiena de la cintura y ambos se elevaron por el aire. Las patas se arrastraron hasta el siguiente pedazo de hielo.

—Sabes algo, éste aparatito tuyo es genial —dijo la Hiena—. Pero no te servirá para conseguir chicas.

Jackson puso los ojos en blanco y no dijo nada. Estaba concentrado en que sus piernas siguieran caminando por el hielo. Lo estaban haciendo muy bien, pero el problema era que los pedazos se estaban separando cada vez más. Pronto se encontraron en una superficie demasiado chica para las patas de Jackson. Él recordó el consejo de Ruby de concentrase en sus brackets para controlarlos por completo. Depositó a la Hiena en el hielo y puso toda su mente en los aparatos. Los brackets se proyectaron fuera de la boca y comenzaron a armar algo delante de sus ojos. Cuando terminaron, habían construido un pequeño bote con un motor fuera de borda. La Hiena se subió. Apenas se sentó, la embarcación comenzó a sortear las olas en dirección a la fortaleza. Cuando llegaron al sólido pedazo de hielo que rodeaba el lugar, la velocidad que llevaban los expulsó patinando fuera del agua.

—No me digas que eso no fue increíble —exclamó Jackson, mientras los brackets se acomodaban en sus dientes.

—No es momento para festejar —contestó la Hiena.

—¿Cómo hacemos para entrar?

—Déjennos mostrarles el camino —dijo una voz detrás de ellos. Cuando voltearon sus cabezas, fueron recibidos por un aluvión de puñetazos. Los dos chicos cayeron al piso. Mientras todo se volvía negro, Jackson escuchó que su compañera murmuraba una palabra.

—Sonsón.

Jackson despertó en una camilla incómoda, con un tubo fluorescente sobre su cabeza. Se sentía mareado y le dolían todas las articulaciones. Se irguió y esperó pacientemente que sus ojos se acostumbraran a la luz cegadora. Pronto pudo distinguir más claramente lo que lo rodeaba, aunque no había mucho para ver. Estaba en una sala sin ventanas, de paredes grises y piso de cemento. La Hiena se encontraba sentada a su lado en el catre, con las piernas cruzadas.

—Buenos días, dormilón —le dijo.

—¿Dónde estamos?

—Veamos. Tengo una noticia buena y una mala. La buena es que estamos adentro de la fortaleza del doctor Félix. La mala es que nos ha encerrado en una habitación que no tiene salida. Al menos, yo no he podido encontrar ninguna. Tú, en cambio, tienes los brackets. ¿Por qué no los usas para derribar la puerta?

Jackson se puso de pie, pero enseguida se desplomó torpemente en la cama. Seguía aturdido.

—Tranquilo, campeón —le dijo la Hiena. Se levantó de la camilla y lo ayudó a levantarse.

Se acercaron a la puerta y Jackson la examinó. No tenía manija: había sólo un panel de metal. Lo abrieron y encontraron un pequeño orificio donde no entraba ni una llave.

—Retrocede —le advirtió Jackson—. Esto se puede poner violento.

Concentró su atención en la puerta, pero no sucedió nada. Sus aparatos no se movían ni un poquito.

—¡Qué raro! Mi tecnología no está funcionando.

Echó una mirada por la habitación y descubrió un aparatito anaranjado en una pared.

—¿Qué es eso?

La Hiena se trepó a la cama para observarlo más de cerca.

—Es un transmisor PEM, un dispositivo de pulsos electromagnéticos. Bloquea todos los artefactos electrónicos.

—Eso quiere decir que nos quedamos sin brackets.

—¿Así que eres un chico común y corriente?

—Bueno, si dejamos de lado mi aspecto atractivo y sorprendente destreza física, sí. Soy completamente normal.

—Jackson, tenemos que salir de aquí —dijo la Hiena.

—¿Alguna sugerencia?

Ella se sentó a su lado.

—Ni una. Qué buena asesina resulté ser.

—Sí, te entiendo. Yo soy el peor agente secreto de la historia.

—Todo lo que quería hacer era matar gente —comentó la Hiena con tristeza—. Voy a ser el hazmerreír del sindicato.

Jackson sonrió.

—Tú dices que eres una asesina profesional y te vistes como tal pero, para mí, actúas como una heroína.

—Justo cuando empezabas a caerme bien —suspiró la Hiena.

—Si quieres matar gente, ¿por qué no asesinaste a Muñoz? —preguntó Jackson—. Era la oportunidad perfecta.

—Fue por su hijita. Me recordó a mí y a mi padre, antes de que él muriera —respondió ella.

—Mi madre murió el año pasado —le contó Jackson.

—Lo siento mucho. Debes echarla de menos. Yo extraño muchísimo a mi padre. Solía llamarme "Risitas" —confesó, luego se detuvo—. Si se lo dices a alguien, te mato.

Jackson le juró que guardaría el secreto.

—Era piloto de helicóptero. Transportaba gente rica y, a veces, yo lo acompañaba. Me enseñó a pilotear. Yo era casi tan buena como él. Pero no ganaba mucho dinero y, cuando murió, mi mamá y yo nos quedamos sin nada. Tuvimos que buscar una forma de sobrevivir. Entramos a los concursos de belleza para ganar dinero, pero en realidad nos mantenían suficientemente ocupadas como para no tener que hablar de él.

—¿Dónde está tu mamá en este momento?

—Pasó de los concursos de belleza a las exposiciones caninas. El año pasado, ganó la competencia del *Kennel Club* de Westminster —dijo la Hiena con amargura—. Tiene una Caniche gigante blanca llamada Daisy. Deberías ver cómo la trata. Pensarías que es una persona.

La imagen de Tyson surgió en la cabeza de Jackson.

—Creo que te comprendo.

—Me parece que nos estamos haciendo amigos, ¿no? —dijo la Hiena.

—Me temo que sí —respondió Jackson.

De repente se abrió la puerta y el doctor Rompecabezas hizo su aparición.

—¿Interrumpo algo? —preguntó.

Los amigos se levantaron al instante.

—¿Qué ha hecho con mi equipo? —le reclamó Jackson.

—¿Te refieres acaso a los NERDS, al apuesto agente Brand y a ese rarito que se viste como una señora? No te preocupes. Están sanos y salvos. De hecho, tienen asientos en primera fila para ver la recreación del mundo. A pesar de que vinieron acá para detener mis planes, me he apiadado de ellos y los dejaré gozar del espectáculo.

—Usted está chiflado —dijo la Hiena—. Matará a millones de personas por un estúpido rompecabezas.

—Eres incapaz de apreciar la belleza y el orden —dijo el doctor, mientras una fuerte sirena aturdía los oídos de Jackson—. Ah, esa es la alarma. Mi máquina está casi lista para funcionar otra vez, lo que significa que ya es hora de volver a poner las piezas de mi *estúpido* rompecabezas en su lugar. Ustedes dos se quedan aquí. No podrán disfrutar del show.

Félix salió de la habitación hecho una furia, golpeando la puerta tras de sí.

—Basta. ¡Tenemos que salir de acá ya mismo! —gritó la Hiena.

—Estoy de acuerdo —repuso Jackson, poniéndose en cuclillas para espiar por el pequeño orificio de la puerta—. ¿Pero cómo lo haremos? ¡Piensa! Yo he visto todas las películas de James Bond. ¿Qué haría él en esta situación?

—Usaría su reloj láser o su corbata explosiva —dijo la Hiena—. ¿Tienes alguno de los dos?

—La corbata no —respondió Jackson, dando unos golpecitos a su reloj, que estaba tan muerto como sus brackets—. Y el PEM también inutilizó mi reloj.

Jackson recorrió el lugar con la mirada en busca de cualquier cosa que pudiera servirles. Necesitaba algo pequeño y metálico para tratar de forzar la cerradura. Fue hasta el catre y tiró las sábanas y las almohadas al piso. Al levantar el delgado colchón, notó unos resortes oxidados que podrían haber venido bien, pero le resultaba imposible desprenderlos del elástico. Mientras ponía todo de nuevo sobre la cama, una de las fundas se enganchó en los aros de metal de su cabeza. Él tironeó, pero estaba firmemente atascada. Jackson desenganchó los frenos metálicos de sus premolares, quitó las bandas protectoras y tiró de la tela hasta que la sacó. En ese momento se le ocurrió una idea. ¡Obvio! Los aros de su cabeza podrían ser exactamente lo que estaba buscando.

Dobló el metal para introducirlo en la cerradura. Se arrodilló para trabajar. Había visto mucha gente hacer esto en televisión y en películas, pero nunca lo había practicado él mismo. En realidad, no estaba muy seguro de que fuera algo efectivo. Pero al menos tenía que intentarlo. Insertó con cuidado un extremo del arco y lo movió de un lado a otro, con la intención de accionar la maquinaria interna.

–¿Tienes idea de lo que estás haciendo? –preguntó la Hiena.

–En absoluto –respondió Jackson. Se escuchó un extraño click y miró a su compañera–. Creo que voy por buen camino.

Luego recibió un fuerte golpe de electricidad, que subió por el aro de metal y lo arrojó hacia atrás, hasta el otro extremo de la habitación.

Un gusto a metal invadió su boca y su cabeza parecía recién salida de un horno.

–¿Qué pasó? –preguntó Jackson.

–La cerradura debe estar electrificada –respondió la Hiena, mientras lo ayudaba a ponerse de pie–. Déjame probar a mí.

Jackson sacudió la cabeza.

–¡No! Una de las cosas que me dijo el equipo fue que yo no valía nada sin mis actualizaciones. Que carecía de imaginación y que no usaba mi cerebro. Estaban equivocados. Voy a lograr salir de esta habitación con mi ingenio y tenacidad. Una pequeña descarga eléctrica no me va a detener.

Levantó el aro de metal del piso y siguió trabajando con el cerrojo e inmediatamente recibió otro fuerte shock de corriente, que lo atravesó de la cabeza a los pies. Cuando logró incorporarse, tenía las manos adormecidas y le dolía todo el cuerpo. Sin embargo, retomó la tarea.

–¿Esto no será alguna cuestión machista? –preguntó la Hiena.

Jackson la ignoró y siguió concentrado en la cerradura. La descarga siguiente le hizo morderse la lengua con fuerza. Sabía que sentiría ese dolor durante días, pero persistió en su empresa. Entonces recibió otra más, que hizo que le lloraran los ojos y las sienes se le calentaran. La patada siguiente lo hizo saltar por el aire. Quedó tirado en el piso, jadeando con frustración, sintiendo como si la sangre estuviera hirviendo en su interior. Agarró torpemente el aro de metal y volvió a meterlo en el agujero. Empujó, tironeó, giró y retorció, siempre con el temor de la descarga que inevitablemente llegaría. Pero continuó probando, hurgando, dando vueltas hasta que de repente, "click", la puerta se abrió.

–¡Nerd, eres un as! –lo felicitó la Hiena. Sostuvo la cara de Jackson en sus manos y lo besó alegremente en la boca. Luego salió corriendo por el pasillo oscuro. Era el primer beso de Jackson y no había sentido nada.

23

90°N

Jackson se precipitó por los sombríos corredores detrás de su bella compañera. Ya empezaba a creer que se habían perdido, cuando atravesaron unas puertas dobles y entraron en lo que parecía ser un observatorio. En una pared había una fila de ventanas que daban a un enorme laboratorio. Una computadora portátil descansaba sobre un escritorio y un gran rompecabezas estaba extendido en el piso. Se trataba de un mapa del mundo, sólo que los continentes estaban todos amontonados formando una isla de gran tamaño.

—No te pierdas esto —dijo la Hiena, observando por la ventana.

Abajo había una gigantesca antena parabólica que apuntaba hacia el cielo. En el centro, tenía una larga varilla, que se iba poniendo cada vez más brillante con el correr de los minutos. Los secuaces del doctor Rompecabezas andaban a toda prisa examinando la antena, y en el extremo opuesto del salón estaban los científicos con sus trajes anaranjados, petrificados de miedo. Jackson reconoció a la doctora Badawi entre ellos.

—Mira —exclamó la Hiena, señalando hacia el otro lado de la habitación. Allí, con los brazos y piernas encerrados en gruesos grilletes, estaba su equipo: Heathcliff, Ruby, Matilda, Duncan, Julio, el agente Brand y la cocinera. Jackson se preguntó por qué no usarían sus actualizaciones para escapar, hasta que vio más transmisores PEM fijados en las paredes a su alrededor.

—Primero tenemos que salvarlos —dijo Jackson — y luego nos llevaremos la máquina.

—No tan rápido —dijo la Hiena—. Ese laboratorio está abarrotado de gángsters y matones. Nos superan en número ampliamente. Si queremos rescatarlos, necesitamos un plan.

—Soy todo oídos —repuso Jackson.

—¿Qué? ¿Se supone que a mí se me tiene que ocurrir el plan? —dijo la Hiena. Miró una vez más hacia el laboratorio y luego se quitó una bota. Llevó el tacón hacia el vidrio y lo usó para tallar un gran círculo en él. El pedazo redondo cayó dentro de la sala. El sonido de la máquina penetró por el agujero que acababan de hacer, provocando en Jackson una vibración extraña y poderosa que sacudió sus órganos internos y sus huesos y le produjo un tirón magnético en los brackets.

—Interesante calzado —comentó él.

—Y bastante caro, por cierto —bromeó la Hiena, mientras se deslizaba por el orificio y buscaba apoyo en una pequeña saliente que recorría las paredes del colosal laboratorio. Ésta tendría unos treinta centímetros de ancho y luego no había nada más que la detuviera si llegaba a perder el equilibrio–.Vamos.

–¿Adónde? –preguntó Jackson.

La Hiena, impaciente, señaló una escalera que bajaba de la cornisa al otro lado de la habitación. Los dejaba justo detrás de la plataforma donde estaba el equipo de NERDS. Sabiendo que no tenía muchas más opciones, Jackson siguió lentamente a la chica.

–Si nos caemos, será muy doloroso –observó Jackson.

–Entonces no te caigas. Siempre va a ser mejor que ser liquidado por uno de esos –dijo la Hiena, dirigiendo su mano hacia abajo. Un grupo de treinta gorilas armados hasta los dientes ingresaba al laboratorio–. Los guardias llevan armas de microondas. En vez de balas, disparan radiación de alta intensidad. Si nos apuntan con sus miras, quedaremos como una patata asada.

El dúo trató de no mirar hacia abajo mientras se desplazaba por la cornisa. Hasta que por fin llegaron a la escalera y bajaron hasta la plataforma donde estaba el resto del equipo.

–Jackson, ¿qué haces aquí? –preguntó Erizo de Mar.

–Vine a salvarte la vida y también a salvar al mundo, si tenemos suerte –contestó Diente de Lata.

–¿Y trajiste a uno de los matones de Rompecabezas para que te ayude? –inquirió Ruby.

–¡No soy una matona! –gritó la Hiena.

—Ella es muy sensible con ese tema. ¿Se les ocurre cómo sacarse estos grilletes? —preguntó Jackson, volviendo la conversación al dilema que tenían entre manos.

—Yo traté de quitármelos pero es imposible —acotó la cocinera.

—No importa —dijo el agente Brand—. Aunque nos liberaras, el equipo estaría indefenso a causa de esos transmisores PEM que bloquean las actualizaciones.

—¿Cómo los desactivamos? —preguntó la Hiena.

—Hay un panel de control más allá —dijo Duncan, girando su cabeza hacia el grupo de gorilas con las armas de microondas.

—¿Te refieres a ese pequeño panel en la pared junto a los asesinos con los súper explosivos? —preguntó Jackson con sarcasmo, y luego se volvió hacia su compañera—. ¿Alguna sugerencia?

—¿Es que todo se me tiene que ocurrir a mí? —se quejó la chica.

—Ustedes dos deberían irse —dijo Heathcliff—. Nosotros ya estamos en serios problemas. Sólo lograrán complicarnos más.

—Conejo, me porté como un idiota contigo y es posible que nunca dejes de odiarme, pero ahora estoy aquí para salvarte la vida.

—Si quieres salvar mi vida, yo no me voy a negar —dijo Pulga.

—Haré lo que pueda.

Jackson examinó el laboratorio y vio a dos guardias parados delante de la plataforma. Estaban de espaldas a los rehenes y no habían escuchado una sola palabra de la conversación debido a los ruidos de la máquina.

—Tengo una idea. Dame tu bota.

La Hiena comprendió lo que él tenía en mente. Se dirigieron sigilosamente a la parte delantera de la tarima y Jackson golpeó la cabeza de uno de los guardias con la costosísima bota de cuero. Éste se desmoronó y quedó inconsciente, y siguieron con su compañero. Luego arrastraron a los hombres detrás del podio.

Se pusieron los uniformes de los villanos en un segundo. Pero como los trajes eran muy grandes para ellos, tuvieron que levantarse las mangas y doblarse los pantalones. Mientras atravesaban la habitación, nadie les prestó atención. Se acercaron al grupo de matones y se detuvieron delante del panel de control.

—¿Alguien sabe cuál es el botón para desactivar los PEM? —preguntó Jackson.

—Sí, el verde —dijo uno de los gorilas sin mirarlo dos veces.

—Gracias —respondió Jackson y le dio un manotazo al botón. Enseguida se escuchó la alarma y varias luces brillaron en forma intermitente. Todos los guardias se volvieron hacia ellos.

—¡Hey! ¿Quién eres tú? —le gritó uno a Jackson.

—Somos los que ellos enviaron para patearte el trasero —repuso la Hiena, lanzando una patada de karate que dio a uno de los matones en el estómago. El hombre se encorvó y ella acercó la rodilla a la cabeza del tipo. En un instante, el grandote perdía el conocimiento.

Jackson sintió que sus aparatos metálicos entraban en acción. Se proyectaron fuera de su boca y comenzaron a golpear una tras otra las mandíbulas de los guardias. El dúo puso rápidamente fuera de combate a los rufianes. Jackson observó a su equipo. Estaba seguro de que Julio sería el primero en liberarse y no se equivocó. Los grilletes que sujetaban sus manos saltaron de sus bisagras. Un segundo después, estaba sacándose los de los pies.

—¡Vamos a golpear algunas cabezas! —gritó el niño, golpeándose el pecho como un mono.

—¿Y a ese qué le pasa? —preguntó la Hiena.

—Se extralimita un poco con el azúcar —explicó Jackson, mientras corrían hacia el grupo.

—¡Pulga, libera primero a Conejo! —le gritó el agente Brand, y el más pequeñín del equipo hizo lo que le pedían. Luego rompió los grilletes de Ráfaga, Pegote y Erizo. Por último, se ocupó del jefe y de la cocinera. Mientras tanto, un grupo de airados guardaespaldas con explosivos de microondas enfilaban hacia ellos.

Los inhaladores de Matilda la despidieron hacia arriba y zumbó sobre los hombres armados. Ellos apuntaron los fusiles en su dirección, pero ella los rodeó tan deprisa que, en un segundo, estaban arrojándose radiación de microondas unos a otros. Ya quedaban sólo cinco de los veinte que eran. Duncan se adelantó y aferró las manos de los villanos que quedaban. Los roció con un pegajoso adhesivo que surgía de las yemas de sus dedos. Cuando los matones intentaron disparar los explosivos, no consiguieron apretar el gatillo, pues sus dedos estaban firmemente pegados entre sí.

Mientras Ruby miraba lo que sucedía, su cuerpo comenzó a hincharse, la piel se le cubrió de manchas y enrojeció.

–¡Allí vienen más! –gritó–. Mis alergias me dicen que son por lo menos cien.

No bien terminó de hablar, las puertas de los dos extremos del laboratorio se abrieron de par en par. Entraron corriendo decenas de gángsters y matones armados, disparando al aire y lanzando amenazas. La cocinera saltó desde la plataforma al centro del combate y les aplicó unos buenos golpes a los malvados. El agente Brand empuñó su bastón blanco. Lo hizo girar en el aire quebrándoles las narices a los desprevenidos bravucones y golpeando sus cuellos. A pesar de que Brand tenía la pierna herida, Jackson pudo comprobar lo que la señorita Holiday había dicho de él. Era el mejor agente secreto de todo el mundo.

La Hiena y Erizo de Mar también participaron en la batalla. El estilo de combate de la rubia era elegante, como una danza. Pateaba y golpeaba con seguridad y sus oponentes se derrumbaban a su alrededor. Ruby, en cambio, tenía una capacidad extraordinaria para evitar que la lastimaran. Era muy hábil saltando y eludiendo cualquier tipo de ataque. Jackson tenía la sospecha de que ella era alérgica a la violencia física. Muchos de los guardaespaldas se desplomaron exhaustos ante la imposibilidad de derribarla. Otros se expusieron en el momento equivocado y Erizo aprovechó el descuido para asestarles una patada oportuna o algún golpe de karate.

–Son asombrosos –exclamó Jackson, observando al equipo.

–Me sacaste las palabras de la boca –intervino el agente Brand, mientras trataba de recuperar la respiración–. ¿Sabes algo? No podía superar el tema de la edad. Sentía que estaba cuidando a un puñado de bebés de alta tecnología, pero... son tan buenos como era yo.

Jackson asintió.

—Yo pensaba que era una banda de inadaptados y perdedores. Me temo que los dos estábamos equivocados.

Las puertas se abrieron una vez más y aparecieron otros cien gorilas con armas de microondas. Era obvio que tenían un suministro inagotable de monos armados.

—Conejo, éste sería un buen momento para que usaras tus actualizaciones —le propuso Brand al niño de los dientes salidos.

—Estoy de acuerdo —respondió Heathcliff. Se adelantó hacia los rufianes, se detuvo y luego se volvió hacia su equipo.

—Conejo, ¿qué estás haciendo? —le preguntó Ruby.

—Ese no es mi nombre —dijo el chico, metiendo la mano en el bolsillo. Sacó una máscara negra y se la puso en la cabeza. Tenía una calavera blanca pintada encima y dejaba ver sus dientes brillantes de marfil—. Mi nombre es Simon, y lo que Simon dice... se hace.

—¿Tú eres Simon? —gritó la Hiena—. ¡Eso quiere decir que eres el cerebro detrás de todo esto!

Duncan se puso pálido.

—¡No! —gritó.

—Sí —contestó Simon—. Con la inestimable ayuda del doctor Rompecabezas.

Félix y Sonsón atravesaron el grupo de guardias que apuntaban sus armas hacia el equipo, y se acercaron a Heathcliff.

—¿Pero por qué? —dijo Matilda.

—Porque estoy harto de este mundo. Todo está al revés. Nada
tiene sentido. ¿De qué otra manera puedes explicar que se valo-
re el encanto y el aspecto exterior por encima de la inteligencia?
¿Cómo puedes entender que se torture a la gente porque tiene ingenio? ¿O porque no usa la ropa correcta? ¿O porque su cuerpo es
demasiado redondo? El mundo es terrible, Ráfaga. Especialmente
para personas como nosotros. Somos brillantes, creativos y nos
tratan como tontos y nos encierran en lockers. Nos maltratan y
se ríen de nosotros. Las cosas tienen que cambiar. Por suerte, mi
buen amigo Rompecabezas piensa igual que yo. Hay que reconocer que tenemos distintos planes. Él quiere recrear un mundo que
desapareció hace tiempo. Yo sólo quiero romperlo en pedazos.

—Estás tan loco como él —dijo Jackson.

—Si eso es cierto, entonces tú tienes la culpa —le contestó Heathcliff,
furioso, señalándolo con el dedo—. Me torturaste con tus bromas es-
túpidas. Me hiciste sentir pequeño e insignificante. Mi coeficiente
intelectual es un millón de veces más alto que el tuyo y, sin embargo,
te crees el dueño del mundo.

—Conejo, yo era distinto en esa época —se disculpó Jackson.

—Puede ser, pero hay muchos como tú allá afuera. Existen
millones de Jacksons. Y la única forma de detenerlos es hacer
que piensen en otra cosa que no sea molestar a los nerds y a los

ratones de biblioteca. Les voy a dar algo diferente en que concentrarse, algo como el fin del mundo. Doctor Rompecabezas, Simon dice que encienda su máquina. Continuemos deshaciéndonos de este apestoso planeta. Me parece que ahora es el turno de América del Norte.

El doctor trepó unos pocos escalones hasta una tarima debajo de la antena parabólica.

–Simon, esto sólo me tomará un minuto.

Apretó varios botones y el zumbido de la máquina se elevó en forma drástica. Se escuchó un fuerte ruido y varios silbidos. Luego un rayo verde salió como una bala del extremo de la varilla hacia el cielo.

–¡Está comenzando! –gritó el excéntrico científico.

–Por favor, Rompecabezas, detenga todo esto –le rogó Brand–. Usted también morirá.

El agente secreto caminó hasta él, pero Sonsón lo bajó de un golpe.

El rayo de tracción estaba funcionando a toda potencia, y el laboratorio se mecía de un lado a otro como un barco en la tormenta.

Un enorme monitor de video surgió del piso, con la imagen de unos chicos en un teatro de títeres. El programa se interrumpió de repente para dar paso al noticiero. Un alarmado periodista apareció en la pantalla.

–Estamos en vivo desde la oficina de noticias de *CNN*. Nos están llegando informes de terremotos en California, Carolina del Norte, Yucatán y Terranova. Otra noticia de último momento afirma que un descomunal maremoto golpeó la zona norte de Alaska. Vamos a verificar con Christopher Tormentoso, nuestro meteorólogo, quien nos dará más detalles sobre estos increíbles desastres naturales casi simultáneos.

La imagen pasó a un hombre que miraba nerviosamente la pantalla de una computadora. Su cara estaba pálida y aterrorizada.

—Sí. En primer lugar, no estoy muy seguro de cuál sea la explicación de lo que está pasando en el continente. Están ocurriendo fenómenos nunca vistos, y no encuentro todavía las palabras adecuadas para describirlos con exactitud. Lo que sí puedo afirmar es que nuestros satélites nos están informando que Norteamérica parece estar moviéndose. Repito: América del Norte parece estar moviéndose. Creo que debió existir un gran cambio en las placas tectónicas, pero no puedo imaginar qué puede haberlo producido. Por el momento, el Servicio Meteorológico Nacional ha declarado estado de emergencia en los Estados Unidos. Canadá, México y otros países han tomado las mismas medidas. Pedimos a los televidentes que permanezcan en sus hogares. En este momento, la calle parece ser un lugar de alta peligrosidad. Les rogamos que se queden adentro. Aguarden un instante. Tengo algunas imágenes del satélite. ¿Podemos mostrarlas?

Las imágenes satelitales aparecieron en el monitor. Se veía que estaban rastreando el movimiento de América del Norte mientras ésta se deslizaba rumbo a Europa.

—No puedo creerlo —decía Tormentoso—. ¡Realmente no puedo creer lo que veo!

—¡Mira la destrucción que estás llevando a cabo! —gritó Duncan.

—Lo hago por nosotros —dijo Heathcliff, mientras le daba la espalda a su antiguo compañero de equipo.

—¡Destruyamos el rayo! —ordenó Ruby, y los NERDS entraron en acción. Matilda lanzó explosivos y Julio golpeó la antena con sus puños superpoderosos. Pero antes de que pudieran ocasionar algún daño significativo, escucharon la voz de Heathcliff una vez más.

—¡Simon dice que se detengan! —les gritó.

Y entonces Jackson comprendió que las cosas iban de mal en peor. Observó a sus compañeros de equipo. Todos estaban en un profundo trance. Sus ojos se habían puesto vidriosos.

—Maten a Jackson Jones y a la Hiena —dijo Conejo.

—Sí —contestaron al unísono.

—Si puedes usar tus súper brackets, me parece que este sería el momento justo —exclamó la Hiena.

El equipo atacó de inmediato. Diente de Lata trató de frenarlos. Convirtió sus aparatos de metal en un gigantesco matamoscas, que bajó a Ráfaga del cielo. Luego se transformó en una mano enorme, recogió algunos guardaespaldas y se los arrojó a Pegote y a Erizo. La mano tomó la forma de una jaula de metal, que atrapó a Pulga. En realidad, Jackson estaba derrotando a su propio equipo de súper espías, pero la jaula había sido una terrible equivocación. Pulga arremetió contra las barras, abriendo un gran hueco en ellas. Los nanobytes dentro de la boca de Jackson se movieron con gran agitación y luego regresaron silenciosamente a sus dientes. Mientras sus compañeros se acercaban nuevamente, trató de activar sus brackets, pero sólo saltaron y largaron humo. Julio los había arruinado y ya no servían para nada.

—Me temo que tenemos un problema —le comunicó a la Hiena.

—Está bien. Supongo que tengo que encargarme de todo aquí —dijo ella, sacando de su bolsillo un par de tapones para oídos—. Póntelos.

—¿Para qué son?

La Hiena respiró profundamente.

—Yo también tengo una habilidad.

—¿Como mis brackets?

—Sí, e igual de bochornosa. Colócatelos en los oídos y prométeme que no te los quitarás hasta que yo te lo diga.

—Perfecto —dijo Jackson, aunque no entendía nada. Se puso los tapones y le sonrió a la bonita asesina.

—¿Contenta? Esto es muy raro. Apenas puedo escucharme a mí mismo.

Cualquiera fuera el plan de la Hiena, Jackson estaba seguro de que igual morirían a manos de sus superpoderosos compañeros de equipo. Pero de golpe, todos se detuvieron. Observó desconcertado cómo los chicos, uno por uno, comenzaban a mirarse con sonrisitas cómplices, luego se sacudían y, aunque él no pudiera oírlos, era obvio que habían estallado en carcajadas. Jackson se volvió hacia su compañera y vio que ella tenía una risita tonta dibujada en el rostro… pero no reía en forma descontrolada como el resto de las personas en la habitación. Entonces se sacó los tapones de los oídos para entender qué estaba ocurriendo. Lo que escuchó fue el rebuzno más desagradable y ridículo que había escuchado en su vida. Provenía de la Hiena y resultaba tan estúpido que no pudo evitar reírse también. En un instante lo que había comenzado como un sonido contenido se transformó en una risita irritante, que terminó en una carcajada histérica, que taladraba el estómago produciendo un sufrimiento insoportable. Estaba a punto de desmayarse del dolor cuando la Hiena agarró los tapones que él tenía en la mano y se los metió otra vez en los oídos. Las risotadas de la chica desaparecieron, así como su propio ataque de risa. Jackson entonces comprendió de dónde había sacado ella su apodo.

Cuando la Hiena le quitó nuevamente los tapones de los oídos, él pudo evaluar los resultados del ataque de la rubia. Todos estaban en el piso revolcados de dolor, sosteniéndose la barriga, incluyendo a Heathcliff y al doctor Rompecabezas. Lamentablemente, el rayo de luz verde que salía de la antena parabólica seguía disparado hacia el espacio.

—Si vamos a salvar al mundo, más vale que lo hagamos ahora —dijo la Hiena.

—Pero no tengo mis actualizaciones —repuso Jackson. ¿Qué podía hacer? Era sólo un chico normal con los brackets biónicos rotos. ¿Cómo había llegado a esta situación? Había pasado de estrella deportiva a nerd con aparatos dentales magnéticos, y de ahí a agente secreto en graves problemas. Y luego tuvo una revelación.

—¡Ayúdame a levantar a Julio! —gritó, mientras los dos corrían hacia donde estaba el gnomo. Lo sacudieron hasta que se le pasó la risa y pudo concentrarse en lo que ellos decían—. Pulga, ¿tienes suficiente jugo en el arnés como para arrojar algo hasta esa máquina?

El niño metió la mano en el bolsillo y sacó una caja de avellanas cubiertas de chocolate.

—¡Cuenten conmigo! ¿En qué han pensado?

—En mí —dijo Jackson.

El agente Brand se incorporó con dificultad y, con una sonrisita en el rostro, tomó a Jackson del brazo.

—No lo permitiré.

—Cuando me pidió que integrara el equipo, me dijo que yo le recordaba a usted mismo, ¿no es cierto? Bueno, ¿no haría usted cualquier cosa para salvar al mundo? —repuso Jackson, y luego se volvió hacia Julio.

—¿Alguna vez has arrojado una pelota de fútbol americano?

Pulga lo levantó del piso sin mucho esfuerzo.

—Una vez. Mi hermano mayor trató de enseñarme.

—Imagínate que yo soy esa pelota —dijo Diente de Lata.

—¿Qué están haciendo? —gritó Ruby.

—La señorita Holiday dijo que la punta de este rayo de tracción es en realidad un imán gigantesco —explicó Jackson—. Y da la casualidad de que mis aparatos de metal son altamente magnéticos.

—Estás loco —le dijo Matilda.

—Tú me enseñaste que un buen agente secreto puede usar cualquier cosa como arma —le contestó Jackson—. Pulga, ¡a la una, a las dos y a las… treeeeeesss!

El niño lanzó a Jackson al aire, que salió disparado hacia el centro mismo de la antena parabólica con una amplia sonrisa en su cara. El imán ubicado en el extremo de la varilla tiraba de sus brackets. Los tentáculos se arremolinaron hacia fuera de la boca de Jackson, emitiendo frenéticos latigazos. Éstos golpearon la varilla hasta que la máquina comenzó a mostrar fallas en el funcionamiento. El rayo verde de energía emitía chispas. Esos odiosos aparatos dentales de Jackson estaban destrozando la máquina mortal de Rompecabezas.

—¡Nooo! —gritó el doctor.

Jackson miró hacia abajo y vio a Pulga apoyado en una de las vigas que sostenía la gran antena. Le dio un buen empujón con el hombro hasta que logró inclinarla.

Enseguida Jackson comenzó a deslizarse junto con la máquina y no había nada que él pudiera hacer para evitar chocar contra el piso y probablemente morir por el impacto. Ráfaga voló a su lado y trató de separarlo de la antena, pero no tenía la fuerza suficiente para romper la atracción del imán. Entonces utilizó uno de sus inhaladores para mantenerse suspendida y el otro para quemar la varilla que sostenía a Jackson. El imán se desprendió y Matilda logró sujetar a Diente de Lata y llevarlo a un lugar seguro, justo cuando el aparato letal se vino abajo. El científico loco logró apartarse del lugar de la caída pero Sonsón, su secuaz, no tuvo la misma suerte. Mientras la máquina se desmoronaba, su brazo quedó atrapado debajo de una pieza dentada, lo cual le provocó alaridos de dolor.

Desafortunadamente, aquí no terminaron los problemas. La antena golpeó contra el piso helado del laboratorio y se hundió. El rayo de tracción descendió hasta las profundidades y chocó contra el fondo del océano, debajo de la fortaleza. Como el rayo seguía ejerciendo su atracción, el helado fondo del mar se elevó con gran velocidad formando una montaña de hielo que se proyectó en el aire, arrastrando consigo la fortaleza de Rompecabezas y a todos sus habitantes. En medio del cataclismo, la Hiena resbaló y comenzó a rodar por un acantilado que se elevaba rápidamente. Se aferró con todas sus fuerzas, pero cuando Jackson se dirigió hacia ella, ya estaba cayendo. Él se estiró y la sujetó del brazo.

—No me sueltes —le pidió la chica, observando la pronunciada pendiente que se extendía a sus pies.

—Yo te sostengo —le prometió él.

—¡Jackson! —rugió una voz detrás de ellos—. ¡Eres el responsable de todo esto!

El niño giró la cabeza justo en el momento en que Heathcliff se acercaba velozmente a ellos.

—Un completo tarado arruinó mi plan —dijo Conejo. Le aplicó una dura patada a Jackson en la pierna, haciéndolo rodar por el borde del acantilado. Con la mano que tenía libre, el chico se agarró del borde, sujetando a la Hiena con la otra. Sintió como si se desgarrara en dos partes.

Heathcliff le pisó los dedos con fuerza, pero él se aferró todavía más. De todas maneras, Jackson sabía que no podría resistir mucho tiempo más los ataques de su ex compañero.

Sobrevino un momento de confusión y unos segundos después Diente de Lata vio a Simon deslizarse por el borde del acantilado. Mientras caía por el precipicio iba gritando, hasta que su voz dejó de escucharse.

De pie cerca de Jackson se encontraba Erizo, rascándose el cuero cabelludo.

–Soy alérgica a la traición.

24

El agente Brand y un grupo de científicos recuperaron los restos de la antena parabólica de Rompecabezas. Con la ayuda de la doctora Badawi y los demás secuestrados, estuvieron semanas trabajando para volver América del Norte y Australia a su lugar. Gente inocente murió en medio del caos y los daños materiales ocasionados fueron inmensos, pero el resultado pudo haber sido mucho peor para todo el planeta.

El cuerpo del doctor Rompecabezas fue encontrado en un precipicio helado de la nueva montaña en el Polo Norte. El de Sonsón nunca se halló. Tampoco el de Simon, aunque su máscara negra con la calavera fue vista flotando en las aguas heladas del Polo.

—¿Cómo les explicaremos esto a sus padres? —preguntó Jackson, una vez que el equipo se reunió en el Patio de Juegos.

—Es una medida drástica, pero nos hemos visto obligados a darles una medicación que hará que se olviden de él —dijo el agente

Brand–. Funciona en forma similar a la habilidad que poseía el propio Heathcliff.

Jackson se quedó helado.

–¿Eso quiere decir que, si muero en una misión, mi padre y mi hermano no recordarán que yo alguna vez existí?

La señorita Holiday suspiró.

–Desearía que hubiera otra manera, pero ellos harían muchas preguntas.

Jackson se mostró abatido.

–La culpa es mía.

Duncan hizo un gesto negativo con la cabeza.

–No es cierto, Jackson. Heathcliff sabía que podía cambiar al mundo. Cuando fuera adulto, habría podido olvidar toda esa parte de su vida en que fue un chico raro. Pero él no quería esperar.

El agente Brand observó las caras del grupo.

–Todos estuvieron muy bien.

–¿Eso es todo? –lo alentó la señorita Holiday.

–Me siento muy orgulloso de trabajar con ustedes.

Antes de que el agente pudiera marcharse, Ruby se aclaró la garganta.

–Creo que puedo hablar en nombre del equipo... –Brand se detuvo en seco– y decir que nosotros sentimos lo mismo con respecto a usted.

Brand asintió y luego abandonó el Patio de Juegos.

–No es muy parlanchín que digamos –comentó la Hiena.

—Estamos trabajando en eso —respondió la señorita Holiday.

Jackson encaró a la rubia.

—Y... ¿Hablaste con él como te dije? Creo que estarías genial en nuestro equipo. No me imagino qué actualización podría hacer Benjamín con tu risa, pero seguro que sería algo alucinante.

—Ya hablé con él —contestó ella—. Y me dijo que no.

—No lo puedo creer. Ni siquiera tendrían que entrenarte —agregó Jackson.

—Está todo bien —le aseguró ella—. Me ofreció otro trabajo, en algo distinto.

—¿En serio? ¿Qué cosa?

—Lo siento, es confidencial, pero…

—¿Pero qué?

—No te voy a ver por un largo tiempo —observó la Hiena.

Jackson sintió que se le partía el corazón.

—No te pongas triste, pelmazo —le dijo, dándole un beso en la mejilla—. Voy a volver algún día. Quizás ya no tengas esos horribles brackets en los dientes.

Ella dio media vuelta y se fue. Jackson la vio atravesar la salida secreta de los armarios y desaparecer.

—¿Te acaba de besar? —preguntó Matilda.

—¡Qué asco! —gritó Julio, con la boca llena de chocolate y caramelo.

—Hey, galán, ¿qué te pareció eso de salvar al mundo? —bromeó Ruby.

–No fue gran cosa –contestó Jackson con una amplia sonrisa–. Estoy seguro de que lo haré otra vez antes del viernes.

–No te creas mucho –repuso Ráfaga–. Aún te falta demasiado entrenamiento. Se me han ocurrido algunas ideas interesantes para molerte a palos con una sandía.

–¿Entonces quieren que me quede en el equipo? –les preguntó Jackson.

–*Brraachughh* –dijo Pulga, y luego movió la perilla del arnés–. Me parece que te tomamos cariño.

–Tampoco estuvo mal que nos hayas salvado la vida –dijo Duncan–. Así que, si decides volver, nos encantará tenerte con nosotros.

Jackson sonrió e hizo un gesto afirmativo.

En ese momento, el grupo lanzó un terrible estornudo.

–¡Es la señal! –gritó Erizo.

La cocinera entró precipitadamente en la habitación.

–El agente Brand los quiere a todos en el estacionamiento ya mismo.

–¿En el estacionamiento? –preguntó Duncan.

–Vayan rápido –ordenó la señorita Holiday.

En segundos, los cinco estaban afuera. El agente Brand se encontraba arriba de un verdadero autobús escolar. La cocinera se trepó al asiento del conductor y les hizo señas a los chicos para que subieran.

–¿Qué pasa? –preguntó Jackson, mientras se ubicaban en los asientos.

—Bienvenidos al Avión Orbital TB-48 —dijo Brand—. Como perdimos nuestro cohete, Benjamín le hizo una actualización a un verdadero autobús escolar.

—Chicos, abróchense los cinturones —exclamó la cocinera; luego golpeó un botón azul en el tablero, y el aire se llenó de chirridos metálicos y ruidos de piezas que entraban en movimiento. Jackson sintió algunas explosiones de cohetes debajo de él y observó cómo un ala se extendía a un costado del vehículo. Después de unos instantes, el autobús y los NERDS entraban en la estratósfera.

Ruby se dirigió a Jackson.

—Jones, parece que te toca salvar al mundo una vez más.

Él sonrió.

—Erizo de Mar, estamos en una misión. Llámame Diente de Lata.

25

ESTAS SON LAS TRANSCRIPCIONES
DE LAS LLAMADAS INTERCEPTADAS
POR LA VIGILANCIA SATELITAL DE NERDS
E IDENTIFICADAS POR LA AGENTE
LA HIENA —TAMBIÉN CONOCIDA COMO
MINDY BEAUCHAMP— COMO CONVERSACIONES
REALIZADAS ENTRE SIMON Y UN MATÓN
AL QUE ELLA SE REFIERE COMO SONSÓN.

10 de octubre, 09:15

Sonsón: Hola.

Simon: Soy yo. Veo que sobreviviste a la explosión.

Sonsón: No del todo. Perdí una mano. Un doctor me colocó un garfio.

Simon: Genial.

Sonsón: En realidad es bastante doloroso y tuve que abandonar mis clases de piano.

Simon: Ups. Tomo nota y aprecio tu sacrificio.

Sonsón: Jefe, lamento que las cosas no hayan salido bien.

Simon: (Risas)

Sonsón: ¿Jefe? ¿Le pasa algo? Me parece escuchar que se ríe.

Simon: Amigo mío, tu preocupación me resulta cómica pero es completamente innecesaria. Verás, Rompecabezas y su maquinita eran sólo una parte de un plan mucho mayor, que está saliendo a la perfección. Te llamaré cuando te necesite otra vez.

[Conexión interrumpida]

EPÍLOGO

El señor Dehaven se encontraba en su escritorio hojeando el anuario de la escuela. Con una sonrisa de satisfacción en su rostro, estaba a punto de colocar una cruz encima de la cara de Jackson justo cuando llamaron a la puerta. Ésta se abrió para dar paso al padre del niño.

—Buenos días, señor Jones. ¿Qué lo trae por aquí?

El hombre tomó asiento frente al director.

—Señor Dehaven, he venido a verlo para pedirle que reconsidere las calificaciones de Jackson.

El director sacudió la cabeza en señal de desaprobación.

—De ningún modo. Su hijo tendrá que repetir sexto grado. Es por su propio bien.

—Señor Dehaven, yo nunca fui un chico estudioso. Cuando tenía la edad de Jackson, se me metió en la cabeza que mi única posibilidad de éxito estaba en el deporte. La verdad es que si hubiera abierto un libro de vez en cuando, habría estado más preparado cuando me lesioné en el campo de juego. Por suerte, la época de gloria como deportista de Jackson concluyó antes, de modo que tiene una posibilidad real de tomar otra dirección antes de que sea demasiado tarde. Y creo que si recibe una segunda oportunidad él lo hará. Jackson es un chico que se esfuerza mucho. Es inteligente y tiene mucho potencial. Además heredó el espíritu positivo de su padre. Y, a decir verdad, tiene más responsabilidades que la mayoría de los chicos, más de las que usted mismo pueda imaginar. Le ha llevado un tiempo adaptarse, pero ya está en el buen camino. Estoy muy orgulloso de él, y pienso que si usted le permitiera seguir adelante, no se arrepentiría. Es un chico especial. Va a cambiar al mundo.

El director sonrió.

—Mi querido señor Jones, ¿está seguro de que estamos hablando del mismo chico? El que yo conozco siempre llega tarde, es muy irrespetuoso y no se compromete con el trabajo. Escuche, valoro el hecho de que se haya molestado en venir hasta acá, pero Jackson es un fracaso en mi anuario y ya se le han agotado las oportunidades.

—Temía que me contestara eso, de modo que traje a alguien más que tiene esperanza de que usted reconsidere la decisión tomada —dijo el padre de Jackson.

El señor Jones se llevó los dedos a la boca y emitió un silbido agudo y penetrante. En un instante, Tyson entró a toda velocidad en la oficina y se detuvo delante de Dehaven. Luego de observar al extraño hombrecito durante unos segundos, emitió un gruñido grave y amenazador.

–Los dejo conversar tranquilos –dijo el padre de Jackson, mientras se levantaba de la silla y salía de la oficina cerrando la puerta tras de sí.

Diez minutos después, Jackson Jones pasaba a séptimo grado.

FIN

BUENO, ¡LO LOGRASTE!
NO PUEDO CREERLO. NADIE PUEDE,
PERO AQUÍ ESTÁS.
EL RESTO DEL EQUIPO ME PIDIÓ
QUE TE FELICITARA.
YA ERES MIEMBRO OFICIAL
DEL NÚCLEO DE ESPIONAJE, RESCATE
Y DEFENSA SECRETOS.

SÓLO NECESITAMOS UNA COSA MÁS...
ANOTA ABAJO TU NOMBRE DE GUERRA.

ESO ES TODO.
EL LIBRO HA TERMINADO.
EN SERIO, NO HAY NADA MÁS
QUE CONTAR.

VE AFUERA A JUGAR.
UN POCO DE AIRE FRESCO
NO TE HARÁ MAL.

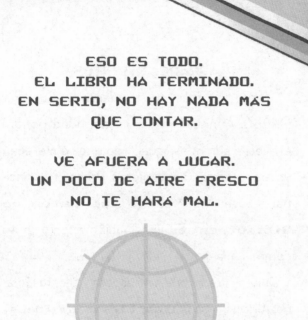

FIN
DE LA TRANSMISION

AGRADECIMIENTOS

Muchas personas me ayudaron a alumbrar NERDS. Aunque revelar la identidad pondrá en riesgo sus vidas, igual creo que se merecen un afectuoso agradecimiento. Primero y principal, a Susan Van Metre **(alias: Ratón de Biblioteca)**. Su imaginación aportó tanto como la mía.

Quiero agradecerle a mi esposa y agente literaria, Alison Fargis **(alias: Lluvia de Ideas)**, que me exigió que lo escribiera. Jason Wells **(alias: Titulares)** merece un reconocimiento por su incansable esfuerzo para que este libro llegara a las manos correctas. También quiero agradecerle a Ethen Beavers **(alias: Historieta)** por sus fascinantes ilustraciones y por haberme acompañado en esta montaña rusa. A Joe Deasy **(alias: Doctor Siempre en Peligro)** que sigue siendo una increíble caja de resonancia, y a Chad W. Beckerman **(alias: Obra Maestra)** por quien siento una gran admiración y por ser quien inspiró la dirección de arte para producir un libro único en su estilo.

Un agradecimiento especial para Howard Sanders y Lauren Meltzner **(alias: Hollywood y Vid)** de UTA. Y también quiero agradecerles a todos los matones que se han metido conmigo cuando era un chico flacucho y nervioso. Si no hubiese sido por ustedes, jamás me habría escondido en la biblioteca ni encontrado mi verdadera vocación.

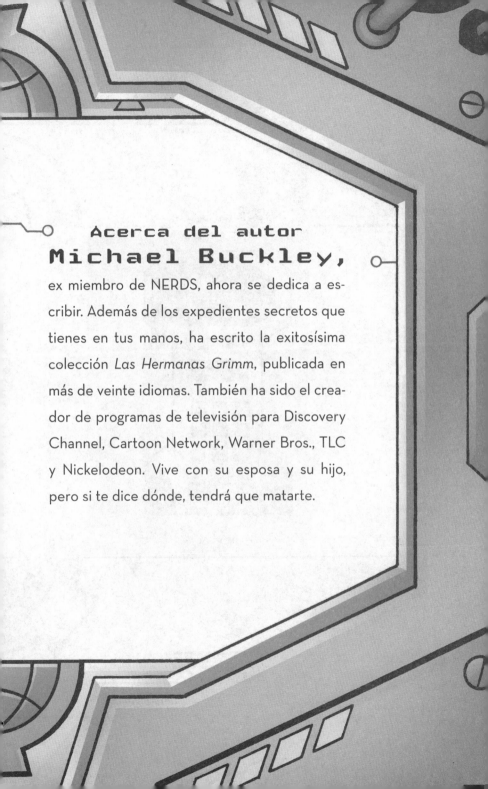

Acerca del autor
Michael Buckley,

ex miembro de NERDS, ahora se dedica a escribir. Además de los expedientes secretos que tienes en tus manos, ha escrito la exitosísima colección *Las Hermanas Grimm*, publicada en más de veinte idiomas. También ha sido el creador de programas de televisión para Discovery Channel, Cartoon Network, Warner Bros., TLC y Nickelodeon. Vive con su esposa y su hijo, pero si te dice dónde, tendrá que matarte.

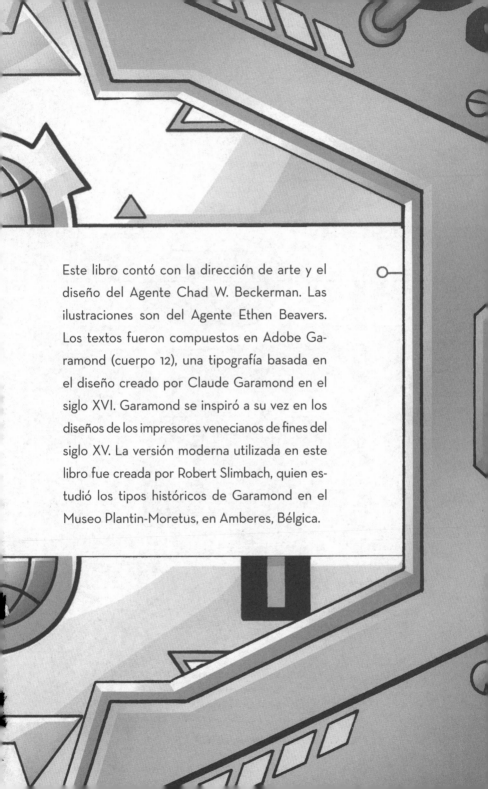

Este libro contó con la dirección de arte y el diseño del Agente Chad W. Beckerman. Las ilustraciones son del Agente Ethen Beavers. Los textos fueron compuestos en Adobe Garamond (cuerpo 12), una tipografía basada en el diseño creado por Claude Garamond en el siglo XVI. Garamond se inspiró a su vez en los diseños de los impresores venecianos de fines del siglo XV. La versión moderna utilizada en este libro fue creada por Robert Slimbach, quien estudió los tipos históricos de Garamond en el Museo Plantin-Moretus, en Amberes, Bélgica.

¡TU OPINION ES IMPORTANTE!
Escríbenos un e-mail a
miopinion@libroregalo.com
con el título de este libro en el "Asunto".

www.libroregalo.com